INSPECTOR BRADFORD UND DER FIESE FRIESE

Marion Griffiths-Karger verbrachte ihre Kindheit auf einem ostwestfälischen Bauernhof. Nach Kaufmannslehre und Studium der Literatur- und Sprachwissenschaft wurde sie Werbetexterin in München, später Autorin und Teilzeitlehrerin. Schauplätze ihrer bisher elf Kriminalromane sind Hannover, Ostfriesland und die südenglische Küste. Die Deutsch-Britin ist Mutter von zwei erwachsenen Töchtern und lebt mit ihrem Mann bei Hannover.

Dieses Buch ist ein Roman. Handlungen und Personen sind frei erfunden. Ähnlichkeiten mit lebenden oder toten Personen sind nicht gewollt und rein zufällig.

MARION GRIFFITHS-KARGER

INSPECTOR BRADFORD UND DER FIESE FRIESE

Küsten Krimi

emons:

Bibliografische Information der Deutschen Nationalbibliothek
Die Deutsche Nationalbibliothek verzeichnet diese Publikation
in der Deutschen Nationalbibliografie; detaillierte bibliografische
Daten sind im Internet über http://dnb.d-nb.de abrufbar.

© Emons Verlag GmbH
Alle Rechte vorbehalten
Umschlagmotiv: mauritius images/Novarc
Umschlaggestaltung: Nina Schäfer, nach einem Konzept
von Leonardo Magrelli und Nina Schäfer
Umsetzung: Tobias Doetsch
Gestaltung Innenteil: César Satz & Grafik GmbH, Köln
Lektorat: Dr. Marion Heister
Druck und Bindung: CPI – Clausen & Bosse, Leck
Printed in Germany 2018
ISBN 978-3-7408-0269-1
Küsten Krimi
Originalausgabe

Unser Newsletter informiert Sie
regelmäßig über Neues von emons:
Kostenlos bestellen unter
www.emons-verlag.de

Der größte Lump im ganzen Land,
das ist und bleibt der Denunziant.

Hoffmann von Fallersleben

Bendines Gästeliste

Otto Lohmann – ein Nachbar, notorischer Querulant, liegt tot in Bendines Rosenbusch

Irmi Lohmann – seine Frau

Elvira und Martin Holzer – ebenfalls Nachbarn

Rainer und Sigrid Buchner – Gäste aus Münster

Der schwierige Edgar – ein Neffe von Bendines verstorbenem Mann

Heini Sammers – Fischbrötchenverkäufer und Bendines Verehrer

Lore und Kalle Berglin – Bendines Freundin und ihr Mann

Willi Forst – brummiger Eigenbrötler, hat nicht mehr lange zu leben

Bingo – sein Hund

Fenja Ehlers – Bendines Nichte, Hauptkommissarin in Wittmund

Elke Ehlers – Fenjas Mutter, Bendines Schwester

Barne Ahlers – Fenjas Lebenspartner

Marlene Fitz – ihre Freundin

… und Detective Chief Inspector *Mark Bradford* aus Eastbourne

EINS

Carolinensiel, Ostfriesland

Bendine stand in der Küche und blickte hinaus in ihren Garten. Es war heiß und sonnig gewesen. Einer von diesen Tagen, die sie hier an der Nordseeküste nicht oft erlebten. Noch war es still, die Gäste erwartete sie erst in zwei Stunden. Aber alles war vorbereitet. Es würde Schnittchen geben, Würstchen, Kartoffelsalat und Krabben in Weißwein gedünstet. Das hatte ihre Schwester Elke beigesteuert. Elke war schon vor zwei Tagen aufgekreuzt, um ihrer Schwester bei den Vorbereitungen zu helfen. Natürlich war Bendine ihr dankbar dafür, aber sie würde noch dankbarer sein, wenn Elke sie nicht ständig als »jungen Hüpfer« bezeichnen würde. Sie fand das einfach unpassend, ganz besonders, weil sie heute sechzig Jahre alt wurde. Na gut, Elke war fast zehn Jahre älter als sie, aber Bendine musste zugeben, dass man ihr die neunundsechzig nicht ansah.

Sie griff in ihre Schürzentasche und holte den Taschenspiegel hervor, den sie seit dem gestrigen Besuch beim Friseur mit sich herumtrug. Und das war auch Elkes Schuld. Sie ließ sich immer so bekloppte Geburtstagsgeschenke einfallen. Zu ihrem Fünfzigsten hatte sie Bendine in einen Tattooladen geschleppt. Bendine war froh, dass sie selbst die – wahrscheinlich mittlerweile welke – Rose auf ihrem Hinterteil, die sie ihr verpasst hatten, nicht sehen konnte. Damals hatte sie das noch witzig gefunden, da hatte Stella noch gelebt.

Aber Stella, ihr einziges Kind, war gestorben und hatte ihr eine Enkeltochter hinterlassen, deren Geburt sie das Leben gekostet hatte. Nele war mittlerweile sieben Jahre alt und der Mittelpunkt von Bendines Leben. Ihr Mann Friedhelm hatte sich ebenfalls schon vor Jahren aus dem irdischen Leben davongemacht, aber diesen Verlust hatte Bendine nicht als dramatisch empfunden. Wenn sie ehrlich war, kam sie ohne den alten Eigenbrötler viel besser klar. Und sie war ja nicht allein.

Fenja, ihre Nichte, lebte seit ein paar Jahren bei ihr in der Pension und kümmerte sich liebevoll um Nele.

Bendine seufzte. Nein, sie konnte sich nicht beklagen, es ging ihr gut. Ihre Pension war im Sommer fast immer ausgebucht, und im Frühjahr und Herbst hatte sie viele Stammgäste, die dem Hauptansturm der Touristen auf Carolinensiel in den Sommermonaten entgehen wollten. Gesund war sie auch, und was das Aussehen anbelangte, konnte sie durchaus zufrieden sein.

Okay, sie war nicht gerade dünn, nicht so dünn wie Elke, aber sagten die Ärzte nicht, dass ein paar Kilo mehr gesünder seien als ein paar zu wenig? Sie fragte sich allerdings, wieso Elke dann so gesund war. Wie auch immer. Sie stand hier in ihrer Küche, ziemlich fit für ihre sechzig Jahre, finanziell unabhängig, sozial konsolidiert, mit einem Tattoo auf dem Hintern und einer unmöglichen Frisur.

Wieso hatte sie sich bloß dazu überreden lassen? Ihre Haare standen ab wie bei einem Staubwedel. Und dann dieses Grau! Als sie vom Friseur nach Hause gekommen war, war sie gleich ins Badezimmer gerannt und hatte den Kopf unter den Wasserhahn gehalten. Danach war's noch schlimmer gewesen. Elke hatte geschimpft und versucht, die Haare wieder in Form zu bringen. In Form!

Bendine fand, sie hatte genau das Gegenteil damit angestellt. Und in zwei Stunden würden die Gäste kommen und sich wahrscheinlich köstlich über ihre neue Haartracht amüsieren. Egal. Bendine zuckte die Achseln, sie würde jetzt ihre Jeans und das schwarze Spitzenshirt anziehen, das Fenja ihr geschenkt hatte, und ein bisschen Make-up auflegen.

Sie sah auf die Uhr. Fenja war nach Bremen gefahren, um diesen englischen Inspector vom Flughafen abzuholen, der sich für eine Woche in der Pension einquartiert hatte. Bei Männern wie diesem Bradford wünschte sich Bendine, noch zwanzig Jahre jünger zu sein. Den würde sie auch heute noch gern vernaschen. Ein Jammer, dass er kein Deutsch sprach und sie kein Englisch, obwohl sie nach seinem ersten Besuch einen

Kurs in der Volkshochschule besucht hatte. Damals hatte er in Carolinensiel zusammen mit Fenja einen Mord aufgeklärt und gleichzeitig ihrer aller Leben verändert. Ja, der Anblick von Inspector Mark Bradford konnte ihr Herz immer noch zum Hüpfen bringen.

Als Bendine die Küche verlassen wollte, lief sie Edgar in die Arme, dem Neffen ihres verstorbenen Mannes. Zwar hatte sie ihn nicht eingeladen, aber das war für Edgar nie ein Hindernis, kostenlos ein paar Tage bei Bendine an der See zu verbringen, wann immer er Zeit und Lust hatte.

»Oh Bendine, ich wollte eigentlich nur schnell einen kleinen Imbiss nehmen.« Er warf einen Blick auf seine Armbanduhr. »Es dauert ja noch ein Weilchen, bis es losgeht, nicht wahr?«

»Tut mir leid.« Bendine war ziemlich gnadenlos, wenn es darum ging, ihre Vorräte zu schützen. »Die Küche ist noch für zwei Stunden geschlossen, du kannst dir ja bei Heini ein Matjesbrötchen schnorren, wenn du nicht mehr so lange durchhältst.«

Edgar steckte die Hände in die Gesäßtaschen seiner Cordhose und wippte mit den Zehenspitzen. »Ja … das ginge natürlich auch.«

»Genau, mach das.« Bendine umfasste Edgars schlaffe Oberarme und drehte ihn Richtung Haustür. Dann ging sie in ihr Zimmer, während Edgar unschlüssig in der Diele stehen blieb.

Nachdem Bendine gegangen war, schlich er in die Küche.

＊＊＊

Marlene war ziemlich betrunken. Und Fenja fühlte sich auch nicht gut. Sie hätten auf die Flasche Sekt verzichten sollen, die sie sich zusammen mit Mark Bradford gleich nach seiner Ankunft gegönnt hatten. Eigentlich hatten Marlene und sie das meiste getrunken. Sie hatte nämlich genau gesehen, wie Bradford bei seinem ersten Schluck den Mund verzogen hatte. Und Fenja musste ihm recht geben. Ein ekelhaft süßes Gesöff hatte ihre Mutter da wieder ausgesucht, um auf Tante Bendines sechzigsten Geburtstag anzustoßen. Sie und ihre Freundin Marlene hatten eine Flasche tapfer geleert und waren dann auf das herbe Jever-Bier umgestiegen. Für die Geschmacksnerven anfangs eine ziemliche Herausforderung.

Mittlerweile waren alle Gäste eingetroffen. Der Frühstücksraum, in dem sich alle versammelt hatten, war angefüllt mit dem Gemurmel und Gelächter der Gäste. Einige von ihnen hatten sich bereits einen ersten Gang vom Büfett einverleibt und nahmen Anlauf für den zweiten. Bradford hatte sich gerade ein Pumpernickel-Kanapee mit Leerdammer Käse vom Tresen geholt. Er lächelte Fenja zu und schob sich das Häppchen mit geschlossenen Augen in den Mund. »Hm … delicious«, murmelte er, während Marlene kicherte. »Wie kann man bloß so auf Pumpernickel stehen?« Sie wandte sich an Fenja. »Was heißt Pumpernickel auf Englisch?«

»Pumpernickel«, antwortete Fenja und nahm einen Schluck Bier aus der Flasche.

»Echt?«

»Ja, die sagen aber eher Pampernickel.«

»Exactly: Pampernickel«, bestätigte Bradford lächelnd.

In diesem Moment trat Barne Ahlers, Fenjas derzeitiger Lebensgefährte, an den Tisch.

»Hallo, Leute«, sagte er, nickte Marlene zu, streifte Bradford mit einem misstrauischen Blick und drückte Fenja einen Kuss auf den Mund.

»Gibt's hier irgendwo noch einen freien Stuhl?«, fragte er mit erhobener Stimme, denn die Geräuschkulisse im Raum hatte proportional zum Alkoholkonsum der Gäste zugenommen.

»In der Küche«, rief Fenja, und Ahlers verschwand.

In der Zwischenzeit war Marlene näher an Bradford herangerückt und streichelte seine Wange. Meine Güte, Fenja wünschte sich, ihre beste Freundin wäre ein wenig zurückhaltender. Sie saß ja fast auf seinem Schoß! Und ihm schien das zu gefallen. Klar, Marlene war keine Frau, deren Annäherung ein Mann, der halbwegs bei Sinnen war, ablehnen würde. Wenn Marlene einen Mann wollte, dann bekam sie ihn auch. Das war schon immer so gewesen und würde wohl auch so bleiben.

Fenja verzog den Mund. Du bist eifersüchtig, sagte sie sich und setzte die Jever-Flasche an. Dabei hatte sie keinen Grund dazu, sie war schließlich in festen Händen, und Barne brauchte sich hinter dem Inspector wirklich nicht zu verstecken. Sie konnte sich also nicht beklagen und beschloss, großzügig zu sein. Sie würde Marlene Mark Bradford überlassen, zumindest für heute Abend. Barne Ahlers hatte einen Stuhl und eine Flasche Jever ergattert und setzte sich neben Fenja. Dabei warf er Marlene und Bradford, die sich offensichtlich eine Menge zu erzählen hatten, einen zufriedenen Blick zu.

»Ganz schön voll hier«, sagte Ahlers. »Ich hab schon mit Bendine und deiner Mutter angestoßen. Die sind ja alle ganz gut bei Stimmung.« Er sah sich um. Sein Blick blieb an Edgar hängen, der sich am Tresen seinen Teller volllud. »Was macht der denn hier? Hat Bendine den etwa eingeladen? Ich dachte, sie kann ihn nicht ausstehen.«

»Kann sie auch nicht«, sagte Fenja. »Aber Edgar wartet nicht, bis man ihn einlädt, der kommt von allein, so wie ein Schnupfen.«

Sie lachte leise und fragte sich gleichzeitig, seit wann Edgar diese Baseballkappe trug, den Schirm tief ins Gesicht gezogen. Typisch Edgar, total uncool. Wenn schon Baseballkappe, dann doch bitte mit dem Schirm im Nacken.

»Und wer ist das da?«

Ahlers wies auf einen älteren Mann, der allein mit einer Flasche Jever am Fenster stand. Er hatte einen grauen Vollbart und einen Haarschopf, der Ähnlichkeit mit Bendines Frisur hatte. Der Mann drehte den Gästen den Rücken zu und starrte, obwohl es bereits dämmerte und draußen nicht wirklich etwas zu sehen war, stoisch aus dem Fenster in Bendines Garten. Zu seinen Füßen schlief ein Border Collie.

»Das ist Willi«, sagte Fenja. »Ich glaube, mit Nachnamen

heißt er Forst oder so. Der ist ziemlich eigen, verbringt die meiste Zeit auf seinem Boot auf der Harle.«

»Scheint nicht viel Wert auf Unterhaltung zu legen.«

»Stimmt, er ist wortkarg und mag nicht angesprochen werden.«

»Wieso geht er dann auf eine Geburtstagsfeier?«

Fenja betrachtete den alten Mann eine Weile versonnen. »Weil er und Bendine sich mögen. Wieso, weiß ich nicht, aber irgendetwas verbindet die beiden.«

In diesem Moment wurde es an einem der Tische laut. Ein Mann war aufgesprungen und drohte seinem Gegenüber mit der Faust.

»Du warst doch schon immer die blödeste Petze von ganz Friesland und wahrscheinlich noch drüber hinaus!«

Der Border Collie war aufgewacht und beteiligte sich mit fröhlichem Gebell an der Auseinandersetzung. Endlich passierte mal was.

»Was ist denn da los?«, fragte Ahlers.

»Das ist Martin Holzer, unser Nachbar. Der ist eigentlich ganz friedlich, aber wahrscheinlich hat Otto Lohmann, das ist der andere Typ, auch ein Nachbar, mal wieder was zu meckern gehabt.«

Fenja erhob sich langsam, sie würde es nicht dulden, dass hier jemand Bendines Geburtstagsparty sprengte, aber ihre Mutter war bereits zur Stelle und klopfte Holzer begütigend auf die Schulter. Die Gäste waren verstummt und warteten gespannt auf das, was der heutige Abend noch an Action für sie bereithalten würde. Willi Forst hatte seinen Hund mit einem kurzen Befehl zum Schweigen gebracht.

»Still, Bingo!« Der Hund gehorchte sofort und legte sich wieder hin.

Holzer schien sich langsam zu beruhigen, während Lohmann, sein Gegenüber, ihn grimmig ansah. Holzers Frau Elvira, eine resolute Endvierzigerin, zog ihren Gatten zurück auf seinen Stuhl. Das Gemurmel der Gäste hob erneut an.

Fenja setzte sich ebenfalls wieder. »Bendine ist einfach immer zu gutmütig. Kein Mensch kann Otto Lohmann leiden, aber ihr tut Irmi leid. Das ist seine Frau«, erklärte Fenja. »Ich würde ihm Hausverbot erteilen.«

»Aber wieso denn?«, fragte Ahlers, der neben Fenja der Einzige am Tisch war, der sich für den Streit interessiert hatte. Marlene und Bradford waren nur mit sich selbst beschäftigt.

»Weil Martin Holzer recht hat. Lohmann *ist* eine Nervensäge! Und wirklich die größte Petze, die man sich vorstellen kann. Er war früher Wachmann und spielt sich immer und überall als Möchtegern-Polizist auf. Zeigt jeden Falschparker an.« Sie nahm einen Schluck Bier. »Ich hab keine Ahnung, wie viele Anzeigen von ihm wir schon bearbeiten mussten. Neulich hat er doch tatsächlich zwei Touristen zur Schnecke gemacht, weil sie keine Tageskarte für den Strand hatten. Ich frage dich, was zum Teufel geht ihn das an?«

»Er sorgt eben für Ordnung«, schmunzelte Ahlers, dem es gefiel, wenn Fenja wütend und er nicht der Grund dafür war.

Fenja kniff die Augen zusammen. »Einmal ist doch tatsächlich eine Streife hier vorbeigekommen, weil ich die Fenster von meinem Käfer geputzt habe! Die Kollegen haben sich wahnsinnig amüsiert und es bei einer *Verwarnung* belassen.« Fenja warf Lohmann einen wenig freundschaftlichen Blick zu.

»Guck nicht so böse«, feixte Ahlers, »sonst verklagt er dich noch wegen Bedrohung oder wie man das nennt.«

»Das soll er sich mal trauen.«

»Ich hab Hunger, es sind noch Frikadellen da, willst du auch eine?« Ahlers war aufgestanden.

»Ja, mit Kartoffelsalat.«

Marlene und Bradford hatten offenbar keinen Hunger. Marlene hatte den Kopf an Bradfords Schulter gelegt, während er mit ihren weizenblonden Haaren spielte und neugierig die Geburtstagsgäste beobachtete.

Wie das alles wohl auf ihn wirken mochte, überlegte Fenja. Immerhin verstand er ja so gut wie nichts. Willi Forst schien ihn besonders zu interessieren.

»Was denkst du?«, fragte Fenja auf Englisch.

Bradford lächelte. »Kann es sein, dass der Hund Bingo heißt?«

Fenja war zunächst verblüfft über die Frage, doch dann lachte sie. »Stimmt, so heißt er. Du hast nicht etwa gedacht, der Mann will Bingo spielen, oder?« Bradford konnte ja nicht wissen, dass Bingospielen in Deutschland nicht annähernd so populär war wie in seiner britischen Heimat.

Bradford zuckte mit den Schultern. »Seltsamer Name für einen Hund.«

»In England vielleicht«, sagte Fenja und nahm den randvoll mit Kartoffelsalat und zwei Frikadellen gefüllten Teller, den Ahlers ihr hinhielt, entgegen. »Das kann ich nie im Leben aufessen.«

»Kein Problem, den Rest schaffe ich dann schon, der Abend ist ja noch jung«, erwiderte Ahlers und wies mit seinem Kinn zum Tresen, wo Edgar die Schüssel auskratzte. »Ich musste retten, was zu retten war.«

Marlene hatte die ganze Zeit schweigend an Bradford gelehnt dagesessen. Jetzt hob sie den Kopf und fuhr Bradford durch die Haare.

»Das ist ja süß.« Sie warf Fenja einen amüsierten Blick zu. »Stell dir vor, wir können ganz ungeniert über ihn reden. Er versteht gar nichts.«

»Bist du dir da so sicher?«, fragte Fenja kauend.

»Etwa doch?« Marlene sah Bradford unsicher an, aber seine Miene war unergründlich.

»Wo ist eigentlich Nele?«, fragte Ahlers, nachdem er sich einen Happen Frikadelle in den Mund geschoben hatte.

»Bei ihrer Freundin Elsie. Die hat nämlich auch Geburtstag. Elsies Mutter hat eine Spielenacht organisiert.«

»Oh Gott.« Ahlers stöhnte. »Wieso tun die Mütter sich so was an?«

Das wusste Fenja auch nicht. Wenn Nele Geburtstag hatte, war Fenja meistens zur Stelle, um Bendine im Kampf gegen eine durch exzessiven Zuckerkonsum energiegeladene Horde von Jungen und Mädchen zu unterstützen. Wenn die Gäste sich dann am frühen Abend endlich verabschiedeten, hinterließen sie einen Abendbrottisch, den man nicht anfassen konnte, weil man daran kleben blieb, und einen mit Wachsflecken, Donutresten, abgebissenen Würstchenhälften, Konfetti, zerfetzten Girlanden und Apfelsaftpfützen verdreckten Fußboden, auf dem man sich nur in Zeitlupe bewegen konnte, um nicht auf dem Hosenboden zu landen. Während Fenja und Bendine dann mit vereinten Kräften Ordnung schafften, sprang Nele noch immer wie ein aufgeregtes Eichhörnchen durch die Wohnung.

Ahlers hatte zwar keine eigenen Kinder, aber er wusste, was es bedeutete, eine Meute Halbwüchsiger zu beaufsichtigen. Er unterrichtete an der Gesamtschule in Wittmund Sport und Mathe. Vielleicht war Elsies Mutter gar nicht so dumm, wenn sie die Geburtstagsparty ihrer siebenjährigen Tochter in die Nacht verlegte, dachte Fenja. Womöglich hielt die Horde dann nicht so lange durch. Fenja nahm sich vor, diese Option auf jeden Fall mit Bendine zu erörtern.

Der Abend sickerte dahin, manche Gäste wurden leiser, die meisten jedoch lauter und fröhlicher. Fenja vermutete, dass es daran lag, dass Otto Lohmann, die alte Petze, sich bereits vom Acker gemacht hatte. Irmi, seine Frau, hatte sich schon kurz nach dem Streit, den ihr Mann vom Zaun gebrochen hatte, verabschiedet, was ja kein Wunder war, fand Fenja. Otto, die Petze, war einfach ein Stimmungskiller.

Den Platz der beiden Lohmanns hatten nun Rainer und Sigrid Buchner eingenommen. Buchners waren Gäste aus Münster, die zum ersten Mal ihre Ferien in Ostfriesland verbrachten. Beide waren Ende fünfzig, still und genügsam. Mit anderen Worten, die perfekten Gäste für eine viel beschäftigte Wirtin. Bendine verstand sich prächtig mit ihnen und hatte sie spontan zu ihrer Geburtstagsfeier eingeladen. Sie schienen sich gut zu unterhalten.

Bendines Freundin Lore Berglin und ihr Mann Kalle waren ebenfalls bester Laune. Vor allem Kalle klopfte sich auf die Schenkel und lachte lauthals. Willi Forst hatte den ganzen

Abend mit kaum jemandem geredet. Er hatte sich auf einen einsamen Hocker gesetzt, vor sich hin gestarrt und sich in regelmäßigen Abständen mit einer neuen Flasche Jever versorgt. Irgendwann nach Mitternacht war Bingo, sein Hund, plötzlich in Bendines Garten verschwunden und bellte dort nun halb Carolinensiel zusammen.

»Willi, tu was, dein Hund jagt wieder die Katze«, mahnte Bendine, »und außerdem hetzt uns der olle Lohmann noch die Polizei auf den Hals wegen Ruhestörung.«

Willi stand auf und wankte in die Küche, von dort ging eine Tür hinaus zur Terrasse und in den Garten. Sein durchdringender Pfiff holte nicht nur seinen Hund zurück ins Haus, sondern hatte bestimmt auch Otto die Petze aus dem Bett geworfen. Fenja fragte sich jetzt schon, wen Otto dafür wieder anzeigen würde. Bendine oder Willi?

Dann verabschiedete sich Willi von Bendine, indem er sie eine Weile finster ansah, woraufhin sie ihm schweigend zunickte. Das war genug der Zuwendung für Willi. Er drehte sich um und ging, sein Hund folgte ihm auf dem Fuß.

Wenig später waren auch Marlene und Bradford verschwunden. Fenja und Barne Ahlers saßen noch mit Fenjas Mutter zusammen, die den Freund ihrer Tochter einem gründlichen Verhör unterzog, das mit der Frage endete, ob die beiden nicht mal irgendwann heiraten wollten.

»So eine Hochzeit macht doch Spaß!«, lieferte sie als Begründung, woraufhin Fenja sich für eine Weile mit einer Flasche Jever aufs Klo zurückzog.

Als sie gegen halb zwei zurückkam – sie musste wohl eingeschlafen sein –, war die Gästerunde noch mal beträchtlich geschrumpft. Nur Buchners sprachen noch mit Bendine, die bestimmt todmüde war, und der allgegenwärtige Edgar saß mit einer Flasche Baileys in der Hand bei Ahlers, in dem er offensichtlich einen Leidensgenossen vermutete. Edgar war nämlich Berufsschullehrer.

Fenjas Mutter räumte auf und klapperte unanständig laut mit dem Geschirr. Ein Zeichen für die Gäste, endlich aufzu-

brechen. Ahlers warf Fenja einen hilfesuchenden Blick zu, aber
die machte auf dem Absatz kehrt, um ihrer Mutter beim Ge-
schirrklappern zu helfen. Die Buchners verstanden und gingen
in ihr Apartment. Ahlers stand ebenfalls auf und stellte ein paar
Teller zusammen. Edgar goss sich noch einen Baileys ein und
griff seufzend nach seinem Handy.

Als alle Essensreste im Kühlschrank verstaut waren, sagten
auch die anderen einander Gute Nacht.

»Mach das Licht aus, wenn du gehst, Edgar«, erinnerte
Bendine ihn und zog sich dann mit leichter Besorgnis um den
Inhalt ihres Kühlschranks ebenfalls zurück.

ZWEI

Sonntagmorgen. Die Bewohner von Carolinensiel lagen in tiefem Schlaf. Das Wasser der Harle dümpelte friedlich und still Richtung Nordsee. Über dem östlichen Horizont lugte vor einem klaren Himmel eine strahlende Sonne hervor. Alles sprach für einen dieser heißen Sommertage, die Fenja so liebte. Das Dorf ruhte. Oder?

Fenja schlug unter einer steilen Stirnfalte die Augen auf. Das Licht blendete sie. Irgendetwas hatte sie geweckt. Sie wusste nicht, was es war. Ein Geräusch, ein unangenehmes, störendes Geräusch, das sie nicht ignorieren konnte. Sie lauschte. Jemand schluchzte. Eine Frau.

Fenja richtete sich auf und blickte zum Fenster, das zum Garten ging. Wie spät war es? Kurz nach sechs! Neben ihr röchelte es. Barne Ahlers warf sich auf die andere Seite und strampelte die Bettdecke weg. Das Schluchzen ging in ein leises Jammern über. Jemand rief nach Bendine.

Fenja sprang aus dem Bett, stolperte zum Fenster, öffnete es und warf einen Blick in den Garten. Sie bewohnte den ersten Stock, unter ihrem Fenster stand Irmi Lohmann und blickte zu ihr hinauf. Sie trug einen grauen Morgenmantel, ihr graues, dünnes Haar umgab ihren Kopf wie Spinnweben. Sie rang die Hände.

»Irmi, was machst du denn da?« Fenja zuckte vor ihrer eigenen lauten Stimme zurück. Irmi legte die Hände an ihre Wangen, stöhnte und wies mit der Hand in Richtung Bendines Rosenbusch.

»Ja, was denn?«

Fenja wurde ungeduldig. Irmi atmete schwer und trat von einem Fuß auf den anderen.

»Da, da ist Otto«, sagte sie leise, »ich glaube, er ist tot.« Dann brach sie in Tränen aus.

»Was ist denn hier los?« Ahlers war neben sie getreten. Er

war nackt, was Fenja für einen Moment von Irmi ablenkte. Aber nicht lange.

»Hast du gesagt, Otto ist tot?«, vergewisserte sich Fenja.

»Er liegt da im Rosenbusch«, wimmerte Irmi.

Fenja und Ahlers warfen sich einen verwunderten Blick zu. Fenja fing sich.

»Ich komme runter.«

»Ich komme mit«, sagte Ahlers.

Fünf Minuten später standen die drei vor Bendines Rosenbusch. Der Duft der lachsfarbenen, üppig blühenden David-Austin-Rosen war berauschend. Bendines Rosenbeete waren in Carolinensiel ein echter Hingucker, wiesen aber leider an diesem sommerlichen Sonntagmorgen einen eklatanten Schönheitsfehler auf. Unter einem der höher gewachsenen Stämme lag, halb verborgen, Otto Lohmann, die Petze. Er lag auf dem Bauch, den Kopf zur Seite, eine Hand hatte sich im Busch verfangen, sie war an den Dornen hängen geblieben. So als ob er versucht hätte, sich festzuhalten. Die Augen waren geöffnet.

Er war zweifellos tot. Fenja schluckte.

»Ich rufe dann mal den Notarzt«, sagte Ahlers und ging durch die Küchentür wieder ins Haus.

»Wird nicht nötig sein, aber mach ruhig«, murmelte Fenja vor sich hin.

In diesem Moment kam Bendine aus dem Haus. Sie hatte in aller Eile ihr Geburtstagsoutfit vom gestrigen Abend angezogen, was für diesen schockierenden Umstand ein bisschen zu feierlich war. Aber das war ja irgendwie jetzt auch egal, fand Fenja. Sie erwachte aus ihrer Starre und schob die beiden Frauen ins Haus zurück.

»Du machst am besten eine starke Tasse Tee, Bendine. Irmi hat einen Schock. Wir warten, bis der Notarzt kommt.«

Bendine legte ihren Arm um ihre schluchzende Nachbarin und führte sie in ihre Küche.

»Was ist denn eigentlich los?«, fragte sie, während sie den Wasserkessel füllte. »Ist Otto gestürzt oder was?«

»Keine Ahnung«, sagte Fenja, die sich neben die schlotternde Irmi auf die Küchenbank setzte. »Wo ist dein Bruder, weiß Alfons Bescheid?« Fenja wunderte sich, dass Irmis Bruder, Alfons Wecker aus Lüneburg, der, seit ihn seine Frau vor drei Wochen hinausgeworfen hatte, bei Irmi und Otto wohnte, sich nicht blicken ließ.

»Alfons ist heute Morgen ganz früh zum Angeln gefahren«, schluchzte Irmi.

»Gib mir seine Handynummer.«

Irmi hielt sich ihr Taschentuch unter die Nase und schüttelte den Kopf. »Das hab ich schon versucht. Er macht es doch beim Angeln auch immer aus.«

Ahlers betrat die Küche und steckte sein Handy weg. »Sie sind unterwegs.«

Fenja nickte nur. Die Sonne goss warme Strahlen durchs Küchenfenster, was Fenja ebenfalls unpassend fand.

Eine halbe Stunde später stand fest, dass Otto Lohmann wahrscheinlich weder an einem Schlaganfall noch an einem Herzinfarkt gestorben war. Er hatte eine klaffende Wunde an der linken Kopfseite, deren Herkunft sich niemand erklären konnte. Jedenfalls war er nicht auf einen Stein gestürzt, denn es gab im Umkreis der Leiche keinen, der bei einem Sturz eine derartige Wunde hätte hervorrufen können. Der Boden, auf dem sein Kopf gelegen hatte, war blutgetränkt. Fenja rief also zur Sicherheit ihre Kollegen von der Kripo in Wittmund an.

Die Spurensicherung rückte an und Manfred Friedrichsen, der Rechtsmediziner. Alles gute Bekannte von Fenja, mit denen sie normalerweise zusammenarbeitete. Aber abgesehen davon, dass sie Urlaub hatte, gehörte sie dieses Mal nicht zu den Ermittlern, sondern zu den Zeugen; um genau zu sein, sogar zum möglichen Täterkreis. Ein seltsames Gefühl, an das sie sich erst noch gewöhnen musste.

Mittlerweile hatten sich die meisten Bewohner der Pension im Frühstücksraum eingefunden. Vor Bendines Haus versammelten sich die ersten Nachbarn und andere Neugierige. Fenja und ihre Mutter bereiteten das Frühstück für die Gäste zu, und Fenja stellte alles, was sich noch im Kühlschrank befand, aufs Büfett.

Währenddessen saß Bendine verwirrt und traurig mit Irmi Lohmann in der Küche. Mark Bradford war ebenfalls aufgestanden, während Marlene noch schlief. Fenja hatte ihm erklärt, was passiert war, und er hatte nur schweigend genickt und sich mit einem seltsam verwunderten Blick, die Hände in den Hosentaschen vergraben, an Bendines Küchenfenster gestellt. Fenja fragte sich, was in seinem Kopf vorging.

Dann trafen ihre Kollegen von der Kripo in Wittmund ein: Oberkommissar Geert Frenzen und Kommissarin Gesa Münte. Fenja stöhnte innerlich, hatte aber im Grunde nichts anderes erwartet.

Normalerweise leitete Fenja selbst die Ermittlungen bei ungeklärten Todesfällen im Zuständigkeitsbereich der Kripo Wittmund, und dazu gehörte Carolinensiel. Doch eine Leiche im Garten ihrer Tante, noch dazu eine mit einem verdächtigen Loch im Kopf, änderte die Zuständigkeiten. Das waren nicht unbedingt gute Neuigkeiten.

Gesa Münte war eine kluge und umsichtige Ermittlerin, was auf den selbstverliebten Geert Frenzen, Fenjas Stellvertreter, nicht unbedingt zutraf. Die Art, wie Frenzen sich jetzt in Bendines Frühstücksraum breitmachte und den Chef rauskehrte, bestätigte Fenjas Befürchtungen. Er würde jeden der Geburtstagsgäste wie einen potenziellen Täter behandeln. Bendine, die reglos an dem kleinen Tresen lehnte und starr vor sich hin blickte, standen schwierige Stunden bevor.

»So, Herrschaften«, Frenzen hielt seinen Ausweis hoch und drehte sich einmal im Kreis, »mein Name ist Frenzen, Kripo Wittmund, das ist meine Kollegin Münte.«

Fenja verdrehte die Augen und warf zuerst Ahlers und dann Bradford einen Blick zu. Während Ahlers Frenzen fasziniert beobachtete, lächelte der Inspector hintergründig. Er stand jetzt lässig am Fenster und sah einfach unverschämt gut aus.

Marlene hing an seinem Arm und starrte Frenzen aus großen Augen neugierig an.

Frenzen räusperte sich. »Wer hat die Leiche gefunden?«

»Irmi, seine Frau«, sagte Elke, die Lohmanns Witwe, die neben ihr saß, unter ihre Fittiche genommen hatte.

»Aha.« Frenzen sah sich suchend um. »Wo können wir uns ungestört unterhalten?«

»In der Küche«, sagte Elke. »Ich komme mit, Irmi steht noch unter Schock.«

Immerhin, dachte Fenja. Ihre Mutter hatte das Kommando übernommen und würde sich von Frenzen nicht einschüchtern lassen. Dann konnte er nicht allzu viel Schaden anrichten. Er gab Gesa und den beiden Streifenpolizisten, die den Garten abgesperrt hatten, die Anweisung, jeden Einzelnen zum Ablauf des gestrigen Abends zu befragen. Fenja beobachtete Frenzen kritisch, aber der wich dem Blick seiner Chefin konsequent aus und scheuchte Irmi und Fenjas Mutter in die Küche.

»Dann fangen wir mal am besten an, was?«

Gesa war neben sie getreten, während die beiden Uniformierten ihre Notizblöcke zückten und begannen, die übrigen Anwesenden zu befragen.

Fenja zog Gesa zur Seite. »Weißt du schon was Näheres über den Todeszeitpunkt?«

Das waren Interna, die eine Ermittlerin nicht einfach so ausplaudern konnte, das wusste Fenja, aber Gesa war unkonventionell und hatte ihre eigene Meinung darüber, wem sie vertrauen konnte.

»Vor ein paar Stunden, wahrscheinlich zwischen Mitternacht und zwei Uhr morgens, sagt Friedrichsen.«

»Scheiße«, entfuhr es Fenja. Das bedeutete, dass Lohmann wahrscheinlich gestorben war, als Bendines Fest noch in vollem Gange war und alle Gäste anwesend waren.

»Hast du eine Ahnung, was passiert ist?«, fragte Gesa.

Fenja schüttelte den Kopf. »Nicht die geringste. Irmi stand heute Morgen völlig verstört unter meinem Fenster. Sie ist gestern vor ihrem Mann nach Haus gegangen und hat sich heute

Morgen gewundert, dass er nicht im Bett lag. Sie hat ihn zuerst im Haus gesucht, ist dann in den Garten gegangen und hat gesehen, dass die Pforte zu Bendines Grundstück offen stand. Sie wollte sie schließen, und dann hat sie Ottos Bein unter dem Rosenstrauch hervorlugen sehen. Sie ist natürlich gleich hin, hat gedacht, er hätte sich betrunken und wäre im Garten eingeschlafen. Aber … na ja.«

»Und da war nichts, was die Wunde am Kopf erklären könnte?«

»Nein.«

»Also muss ihm ja wohl jemand den Schädel eingeschlagen haben.« Gesa legte den Finger an die Unterlippe wie ein Schulmädchen.

»Hat Friedrichsen eine Vermutung, womit?«

»Ein stumpfer Gegenstand, wahrscheinlich ein Stein.«

»Hm.« Fenja leckte sich über die Lippen. »Wenn ihr ein Motiv braucht, davon gibt's reichlich. Sogar ich hätte eins.«

Gesa, die bisher versonnen den Parkettboden von Bendines Frühstücksraum gemustert hatte, blickte belustigt auf. »Tatsächlich? Das wird Geert freuen.«

»Das befürchte ich auch«, murmelte Fenja. »Also, dieser Lohmann war ein echtes Ekelpaket, ich weiß nicht, wie viele Leute der schon wegen Nichtigkeiten angezeigt hat. Falschparker, Touristen ohne Kurkarte, Leute, die ihren Hund verbotenerweise frei laufen lassen, solche Sachen. Du wirst da jede Menge im Computer finden.«

»Und was hattest du verbrochen?«

»Ich hab die Fenster von meinem Käfer geputzt«, schnaubte Fenja. »Die Kollegen haben mir einen Vortrag gehalten und fanden das lustig.«

Gesa kicherte. »Hast du einen Verdacht?«

Fenja überlegte und wurde sich plötzlich ihrer seltsamen Situation bewusst. Sollte sie wirklich Bendines Freunde und Nachbarn und ihre Verwandten – die ja auch Fenjas waren – bei der Polizei anschwärzen und ihnen Schwierigkeiten machen? War sie dann nicht auch bloß eine blöde Petze?

So fühlt sich das also an, dachte sie und nahm sich vor, in Zukunft weniger streng über Menschen zu urteilen, die versuchten, die, die sie liebten, zu schützen. Was sollte sie jetzt tun? Das, was sie wusste, für sich behalten? Das ging doch nicht. Sie war Hauptkommissarin bei der Kripo und musste mit gutem Beispiel vorangehen, auch wenn sie sich womöglich bei Bendine unbeliebt machte. Sie schüttelte unwirsch den Kopf, aber es half alles nichts, sie musste mit Gesa reden. Die würde mit den Informationen besonnen umgehen.

»Also, der Tote hat sich gestern Abend mit unserem Nachbarn gestritten, Martin Holzer. Aber das ist nichts Besonderes, Otto Lohmann lag mit jedem im Clinch.«

»Das heißt, jeder hier ist verdächtig«, sagte Gesa.

»Ja. Jeder, der auf der Party war, aber auch jeder Nachbar und alle Leute, die zufällig gegen Mitternacht hier vorbeigekommen sind.«

»Na klasse«, seufzte Gesa.

»Ich mach dir eine Liste der Leute, die da waren, aber es kann auch ein Tourist gewesen sein, mit dem er sich angelegt hat. Der ist zufällig vorbeigekommen oder hat ihm sogar vor seinem Haus aufgelauert und ihn in Bendines Garten erwischt. Ich kann mir nicht vorstellen, dass einer von den Gästen oder –«

»Das kann man nie, muss ich dir als Kripobeamtin ja nicht erzählen.«

Gesa fuhr sich durch die blonden kurzen Haare. Sie war groß, größer als Fenja, hatte die perfekte Laufsteg-Figur, war aber völlig uneitel. Fenja hatte sie noch nie geschminkt gesehen, und sie reagierte gereizt, wenn sie jemand auf ihr gutes Aussehen ansprach. »Wieso spricht niemand Männer auf ihr Aussehen an?«, hatte sie Fenja mal gefragt, als der Kollege Jannes Tiedemann sie mit Heidi Klum verglichen hatte. »Weil Männer nicht so schön sind«, hatte Fenja geantwortet, war aber damit bei Gesa nicht gut angekommen. Die fand es vorsintflutlich, wenn Männer Frauen auf ihr Aussehen reduzierten, wie sie das nannte. Fenja war da nicht so kleinlich. Sie

24

freute sich über derartige Komplimente. Vielleicht deswegen, weil sie nicht so viele zu hören bekam wie ihre Kollegin.

»Weißt du sonst noch was, das uns helfen könnte?«, fragte Gesa, und Fenja fühlte sich unwohl in der Rolle der Befragten. Auch wenn man dieses Gespräch mit Gesa nicht als Befragung bezeichnen konnte.

Sie war – abgesehen davon, dass sie sich wie eine Verräterin fühlte – nicht gerade zufrieden mit sich als Zeugin. Sie hatte keinen Schimmer, was sich da gestern Abend in Bendines Garten abgespielt hatte. Es gab jede Menge Verdächtige und jede Menge Motive. Die Ermittlungen würden bestimmt nicht einfach werden, was Fenja zumindest ein wenig dafür entschädigte, dass Frenzen sich hier als Boss aufführen konnte.

In diesem Moment kam ihre Mutter mit einer heulenden Irmi Lohmann aus der Küche. Ihr Gesichtsausdruck ließ nichts Gutes vermuten. Mit Sicherheit hatte Frenzen jede Menge Porzellan zerschlagen. Sie ging auf die beiden Frauen zu und zog ihre Mutter zur Seite, während Frenzen in der Küchentür erschien und Bendine heranwinkte. Die warf zuerst einen Blick auf ihre Schwester, die beruhigend auf die Nachbarin einredete, reckte dann kämpferisch das Kinn und begab sich in ihre Küche. Fenja schmunzelte. Mit Bendine hatte Frenzen erst mal eine harte Nuss zu knacken. Das würde ihr Zeit geben, sich mit Irmi und ein paar anderen Gästen von gestern Abend zu unterhalten.

Ihre Mutter hatte sich mit Irmi mittlerweile an einem der Tische niedergelassen und empfing sie mit vorwurfsvollem Kopfschütteln.

»Na, sag mal, was ist das denn für ein Rüpel? Der hat doch Irmi tatsächlich gefragt, ob sie ihren Mann umgebracht hat. So was! Wie kann man denn eine frischgebackene ... äh«, Elke Ehlers war mit ihrer Wortwahl wohl auch nicht glücklich, »... Witwe fragen, ob sie ihren Mann getötet hat!«

Na klar, dachte Fenja und verzog den Mund. Wie nicht anders zu erwarten, war Frenzen mit der Tür ins Haus gefallen. Natürlich gehörten die Ehepartner bei einem Mordfall immer

25

zum engeren Kreis der Verdächtigen, aber das wollte Fenja jetzt und hier nicht thematisieren.

»Irmi, es tut mir wirklich leid«, sagte sie stattdessen, »aber vielleicht können wir der Sache ja auf den Grund gehen. Hast du irgendeinen Verdacht, was passiert sein könnte? Oder kennst du jemandem, der …«, Fenja wusste nicht recht, wie sie sich ausdrücken sollte, »Otto hätte umbringen wollen?« Es gab für diese Frage keine höfliche Umschreibung.

Irmi fuhr mit der Hand über ihre Wangen und schluchzte. »Ich … Otto war bestimmt kein einfacher Mensch, aber … so was hat er nicht verdient. Und ich kenne wirklich niemanden, der zu so was imstande wäre.«

»Hat Otto mal etwas erwähnt, oder gab es in letzter Zeit einen besonderen Vorfall? Wurde er vielleicht bedroht? Oder hat er Post bekommen?«

Fenja fluchte innerlich. Sie hatte keinen Zugang zu Ottos Computer oder seinem Handy. Sie hoffte nur, dass Gesa sie mit Informationen versorgen würde, auch wenn sie sich damit womöglich in Teufels Küche brachte.

Irmi schniefte und knetete gedankenverloren ihr Taschentuch.

»Na ja, gestern Abend hatte er Streit mit Martin, das habt ihr ja sicher mitgekriegt. Aber … neulich hat ihm Gerd …«, sie blickte Fenja aus feuchten Augen an und hob die rechte Schulter an die Wange, »du weißt ja, Gerd Möllering von gegenüber, gedroht, er würde sich was ›Hübsches‹ für Otto ausdenken. Genau das hat er gesagt: was ›Hübsches‹, weil Otto ihn verpfiffen hätte.«

»Weswegen?«

»Na, Gerd hatte doch im Mai den großen Wacholder in seinem Garten gefällt. Und das darf er doch dann gar nicht mehr, wegen der Brutzeit. Ich glaube, Gerd musste ziemlich viel Strafe bezahlen. Aber«, sie blickte zuerst Fenja und dann Elke an, »ist doch wahr, wenn sich keiner an die Regeln hält, dann gibt's keine Ordnung, und das macht unsere Gesellschaft kaputt. Das hat Otto immer gesagt. Und dass jeder auf jeden aufpassen müsste. Sonst könnte man sich die Gesetze ja gleich sparen. Und da hat er ja auch recht gehabt.«

Sie fing wieder an zu weinen, und Elke klopfte ihr beruhigend auf die Schulter. Zustimmen wollte ihr aber keine der beiden Frauen, und Fenja wollte sich eine Gesellschaft, wie Otto Lohmann sie propagiert hatte, lieber nicht vorstellen. Eines war jedenfalls klar: Menschen wie Lohmann lebten gefährlich.

»Worum ging's bei dem Streit mit Martin Holzer?«

Irmi schien zu überlegen. »Ehrlich gesagt, das weiß ich gar nicht. Martin ist plötzlich aufgesprungen und hat Otto … beschimpft.«

»Und du bist gestern Abend, nachdem du heimgekommen bist, direkt ins Bett gegangen?«

Irmi nickte.

»Was ist mit Alfons? War der letzte Nacht zu Hause?«

Irmi dachte einen Moment nach. »Natürlich, wo soll er denn sonst gewesen sein?«

Das wusste Fenja auch nicht, aber das würde ihr Alfons Wecker später persönlich sagen.

»Du hast Otto also nicht mehr gesehen?«, fuhr sie fort. »Ich meine … er ist nicht vielleicht zwischendurch mal kurz nach Haus gekommen und wieder gegangen?«

»Nein. Jedenfalls hab ich nichts gesehen oder gehört. Ich hab heute Morgen nach ihm gesucht und …«

Fenja streichelte Irmis Arm, die Frau hatte keine Neuigkeiten für sie, zumindest nicht im Moment. »Ich denke, du solltest heimgehen. Mama, du gehst besser mit und wartest, bis Irmis Bruder wieder da ist.«

»Natürlich.«

Die beiden erhoben sich, und Fenjas Mutter schob Irmi Lohmann wie ein hilfloses Kind zur Tür.

Fenja sah sich um. Die beiden Uniformierten und Gesa waren noch mit den Befragungen beschäftigt. Im Raum herrschte verhaltenes Gemurmel. Gesa sprach gerade mit Edgar, der ziemlich verkrampft und heute Morgen ohne Baseballkappe vor ihr am Tisch saß. Er hatte schützend die Arme vor sei-

27

nem kompakten Leib verschränkt und fuhr sich immer wieder durch seinen lockigen Haarkranz oder hantierte an seiner Brille herum.

Wieso ist der so unentspannt?, fuhr es Fenja durch den Kopf. Hatte er etwas zu verbergen oder einfach generell etwas gegen Befragungen durch die Polizei? Normalerweise konnte er sich doch nicht wichtig genug fühlen. Wieso war das denn heute anders? Aber Fenja hatte keine Zeit, darüber nachzudenken, denn jemand rief ihren Namen. Frenzen.

Sie drehte sich zur Küchentür und sah gerade noch, wie Bendine wütend das Frühstückszimmer durchquerte, in der Diele verschwand und wenige Sekunden später die Haustür zuschlug. Aha, Bendine schien frische Luft zu brauchen. Auch gut, dann konnte sie sich jetzt mal mit dem Leiter der Ermittlungen unterhalten.

»Reiß dich am Riemen«, murmelte sie vor sich hin, als sie sich in die Küche begab, um mit Frenzen zu sprechen.

Der bat sie, am Küchentisch Platz zu nehmen, als wäre er hier der Hausherr. Das geht ja gut los, dachte Fenja.

Als beide sich gegenübersaßen, begann Frenzen, nun doch etwas unsicher.

»Äh … komische Situation, aber du verstehst ja, dass ich dich genauso behandeln muss wie die anderen Verdächtigen.«

Fenja sackten bei dieser Wortwahl beide Mundwinkel herab. Sie holte tief Luft.

»Ja klar, also, was willst du wissen?«

»Na ja, das kannst du dir doch denken, das Übliche.« Er kicherte. »Ist dir irgendwas aufgefallen, hast du einen Verdacht et cetera et cetera …«

Fenja musterte Frenzen eine Weile schweigend, nicht weil sie nicht wusste, was sie sagen sollte, nein, es machte ihr einfach Spaß, Frenzen zu verunsichern. Das gelang ihr offensichtlich, denn er schien sich unbehaglich zu fühlen und griff sich an den Hals.

»Ich habe Gesa eigentlich schon alles erzählt. Der Tote hat sich eine Menge Feinde gemacht, weil er jeden wegen der kleinsten Ordnungswidrigkeit angezeigt hat. Außerdem hatte er gestern Abend eine kleine Auseinandersetzung mit Martin Holzer, einem anderen Nachbarn. Worum es genau ging, weiß ich nicht, und was sich in Bendines Garten abgespielt hat, weiß ich auch nicht. Ich hab fast die ganze Zeit mit Barne Ahlers, Marlene Fitz und Mark Bradford – an den du dich bestimmt noch erinnern kannst – am Tisch gesessen. Mehr kann ich dir nicht sagen.«

Fenja fand, das reichte aus an Information.

»Ähm …« Frenzen klopfte mit seinem Kugelschreiber auf sein Notizbuch. Er schien irgendwie unbefriedigt von dem Gespräch. »Und das ist wirklich alles, was du sagen kannst?«

»Ja, ich finde das Ganze völlig rätselhaft.« Sie sah Frenzen unschuldig an.

»Hast du keinen Verdacht?«

»Keinen bestimmten.« Fenja beugte sich vor. »Es gibt jede Menge Leute, die ein Motiv hatten, und wie es mit den Alibis aussieht … na ja, wann ist er denn gestorben? Hat Friedrichsen was gesagt?«

Frenzen reckte das Kinn. »Du weißt, dass ich über Ermittlungsergebnisse nicht reden darf.«

Fenja verzog den Mund. Genau das hatte sie erwartet. Sie würde ihm allerdings nicht auf die Nase binden, dass Gesa ihr das bereits gesteckt hatte.

»Ja, dann kann ich dir ja auch zu möglichen Alibis nichts sagen.«

Frenzen merkte, dass er ein Eigentor geschossen hatte, und ruderte zurück.

»Auf jeden Fall nach Mitternacht«, sagte er. »Vielleicht könntest du aufschreiben, wann du wo mit wem gewesen bist, darum bitten wir alle Gäste. Das werden wir dann hinterher auswerten.«

»Okay«, Fenja stand auf, »kann ich dir sonst noch irgendwie helfen?« Sie grinste und wünschte sich, dass Frenzen die Ambivalenz dieser Frage verstand. Aber das war nicht der Fall.

»Nein, das wäre im Moment alles«, sagte er und plusterte sich auf wie ein Pfau. »Ach, da fällt mir was ein. Es sind in den letzten Tagen wieder vermehrt Anzeigen eingegangen, besonders aus Carolinensiel. Taschen- und auch Ladendiebstähle. Hast du da was mitbekommen?«

»Nein«, antwortete Fenja ärgerlich. »Ich hab im Moment auch echt andere Sorgen.«

»Wie auch immer, wenn noch was ist oder dir was auffällt … Du weißt ja, wo du uns erreichst.«

Fenja verließ grollend die Küche.

***

Mark Bradford lehnte geduldig an Bendines Frühstückstheke und beobachtete schweigend, was im Raum vor sich ging. Marlene hatte sich gerade den zweiten Becher Kaffee geholt und schlurfte zu Bendine, die soeben wieder hereinkam und sich hektisch am Frühstücksbüfett zu schaffen machte. Er sah, dass Marlene Bendine eine Frage stellte, die aber nur unwirsch abwinkte und mit dem Geschirr herumklapperte. Marlene zuckte mit den Schultern und ließ sich auf einen Stuhl fallen. Zwar verstand er kein Wort von dem, was um ihn herum gesprochen wurde, aber Fenja hatte ihn schon darüber informiert, dass ein Nachbar und Gast von Bendines Party mit einer Kopfwunde unter den Rosenbüschen lag.

Er beobachtete, wie die zwei Uniformierten und Fenjas Kollegin, die aussah wie ein Fotomodell, die Anwesenden befragten und ihre Personalien aufnahmen. Die beiden Uniformierten verließen den Raum, und Fenja kam mit ihrer Kollegin auf ihn zu.

»Du bist auch noch dran«, sagte Fenja lächelnd. »Tut mir wirklich leid, die ganze Sache.«

»Kein Problem«, antwortete er, »ist mal eine ganz neue Erfahrung. Wie kann ich helfen?«

»Du kennst ja meine Kollegin Gesa noch«, sagte Fenja und fügte mit leiser Ironie hinzu: »Leider kannst du nicht mit dem

Leiter der Ermittlungen sprechen, der kann kein Englisch.«
Sie zwinkerte ihm zu.

Gesa gab ihm die Hand und begrüßte ihn in perfektem Englisch. Bradford fühlte sich fast wie zu Hause, er schämte sich auch ein bisschen dafür, dass kaum einer seiner Landsleute Deutsch sprach.

Gesa stellte die üblichen Fragen, aber er konnte nichts Hilfreiches beisteuern. Jedenfalls noch nicht. Er musste seine Beobachtungen zuerst mit Fenja besprechen, bevor er möglicherweise Porzellan zerschlug. Vielleicht zog er ja die falschen Schlüsse, und alles, was er gesehen hatte, war völlig normal.

So sagte er aus, dass er gegen zwei ins Bett gegangen war. Er wich Fenjas forschendem Blick aus, beantwortete aber Gesas Frage, noch bevor sie sie stellen konnte. Ja, Marlene war bei ihm gewesen, die ganze Nacht.

»Okay«, sagte Gesa, schloss ihren Notizblock und nickte Bradford zu.

Sie sprach einige Worte mit Fenja in dieser harten Sprache mit den vielen Stopplauten und setzte sich dann zu Marlene an den Tisch. In diesem Moment kam Fenjas Kollege aus der Küche, sein Name hatte ein bisschen wie »Fritz« geklungen, das wusste Bradford noch. Fritz blieb einen Moment breitbeinig in der Küchentür stehen und warf einen Blick in die Runde. Er nickte Bradford etwas verlegen zu, drehte sich dann abrupt um und verschwand wieder in der Küche und von dort aus wohl in den Garten, wo die Spurensicherung noch beschäftigt war.

Bradford beschloss, noch eine Tasse von diesem guten Friesentee zu trinken. Was sollte er sonst tun? Eigentlich befand er sich in der Rekonvaleszenz. Eine Schussverletzung von einer hysterischen Süchtigen hatte ihn für einige Wochen aus dem Verkehr gezogen. Die Gott sei Dank kleinkalibrige Kugel war in seinem Brustbein stecken geblieben. Der Chief Constable hatte ihm aufgetragen, sich erst wieder in der Polizeistation Eastbourne blicken zu lassen, wenn er völlig gesund war.

Nach seiner Entlassung aus dem Krankenhaus hatte er einige Tage in Cornwall verbracht, wo sein Sohn Elijah und seine

Exfrau Deborah mit ihrem neuen Partner lebten. Das Verhältnis zu Debs Neuem, Tom, war nicht berauschend. Tom war hochgradig eifersüchtig und wachte mit Argusaugen darüber, dass Bradford Deb nur ja nicht zu nahe kam. Dabei hatte Tom gar nichts zu befürchten. Er und Deb mochten sich zwar noch, aber von Liebe konnte schon lange keine Rede mehr sein.

Was ihm jedoch wirklich zu schaffen machte, war, dass er und Elijah sich zunehmend entfremdeten, was eigentlich kein Wunder war, denn sein Beruf ließ ihm wenig Zeit. Das war auch der Scheidungsgrund gewesen. Jedenfalls hatte er nach einigen Tagen die Nase voll gehabt vom Regen in Cornwall. Und da Elijah mit seinem Freund nach Wales reisen wollte, verließ er Cornwall und sagte Fenja zu, die ihn mehrfach eingeladen hatte, sie zu besuchen. Aber seine Reise nach Carolinensiel war auch eine Flucht.

Seine Mutter hatte ihn nämlich darum gebeten oder eher ihm aufgetragen, endlich seine Schwester Linda in Bristol zu besuchen. Das sei doch seine Pflicht als Bruder und als Patenonkel von seinem Neffen, George. Und wenn er sich dazu zu schwach fühle, könne sie ihn gern in Eastbourne umsorgen und ihm Gesellschaft leisten.

Bei dieser Aussicht war er in Panik geraten, aber seine Schwester besuchen wollte er auch nicht. Dabei liebten sich die beiden, und er mochte auch seinen Schwager Will. Wovor er sich allerdings wirklich fürchtete, waren seine Nichte Amy und sein Patensohn George. Er hatte nichts gegen aufgeschlossene und bewegungsfreudige Kinder – wobei es seine Mutter war, die ihren Enkeln diese Attribute zuschrieb. Er selbst würde die beiden eher als wild und vorlaut bezeichnen. Aber vielleicht war er auch einfach nur ein alter Grumpy. Auch das war die Meinung seiner Mutter.

Jedenfalls hatte er einen Flug nach Bremen gebucht, und Fenja hatte sich gefreut. Sie wollte ihm endlich mal ein bisschen mehr von Deutschland zeigen, hatte sie gesagt. Seine bisherigen Besuche waren ja dienstlich und viel zu kurz gewesen.

Und nun war er hier, und was passierte? Er wurde in einen

Todesfall verwickelt. Noch war er nicht dahintergekommen, ob es Mord war oder ein Unfall oder vielleicht eine Prügelei mit üblen Folgen. Entweder war Fenja mit ihren Informationen zurückhaltend, oder sie wusste selbst nicht mehr, als sie ihm sagte. Allerdings hatten sie sich auch noch nicht in Ruhe unterhalten können.

Sie versuchte offensichtlich, ruhig zu bleiben und sich einen Überblick zu verschaffen. Und natürlich verließen sich alle auf sie. Vor allem ihre Tante Bendine. Sie wollte zwar Haltung bewahren, aber ihre Hände zitterten, während sie sich am Büfett zu schaffen machte, und sie war erschreckend blass. Es war ja auch nicht leicht zu verkraften, wenn auf der eigenen Geburtstagsfeier einer der Gäste gewaltsam zu Tode kam.

Fenja schien sich ebenfalls Sorgen um ihre Tante zu machen. Sie nahm ihren Arm und verließ mit ihr den Raum.

»Ich hätte nie gedacht, dass mir mal so was passieren würde.« Marlene war neben ihn getreten und legte ihren Kopf an seine Schulter.

»Ich auch nicht«, sagte er und stellte seine Tasse auf den Tresen.

Er sah sie an und überlegte, wie es nun eigentlich weitergehen sollte. Was zum Kuckuck hatte er sich bloß dabei gedacht, nach Deutschland zu kommen und mit der ersten Frau, die sich ihm anbot, ins Bett zu steigen? Und dann auch noch mit Fenjas Freundin. Er war sich nicht sicher, aber er hatte nicht den Eindruck, dass sie begeistert darüber war. Er fragte sich, wieso. Er selbst war frei und Marlene wohl auch. Jedenfalls hatte sie das gesagt. Sie taten also niemandem weh.

Der einzig plausible Grund für Fenjas Missfallen war Eifersucht, was ihn durchaus nicht störte. Allerdings war sie in festen Händen, das hatte Marlene ausdrücklich gesagt. Und es war auch kaum zu übersehen, dass dieser Mann – wenn er das richtig verstanden hatte, hieß er Barney – und Fenja ziemlich verliebt waren. Was ihn, Bradford, doch irgendwie störte.

»Ich muss jetzt nach Hause«, sagte Marlene und legte seine Hand an ihre Wange. »Sehen wir uns heute Abend?«

»Ich werde auf jeden Fall hier sein«, antwortete er mit einem Lächeln.

»Soll ich kommen?«

»Ich weiß nicht, wie es hier weitergeht. Ich rufe dich an.«

»Bestimmt?«

»Bestimmt.«

Er drückte ihr einen Kuss auf den Mund und begleitete sie nach draußen. Er wollte sich dort ein wenig umsehen.

DREI

Eastbourne, Südengland, zur selben Zeit

Sergeant Buckley hielt sich die Ohren zu. Nicht nur, dass er am Sonntag Dienst hatte, was schon schlimm genug war. Nein, irgendein übel meinendes Schicksal hatte ihm auch noch diese Heimsuchung beschert und ihm drei Wahnsinnige auf den Hals gehetzt. Sie stritten schon wieder.

Er hatte großen Respekt vor älteren Damen, immerhin wussten sie, wie man sich benahm, und vor allem wussten sie, wenn man sich *falsch* benahm. Er bekam jetzt noch Herzklopfen, wenn er an seine Tante Joan dachte, die ihm, als er noch ein unschuldiger Knabe war, wenn er bei den sonntäglichen Mittagessen im Kreis der Familie mit vollem Mund redete, einen Schlag auf den Kopf versetzt hatte. Mit der flachen Hand mitten auf den Schädel. Er hatte sich schon manches Mal gefragt, ob das der Grund für seine eher durchschnittliche Körpergröße war.

»Ladys!«, ermahnte er die drei Damen, die sich an diesem Sonntagnachmittag in der Polizeistation Eastbourne eingefunden hatten, um ihm das Leben schwer zu machen. Jede Einzelne war so alt wie Methusalem, und Buckley erwartete jeden Augenblick einen Schlag auf den Kopf, vielleicht, weil er nicht aufrecht saß oder eine der vielen sich widersprechenden Aussagen falsch verstanden hatte. Er merkte selbst, wie er ständig den Kopf einzog.

»Darf ich dann zunächst mal um Ihre Namen bitten!«

Buckley versuchte sich Gehör zu verschaffen, was nicht ganz einfach war, denn zwei der drei Damen waren schwerhörig und glaubten, diesen Mangel durch Lautstärke in ihrer Kommunikation ausgleichen zu können. Dazu kam, dass die beiden Schwerhörigen andauernd unterschiedlicher Meinung waren und beharrlich versuchten, die jeweils andere von der eigenen Meinung zu überzeugen.

»Aber Samantha«, schrie die, welche die anderen Susan

35

nannten, »ich weiß genau, dass Lilian gestern noch mit mir gesprochen hat …«

»Das war vorgestern!«, schrie Samantha zurück. »Du bringst aber auch alles durcheinander.«

Die Dritte im Bunde hatte sich bereits als Phoebe Appleton vorgestellt, als die beiden anderen zwischendurch Luft holen mussten. Alle drei trugen ausladende Hüte auf den sorgfältig ondulierten grauen Haaren, wehende Kleider und klobige Gold- oder Perlenketten.

Buckley starrte die zankenden Frauen hilflos an. Keine von ihnen reagierte. Er schluckte. Jetzt musste er beweisen, was für ein Kerl in ihm steckte, und diese Weiber zum Schweigen bringen. Er stand auf.

»Ruhe!«, rief er so laut, dass Constable Riley neugierig seinen Kopf durch die Tür des Nachbarraums steckte. Die beiden Damen verstummten augenblicklich, und Riley zog sich grinsend zurück.

»Junger Mann«, sagte Samantha laut und würdevoll, »was ist denn das für ein Benehmen? Wir kommen hierher, weil wir unsere Freundin vermissen, und Sie haben nichts Besseres zu tun, als uns anzuschreien.«

»Allerdings«, stimmte Susan, ihre Schwester, ebenso würdevoll zu. »Wirklich sehr ungezogen.«

Phoebe Appleton sagte gar nichts und starrte auf ihre Füße. Buckley räusperte sich und ließ sich langsam wieder auf seinen Stuhl sinken. Zu allem Übel hatte Constable Gwyneth Sutton soeben den Raum betreten, um ihn abzulösen. Und das Erste, was sie zu hören bekam, war, dass ihr derzeitiger Vorgesetzter, Sergeant Buckley, sich schlecht benommen hatte.

»Ladys«, setzte Buckley ärgerlich an, »Sie müssen schon meine Fragen beantworten, sonst kann ich Ihre Anzeige nicht aufnehmen.«

»Aber deswegen brauchen Sie doch nicht so zu schreien!«, schrie Samantha.

Und Buckley sah, wie Sutton den Mund verzog und sich abwandte.

»Also.« Buckley wollte das hier zu Ende bringen und dann endlich Feierabend machen. Er hatte schließlich ein Date. Und an diesem Date lag ihm wirklich etwas. Er wollte nicht zu spät kommen. »Ihre Namen bitte.«

Constable Sutton trat an seinen Schreibtisch.

»Soll ich das hier übernehmen, Sie haben doch Feierabend, oder nicht?«

»Stimmt allerdings«, sagte Buckley, der aber das Feld auch nicht einfach räumen wollte. Andererseits, diese Weiber waren ein schwieriger Haufen. Das könnte sich hinziehen ... und dann war da sein Date ... »Also, Constable, dann übernehmen Sie mal«, kommandierte er, damit auch alle wussten, wer hier das Sagen hatte.

Gwyneth Sutton lächelte schief und bat die drei Damen, die die beiden Polizisten neugierig beobachteten, an ihren Schreibtisch. Nachdem sich alle dort versammelt hatten und Sutton die Namen notiert hatte, erwähnte sie kurz, dass Eastbourne doch wirklich gesegnet sei mit diesem sonnigen Wetter, was die drei Damen gern und ausführlich bestätigten. Danach legte Sutton ihre Arme auf den Tisch und sah die drei aufmerksam an.

»Dann erzählen Sie mal in Ruhe. Was ist passiert?«

Und schon brach ein neues Gewitter los, denn jede der Frauen nahm für sich in Anspruch, die Geschichte am besten erzählen zu können. Sutton seufzte und wies dann mit dem Finger auf Phoebe Appleton.

»Sie fangen an!«, sagte sie laut und deutlich.

Phoebe holte Luft und legte los.

»Also, meine Freundin –«

»Sie ist auch unsere Freundin«, unterbrach sie Samantha, und ihre Schwester nickte.

»Ja, ja, natürlich, das muss ich doch nicht extra sagen ... also, unsere Freundin Lilian, mit Nachnamen heißt sie Simmington, wollte heute mit uns zum Mittagessen gehen ...«

»Ja ...«, Samantha konnte einfach den Mund nicht halten, »Sie müssen wissen, das machen wir jeden Sonntag, und Lilian freut sich immer sehr darauf, das musst du schon dazusagen, Phoebe, das ist wichtig.«

»Ja, wenn du mich mal zu Wort kommen lassen würdest«, entgegnete Phoebe ungehalten, woraufhin Samantha sich an Sutton wandte: »Ja, soll ich denn nicht sagen, wenn etwas wichtig ist?«

»Ja, natürlich.« Sutton sah ein, dass sie umdisponieren musste. »Vielleicht machen wir es umgekehrt, und Sie erzählen die Geschichte, Ms ...«, sie warf einen Blick auf ihre Notizen, »Harris, und Sie beide mischen sich ein, wenn Ms Harris etwas Wichtiges vergisst.«

»Das halte ich auch für das Beste«, sagte Samantha Harris und klopfte zur Bekräftigung mit ihrem Spazierstock auf den Boden wie Nanny McPhee. Ihre Schwester Susan Bracknill nickte erneut. Phoebe Appleton zuckte mit den Schultern und guckte beleidigt.

»Also, wie ich schon sagte, Lilian und wir gehen schon seit Jahren jeden Sonntag zusammen essen.« Sie warf Phoebe einen Blick zu. »Na ja, Phoebe ist etwas später dazugekommen, aber ... das macht ja nichts ... wo war ich stehen geblieben? Ach ja, also Lilian ist nicht aufgetaucht. Sie ist nicht in ihrer Wohnung, und Katja ... das ist ihre Putzfrau, sie kommt jeden Samstag, weil sie während der Woche in einer Kanzlei putzt. Sie muss nämlich ihren kleinen Sohn alleine durchbringen, sie kommt aus Polen. Ist ja eigentlich eine Schande, dass ihr Kerl sie einfach hat sitzen lassen, aber so sind sie ...« Samantha stieß einen tiefen Seufzer aus und betrachtete versonnen ein altes Bild der Queen, das seit Urzeiten an der Wand hinter Suttons Schreibtisch hing.

Sutton wartete auf die Fortsetzung der Geschichte und ermahnte sich, geduldig zu sein. Schließlich waren die Damen nicht mehr die Jüngsten, und Samantha war – wenn man von ihrem Aussehen ausging – die Älteste des Trios.

»Wie auch immer, Katja war gestern bei Lilian putzen und sagt, sie war den ganzen Nachmittag nicht da. Und das hätte sie schon gewundert, weil Lilian sonst immer genau aufpasst,

was sie macht.« Samantha beugte sich ein wenig vor, als habe
sie etwas Vertrauliches mitzuteilen. »Lilian ist ein bisschen
kleinlich, was Ordnung und Sauberkeit anbelangt, müssen
Sie wissen, dabei …« Samantha winkte ab. »Sie sieht das doch
sowieso alles nicht mehr richtig. Na, vielleicht ist sie deshalb
so kleinlich, will sich eben nichts vormachen lassen. Ist ja auch
egal. Lilian ist jedenfalls weg, und wir wissen nicht, wohin.
Heute Nacht hat sie nicht in ihrem Bett geschlafen. Wir sind
nämlich vorhin mit Katja zusammen bei ihr vorbeigegangen.
Und Katja sagt, sie hat das Bett aufgeschlagen und ihr das
Nachthemd aufs Kissen gelegt, und es lag heute noch genauso
da wie gestern. Wir sind durch die Wohnung gegangen, haben
sogar im Keller nachgeguckt, aber sie war nicht da.«

»Hat sie ein Handy?«, fragte Sutton.

»Ja, aber sie meldet sich einfach nicht.«

»Erzähl doch von ihrem Neffen«, meldete sich Susan zaghaft zu Wort, was ihr sofort einen Rüffel ihrer Schwester
eintrug. »Nun unterbrich mich doch nicht immer, Susan, da
wollte ich ja gerade drauf kommen.«

Susan öffnete den Mund, wohl um zu protestieren, war aber
nicht schnell genug, denn Samantha ergriff wieder das Wort.

»Lilian hat einen Neffen irgendwo in der Nähe von Portsmouth, und sie hat neulich mal gesagt, sie wollte ihn besuchen.«

»Haben Sie bei dem Neffen angerufen?«, fragte Sutton und
hoffte bereits auf eine schnelle Lösung dieser Angelegenheit.

»Natürlich nicht«, sagte Samantha leicht pikiert. »Erstens
wissen wir nicht genau, wo er wohnt, und zweitens nicht, wie
er heißt. Er ist der Sohn ihrer verstorbenen Schwester aus deren
erster Ehe. Ihr letzter Name war Templeton, glaube ich, aber wie
der erste Mann hieß, wissen wir nicht. Er ist schon vor Jahren
gestorben, hatte es auf der Lunge, das hat Lilian mal erzählt.«

Also doch keine schnelle Lösung, dachte Sutton. »Haben
Sie nachgesehen, ob bestimmte Kleidungsstücke fehlen oder
zum Beispiel ein Koffer? Das wäre sehr hilfreich.«

Zum ersten Mal sah Samantha ihre Begleiterinnen hilfesu-
chend an.

»Also, ich fürchte, da kann ich nicht helfen. Wisst ihr, was sie für Sachen im Schrank hängen hat und ob sie überhaupt einen Koffer hat?«

Beide Frauen schüttelten die Köpfe.

»Ist denn … ich meine, hat denn …« Sutton wusste nicht recht, wie sie die Frage formulieren sollte. Sie konnte die Damen ja schlecht fragen, ob ihre Freundin noch alle Tassen im Schrank hatte. »… also, trauen Sie denn Ms Simmington so was zu? Geht sie öfter mal spontan auf Reisen?«

»Ja, wisst ihr noch«, sagte Phoebe aufgeregt, »sie ist doch mal einfach mit so einer Gruppe in den Lake District gefahren, ohne uns Bescheid zu geben.«

»Also, Phoebe, das ist ja nun schon ein paar Jahre her«, wies Samantha ihre Freundin zurecht.

»Aber sie hat es gemacht«, insistierte Phoebe bockig.

»Da war sie schließlich noch jünger und gesünder«, erwiderte Samantha.

»Hat sie denn gesundheitliche Probleme? Braucht sie bestimmte Medikamente?«, fragte Sutton.

»Nein, höchstens mal was gegen ihre Knieschmerzen, aber sonst ist sie ziemlich gesund.« Samantha wog bedächtig den Kopf. »Vielleicht manchmal ein bisschen vergesslich.«

»Pff«, prustete ihre Schwester Susan, »ein bisschen vergesslich«, wiederholte sie. »Ich würde sagen, sie hat ein miserables Gedächtnis.«

»Susan«, ermahnte Samantha ihre Schwester, »das ist nicht nett.«

»Aber wahr«, maulte Susan und sah zu Boden.

Das musste Sutton aber nun genau wissen. »Sie meinen, sie ist dement?«

»Nein«, schoss Samantha reflexartig zurück, schwieg einige Sekunden und fügte dann hinzu: »Vielleicht ein bisschen.«

»Sie stellt manchmal innerhalb von ein paar Minuten dreimal dieselbe Frage«, sagte Susan.

»Sie ist also hilflos und könnte sich vielleicht verlaufen haben?« Sutton fragte sich, wieso Samantha nicht gleich mit der

Sprache herausgerückt war. Vielleicht wollte sie einfach nicht wahrhaben, dass ihre Freundin langsam den Verstand verlor.

»Möglich wäre es«, gab Samantha zögernd zu.

»Na, dann wollen wir zuerst mal ihr Handy orten, und wenn das nichts bringt, die Telefonnummer von ihrem Neffen herausfinden. Wenn sie dort nicht ist, werden wir eine Vermisstenfahndung rausgeben. Oder fällt Ihnen noch jemand ein, bei dem sie sich aufhalten könnte?«

Die drei Frauen sahen sich an und verneinten.

»Sie hat sonst keine Verwandten, wir drei waren eigentlich immer zusammen, waren früher Kolleginnen bei der Stadtverwaltung. Und Phoebe haben wir dann auf einer Mittelmeerkreuzfahrt kennengelernt.«

Phoebe lächelte, dankbar, dass man sie einbezog.

Zwei Stunden später saß Constable Gwyneth Sutton besorgt an ihrem Schreibtisch. Sie hatte die drei Damen verabschiedet und versucht, sie zu beruhigen. Sie würde sich um die Sache kümmern und sich sofort melden, wenn es etwas Neues gab, hatte sie versichert. Die drei hatten sich ein wenig kleinlauter, als sie gekommen waren, verabschiedet und Sutton ermahnt, ihr Versprechen einzuhalten.

Leider war die Sache nicht so einfach. Sie saß am Tisch und kaute an ihrem Daumennagel. Eine schreckliche Angewohnheit, die ihre Mutter stets versucht hatte ihr abzugewöhnen. Ohne Erfolg. Sie war mittlerweile achtundzwanzig Jahre alt und knabberte immer noch daran, wenn sie in Gedanken war. Allerdings nur, wenn sie wusste, dass sie unbeobachtet war. So wie jetzt.

Es war acht Uhr abends, und ihr Kollege, Constable Riley, war mit seinem Kollegen unterwegs, um einen Verkehrsunfall aufzunehmen. Sie vermisste Mark Bradford, den Chief Inspector. Nicht nur, weil er ein herausragender Ermittler war. Nein, sie fühlte sich einfach wohl in seiner Gegenwart. Er war ein traumhafter Vorgesetzter. Konstruktiv, verständnisvoll, klug.

Und ein Bild von einem Mann war er außerdem. Sie würde ihn vom Fleck weg heiraten und seine Kinder für ihn großziehen, wenn er sie darum bitten würde. Scheiß auf die Emanzipation. Allerdings machte sie sich auch nichts vor. Mark Bradford hatte andere Prioritäten. Eine davon hieß Erin Roberts und führte einen Tearoom in Beecock. Die andere war eine deutsche Kommissarin. Sie selbst stand ziemlich weit unten auf der Liste, wenn sie überhaupt draufstand, das war ihr klar. Aber immerhin war er ihr Chef, und sie arbeiteten zusammen. Gut sogar. Und sie hatte auch das Gefühl, dass er sie mochte, wenn er sie denn wahrnahm. Wie auch immer, hier und jetzt vermisste sie seine Kompetenz und ruhige Entschlusskraft.

Sie wusste, sie hatte im Fall der vermissten Lilian Simmington alles Nötige in die Wege geleitet, aber sie war jung und unsicher. Und Buckley war auch keine Hilfe. Er fand sich einfach nur toll. Plusterte sich auf und führte sich auf wie James Bond. Wobei James Bond ja ziemlich risikofreudig war, was man von Buckley nicht gerade behaupten konnte. Er überließ Entscheidungen gern anderen, weil er Verantwortung scheute.

Leider hatte dieser unglückselige Einsatz im Hafen von Eastbourne Bradford eine üble Schussverletzung eingebracht und ihn für mehrere Wochen außer Gefecht gesetzt. Und jetzt war er nach Deutschland gefahren, zu dieser Kommissarin, warum auch immer.

Sutton faltete die Hände und legte die Arme auf ihren Schreibtisch. Das war ja alles Blödsinn, Bradford war nicht hier und konnte ihr nicht helfen. Aber sie machte sich Sorgen. Sie hatten das Handy der Vermissten in ihrer Wohnung geortet, wo sie es wahrscheinlich vergessen hatte. Die Ermittlungen hatten ergeben, dass sie ihren Neffen tatsächlich angerufen hatte und ihn am Samstag besuchen wollte. Sie war dort aber nicht angekommen. Das war gestern gewesen. Sutton hatte eine Vermisstenfahndung herausgegeben und ihren Kollegen Riley gebeten, die Kamera-Aufzeichnungen vom Bahnhof in Eastbourne zu überprüfen. Jetzt konnte sie nichts weiter tun als abwarten. Oder?

Dieses »Oder« war es, das ihr zu schaffen machte. Hatte sie alles gut überlegt? Alle Möglichkeiten ausgeschöpft? Alles bedacht? Sie wollte keinen Fehler machen. Immerhin wollte sie nicht immer Constable bleiben. Vielleicht sollte sie den Chief Constable anrufen, nur zur Sicherheit.

Chief Constable Walker war zwar ein durchaus angenehmer Chef, aber konnte sie ihn am Sonntagabend mit einer Routineangelegenheit behelligen? Sollte man nicht vielmehr von einer klugen Polizeibeamtin erwarten können, dass sie in der Lage war, Entscheidungen zu treffen und Verantwortung zu übernehmen? Obendrein war die Vermisste eine Nachbarin von Inspector Bradford.

Ob er sie näher kannte? Sutton konnte sich nicht daran erinnern, dass er sie mal erwähnt hatte. Es war auch mehr als unwahrscheinlich, dass die beiden sich kannten. Ihr Chef hatte keine Zeit, seine Nachbarn kennenzulernen. Schon gar nicht, wenn es ältere Damen waren. War das jetzt unfair? Ja, Mark Bradford war nicht der Typ, der Frauen ignorierte, nur weil sie alt waren. Sollte sie ihn anrufen? Nein, besser nicht. Was würde es nützen? Bradford hatte die letzten Wochen im Krankenhaus verbracht. Was sollte er über eine Nachbarin wissen, die vor vierundzwanzig Stunden verschwunden war? Nein, es war besser, ihn nicht zu stören. Sie musste selbst klarkommen mit diesem Problem.

In diesem Moment klingelte das Telefon und riss sie aus ihrer Grübelei. Ein Spaziergänger auf der Grand Parade war von zwei Jugendlichen angepöbelt worden. Einen davon hatte er überwältigt und im Schwitzkasten. Der Anrufer wirkte angestrengt, und im Hintergrund waren Flüche zu hören. Nachdem Constable Sutton einen Streifenwagen auf den Weg geschickt hatte, beschloss sie, sich eine Tasse Tee zu genehmigen und ein bisschen an ihrem Selbstvertrauen zu arbeiten.

**

Carolinensiel – Sonntagabend

Ruhe war eingekehrt, die Beamten waren abgezogen. Bradford hatte sich mit Marlene zu einem Spaziergang an der Harle verabredet, was Fenja einen Stich versetzte. Immerhin war er ihr Gast und nicht der ihrer Freundin. Andererseits ... was hatte sie ihrem Gast auch zu bieten? Sie hatte ihn mitten in einen Mordfall katapultiert. Als ob er davon in seinem Beruf nicht genug bekommen könnte, servierte sie ihm auch noch einen in seinem Urlaub. Wahrscheinlich war er hellauf begeistert, würde schnellstmöglich seine Sachen packen und wieder nach Eastbourne verschwinden. Geert würde kaum eine Begründung finden, ihn hier festzuhalten. Der Gedanke hellte Fenjas Laune ein bisschen auf. Vielleicht sollte sie Geert etwas liefern, das Bradford verdächtig machte. Dann säße er hier fest – zumindest für ein paar Tage. Eine verlockende Vorstellung.

»Ich weiß gar nicht, was an der Geschichte so lustig sein soll.« Ihre Mutter rammte Fenja den Ellbogen in die Rippen. »Ich finde, das ist eine schlimme Sache«, flüsterte sie, »Bendine ist fix und fertig.«

»Ich weiß«, zischte Fenja und griff sich in die Seite. »Aber ich kann im Moment auch nichts weiter tun.« Sie sah sich im Frühstücksraum um, in dem sich – wahrscheinlich aus purer Neugier – fast die ganze Geburtstagsgesellschaft wieder versammelt hatte.

Bradford und Marlene fehlten, und Barne hatte sich ebenfalls verabschiedet. Er war mit ein paar Touristen zum Wattsegeln verabredet.

Irmis Bruder war am Nachmittag ohne Fang von seinem Angelausflug zurückgekehrt und postwendend zum Revier nach Wittmund gefahren, wo Frenzen sich an ihm die Zähne ausgebissen hatte. Das hatte Gesa am Telefon angedeutet. Alfons Wecker wusste angeblich von nichts, als seine Schwester ihn mit der Nachricht vom Tod ihres Mannes konfrontiert hatte und ihm obendrein vorgeworfen hatte, am Morgen nicht an Ort und Stelle gewesen zu sein.

Alfons Wecker sei der sturste Hammel, den Frenzen jemals befragt habe. Der und dieser Willi Forst. Beiden habe er buchstäblich jede Silbe aus der Nase ziehen müssen. So hatte der Leiter der Ermittlungen sich Gesa gegenüber ausgedrückt. Fenja schmunzelte. Sie hatte nichts anderes erwartet. Willi Forst sprach mit kaum jemandem außer mit Bendine. Und Alfons Wecker war sie ein paarmal begegnet. Er war ein bulliger, übellauniger Typ mit hängenden Mundwinkeln und finsterem Blick, der die Zähne nicht auseinanderbekam. Ein Wunder, dass seine Frau es über zwanzig Jahre mit ihm ausgehalten hatte, bevor sie ihn vor die Tür gesetzt hatte. Fenja und Bendine hatten sich oft gefragt, wie Alfons und Otto wohl miteinander auskamen.

»Wie, du kannst nichts weiter tun?«, raunte Fenjas Mutter ihr zu, während der Raum in verhaltenes Gemurmel getaucht war. »Mach dich nicht lächerlich, du bist doch bei der Kripo, also tu was.«

»Ich gehöre nicht zu den ermittelnden Beamten, was ja wohl verständlich ist«, entgegnete Fenja gereizt. »Meine Kollegen haben das im Griff.«

Da war sie sich zwar nicht so sicher, zumindest was Geert Frenzen anging, aber das musste sie ja niemandem auf die Nase binden. Andererseits hinderte sie auch niemand daran, ein paar Leuten ein paar Fragen zu stellen. Und anfangen würde sie mit Bendines Verehrer Heini Sammers, der schien geradezu darauf zu warten, dass sich irgendwer mit ihm beschäftigte. Er stand die ganze Zeit hinter Bendines Stuhl und hatte die Hand auf ihre Schulter gelegt wie ein Bodyguard.

Fenja stand auf, ging zu Bendines Tisch, an dem auch Lore, Kalle und die Holzers saßen, griff Heinis Arm und leitete ihn in die Küche. Heini zog den Kopf ein, wie immer, wenn er das Objekt von Fenjas Aufmerksamkeit war.

»Was … was soll denn das?«, stotterte er. »Ich sollte bei Bendine sein, es geht ihr nicht gut.«

»Für Bendine ist gesorgt«, erwiderte Fenja. »Setz dich, Heini, ich will mich nur ein bisschen mit dir unterhalten.«

»Aber wieso denn?« Heini zupfte an seinem Hemdkragen herum und ließ sich langsam auf den Küchenstuhl sinken, den Fenja ihm anbot.

»Nichts Bestimmtes, erzähl mir einfach, was du den ganzen Abend gemacht hast und ob dir irgendwas Besonderes aufgefallen ist.«

»Das hat doch dein Kollege schon gefragt.« Heini verzog den Mund. »Wobei der ja nicht gerade höflich war, hat mich behandelt, als wäre ich ein Verdächtiger.«

Das wunderte Fenja nicht. Geert war der Meinung, dass Einschüchterung das beste Mittel war, sich die Mitarbeit von Zeugen zu sichern. Sie selbst war da anderer Meinung. Menschen, die man von vornherein aggressiv anging, wurden dadurch nicht kooperativer. Einschüchterung war die letzte Stufe der Eskalationsleiter, und man sollte sie erst einsetzen, wenn man mit keinem anderen Mittel mehr weiterkam.

»Aber du bist doch nicht verdächtig, oder?«, fragte sie im Plauderton.

»Nein.«

Aha. Fenja schwieg nachdenklich. Dieses »Nein« kam derart vehement, dass sie automatisch argwöhnte, ob es nicht genau das Gegenteil bedeutete. Sie kannte Heini schon sehr lange, und sie hatte ihn nie besonders gemocht. Schleimer war das Wort, das ihn ihrer Meinung nach am besten beschrieb. Und er schleimte sich bei Bendine ein.

Fenja vermutete, dass er auf eine Heirat spekulierte, und das nicht, weil er sie liebte. Okay, er mochte sie vielleicht, aber im Grunde wollte er sich nur ein sorgenfreies Alter sichern, und Bendine war Witwe und durchaus wohlhabend. Allerdings wusste Fenja auch, dass Heini mit solchen Plänen bei Bendine auf Granit beißen würde. Ihre Tante war zwar gutmütig, aber nicht blöd. Auf jeden Fall verschwieg Heini ihr schon wieder etwas. Das hatte er schon mehrfach getan, und Fenja fand das langsam ermüdend.

»Heini«, sie rückte vertrauensvoll näher an ihn heran, »hattest du auch Krach mit Otto?«

Heini schüttelte reflexartig den Kopf, knetete dabei aber so nervös seine Finger, dass jedes Kind ihn sofort als Lügner entlarvt hätte.

»Nun sag schon, Heini. Hat er dich auch angezeigt? Wir kriegen das sowieso raus, nichts leichter als das.«

»Nein, hat er nicht.«

Fenja seufzte. Wieso zwang Heini sie bloß immer, die letzte Stufe zu erklimmen und ihm drohen zu müssen?

»Ich glaube, ich sollte meinen Kollegen anrufen«, sagte sie, »der bestellt dich dann ins Kommissariat zur erneuten Vernehmung.«

Sie machte Anstalten, sich zu erheben, aber Heini hatte es sich überlegt. Fand es wohl angenehmer, hier in Bendines Nähe zu reden als allein und schutzlos im Kommissariat.

»Nein, angezeigt hat er mich nicht«, stammelte er. »Obwohl er das bestimmt gern gemacht hätte, aber …«, Heini klemmte seine Fäuste unter die Achseln, »er konnte mir da nichts nachweisen.«

»Worum ging's?«

»Er hat doch tatsächlich meine Tochter gefragt, wie viele Stunden sie im Kiosk arbeitet und ob ich sie auch sozialversichert hätte.«

»Und? Hast du?«, fragte Fenja gelangweilt.

»Das geht ihn ja wohl überhaupt nichts an, oder?«

Fenja runzelte die Stirn. Sie hatte Heini noch nie so ärgerlich erlebt. Wer weiß, vielleicht schätzte sie ihn falsch ein und er war in Wirklichkeit ein Choleriker und hatte Otto Lohmann im Affekt erschlagen. Bei dem Gedanken musste sie lächeln.

»Und das hast du ihm natürlich gesagt.«

»Da kannst du dich aber drauf verlassen! Ich bin hingegangen und hab ihm gesteckt, dass ich *ihn* verklagen würde, wenn er meine Tochter noch einmal belästigt.«

»Aha, wie hat er reagiert?«

Heinis rechtschaffener Ärger purzelte ebenso wie sein couragiertes Auftreten in sich zusammen. Er zog den Kopf zwischen die Schultern.

»Na, was?«

»Er hat gesagt, er wollte das Finanzamt wegen einer Steuerprüfung bei mir vorbeischicken.« Heini starrte auf den Tisch.

47

»Wann war denn das?«

»So ... vor ein, zwei Wochen.«

Fenja nickte. Das war in der Tat interessant. Jeder hatte etwas vor dem Finanzamt zu verbergen. Heini bildete da gewiss keine Ausnahme. Fenja war sicher, dass Heini den größten Teil seines Umsatzes am Kiosk an der Steuer vorbeimanövrierte. Das waren bestimmt keine Unsummen, aber eine Nachzahlung samt Strafe würde ihn zweifellos empfindlich treffen.

»Und? Hat er's getan?«

Heini zuckte mit den Schultern und schwieg.

Hm, dachte Fenja. Da hatte Heini ja tatsächlich ein Motiv, und zwar ein handfestes.

»Ich nehme an, du hast meinem Kollegen diese Details verschwiegen«, sagte sie streng.

Heini schluckte. »Er hat mich ja nicht danach gefragt.«

Das konnte Fenja kaum glauben. »Hat er nicht?«

»Na ja ... nicht *so*.«

Fenja hakte nicht weiter nach, sie konnte sich schon denken, was Heini mit »nicht *so*« meinte. Wahrscheinlich hatte Geert Heini sowieso nicht für voll genommen und die Fragen routinemäßig abgearbeitet. Geert war bei Typen wie Heini davon überzeugt, dass sie vor Ehrfurcht schlotterten, wenn sie ihm, dem toughen Kripobeamten, gegenübersaßen, und sich einfach nicht trauten, ihn zu belügen. Man musste nur streng genug gucken, dann würden sie ihr Wissen schon hinausposaunen.

»Weißt du noch, was du zwischen Mitternacht und zwei Uhr gemacht hast?«

Heini faltete die Hände und blickte Fenja beschwörend an. »Das hat mich dein Kollege auch gefragt, ich war die ganze Zeit bei Bendine.«

»Die ganze Zeit?«

»Meine Güte, vielleicht war ich mal aufm Klo oder am Büfett oder sonst wo, aber ich hab doch den blöden Lohmann nicht erschlagen! Natürlich konnte ich ihn nicht leiden, und wir hatten Streit, aber da bin ich ja nun weiß Gott nicht der Einzige!«

Heini war laut geworden, und Fenja hob beschwichtigend die Hand. Bendines blasses Gesicht erschien in der Tür.

»Was macht ihr denn hier?« Sie blickte Heini fragend und dann Fenja vorwurfsvoll an. »Du glaubst doch nicht, dass Heini was mit der Sache zu tun hat?«

Fenja stand auf.

»Nein«, sagte sie, obwohl sie nicht ganz sicher war. Heini war zwar ein ziemliches Weichei und ein Feigling obendrein, aber wozu er fähig war, wenn er sich in die Ecke gedrängt fühlte und womöglich seine Ersparnisse und sein Kiosk in Gefahr waren, das wusste sie nicht genau. Andererseits war sie bei Heini durchaus befangen. Nun ja, Bendine mochte diesen Wicht, und sie wollte ihre Tante nicht verletzen. Jetzt war nicht der richtige Moment, sich Heinis Alibi bestätigen zu lassen. Sie nickte den beiden zu und zwängte sich an Bendine vorbei aus der Küche.

***

Mark Bradford hatte sich von Marlene verabschiedet. Sie hatte ihn zwar für den Dienstagabend zu sich nach Hause eingeladen, aber er wusste nicht, ob das eine gute Idee war. Wohin sollte das führen? Er wohnte am Ärmelkanal in Südengland und sie hier an der deutschen Nordseeküste. Auch wenn er sie mochte – mehr als das war es nicht –, sie beide trennten bestimmt fünfhundert Meilen. Zu viele für eine funktionierende Beziehung, und das war gut so.

Sie waren an dem kleinen Fluss entlanggegangen, und sie hatte ihn zu Tee und einem üppigen Sahnekuchen, den sie hier Friesentorte nannten, eingeladen. Der Kuchen war wirklich hervorragend gewesen. Backen konnten sie, die Deutschen. Auch dieses schwarze herzhafte Brot fand er köstlich. Fenja hatte ihm versichert, dass es das auch in England gab. Er hatte aber die Quelle noch nicht gefunden. Wahrscheinlich weil er sich aus Bequemlichkeit immer mit dem obligatorischen Toastbrot zufriedengab. Danach musste man in keinem Geschäft suchen. Das gab es überall in allen Variationen, was bedeutete: entweder weiß oder braun. Schmecken taten sie allerdings beide gleich.

Er fühlte sich ein bisschen schuldig, dass er Fenja in dieser Situation allein gelassen hatte und mit ihrer Freundin losgezogen war. Aber er konnte sich in diese Sache nicht einmischen. Er überlegte auch, ob es nicht besser war, seinen Urlaub abzukürzen und wieder heimzufliegen. Durfte er das überhaupt? Oder war er verdächtig? Er hatte keine Ahnung, wie das in Deutschland geregelt war, und nahm sich vor, Fenja danach zu fragen. Andererseits machte ihn dieser Fall auch neugierig. Er konnte eben einfach nicht raus aus seiner Haut. So was hatte er noch nie erlebt.

Zum ersten Mal war er möglicher Zeuge eines Verbrechens, zählte vielleicht zu den Verdächtigen, das war eine nützliche und – er musste es sich eingestehen – auch eine aufregende Erfahrung. Natürlich hatte er mitbekommen, dass der Tote nicht besonders beliebt gewesen war. Und er war neugierig, ob wirklich einer der Gäste, mit denen er gestern Abend zusammen gefeiert hatte, ein Mörder war.

Nur gab es da ein Problem, von dem er noch nicht genau wusste, wie er es anfassen sollte. Es Fenja gegenüber zur Sprache bringen oder abwarten. Er tendierte zu Ersterem. Fenja war kein Mensch, der Wahrheiten nicht zur Kenntnis nahm, nur weil sie ihr nicht gefielen.

Er ging langsam auf die Pension zu. Die Journalisten, die bei seinem Aufbruch heute Mittag noch emsig jedem der anwesenden Schaulustigen das Mikrofon unter die Nase gehalten hatten, waren mittlerweile verschwunden. Aber immer noch standen auf der Straße Leute herum, die mit ihren Handys Fotos von dem schönen Rosengarten schossen. Alle wollten wie immer ihren Anteil am Nervenkitzel und ihn für Freunde, Bekannte und Verwandte dokumentieren. Das war hier in Deutschland nicht anders als in seiner Heimat oder sonst wo auf der Welt.

Was war es nur, das die Menschen an Verbrechen oder anderen Katastrophen wie Unfällen, Bränden oder Überschwemmungen so faszinierend fanden, dass sie unbedingt hingucken mussten? Einfach nur Neugier, weil man so was nun mal nicht alle Tage zu sehen bekam? Aber man bekam auch nicht alle Tage ein Huhn zu sehen, das Eier legte, und trotzdem verursachte eine eierlegende Henne keinen Menschenauflauf. Zu langweilig? Und warum war ein eierlegendes Huhn langweiliger als ein Autounfall?

Bradford hatte den Verdacht, dass Menschen Geschehnisse umso weniger langweilig fanden, je mehr Schaden angerichtet wurde. Wobei der Schaden natürlich die anderen treffen sollte, nicht die eigene Person. Bradford rief sich zur Ordnung. Was war er heute wieder für ein Misanthrop. Wahrscheinlich hatte seine Mutter recht. Er mutierte immer mehr zum Grumpy.

Wie auch immer. Er blieb am Lattenzaun zu Bendines Garten stehen. Die Schaulustigen sprachen in gedämpftem Ton miteinander. Das erforderte wohl der Anlass, immerhin war ein Mensch gestorben. Der Garten war ziemlich groß, die üppig blühenden mannshohen Rosensträucher verhinderten, dass Eindringlinge über den hüfthohen Zaun klettern konnten.

Ein ebenso reizvoller wie wirksamer Schutz vor Einbrechern, fuhr es Bradford durch den Kopf. Leider machte ein Gartentor am Ende des Grundstücks, das zur Straße ging und nicht abschließbar war, diesen Schutz weitgehend zunichte. Das große rot verklinkerte Eckhaus hatte eineinhalb Stockwerke und eine Grundfläche von einem halben Tennisfeld. Das jedenfalls schätzte Bradford.

Er ging, gefolgt von den neugierigen Blicken der Umstehenden, durch das Tor auf die andere Seite des Gartens, dessen Zaun zum Nachbarn ebenfalls von Rosensträuchern gesäumt war. Das rot-weiße Absperrband der Polizei und ein dunkler Fleck am Boden waren die letzten stummen Zeugen des Verbrechens. An der Querseite trennte eine Hecke aus Hortensien und Rhododendren Haus und Garten des Mordopfers von Bendines Grundstück. Inmitten des Gartens stand ein etwa hüfthoher Etagenbrunnen. Die untere, größere der zwei Schalen war normalerweise mit Steinen gefüllt, auf die das Wasser aus der oberen, kleinen Schale sachte niederprasselte. Jetzt war der Brunnen still und kahl, die Spurensicherung hatte alle Steine zur Laboruntersuchung mitgenommen.

Die Tür zur Terrasse öffnete sich, Fenja trat heraus und kam, die Hände in ihren Jeanstaschen vergraben, auf ihn zu.

»Na, hast du den Fall gelöst?«, fragte sie und strich sich die blonden Haare aus dem Gesicht.

Es war ein warmer, wolkenfreier Abend, aber der Wind hatte zugenommen und wirbelte ihre Frisur durcheinander. Ihre graublauen Augen musterten ihn forschend und ein bisschen traurig. Er unterdrückte den Impuls, sie in den Arm zu nehmen.

»Habt ihr schon irgendwas herausgefunden?«, fragte er stattdessen.

Fenja starrte auf den dunklen Fleck, den Otto Lohmanns Blut hinterlassen hatte, und zuckte mit den Schultern.

»Nichts, was uns weiterhelfen könnte. Es könnte jeder der Gäste gewesen sein.« Sie grinste. »Sogar du oder ich.«

»Vielleicht ist aber auch jemand von der Straße in den Garten gekommen. Das wäre doch möglich«, erwiderte er.

Fenja sah sich um und betrachtete das Gartentor. »Ja, sicher, aber dann müsste unser Opfer seinem Mörder ja zufällig hier begegnet sein. Ich meine … möglich wäre es natürlich.«

Bradford wies auf die nächste Laterne, die etwa zwanzig Meter entfernt auf der anderen Straßenseite stand. »Ich nehme nicht an, dass es gegen Mitternacht im Garten besonders hell ist, und im Moment ist Neumond. Die einzige Lichtquelle war heute Nacht wahrscheinlich das erleuchtete Küchenfenster. Ich gehe mal davon aus, dass die Nachbarn nichts gesehen haben?«

»Nein, das sagt jedenfalls meine Kollegin.« Fenja musterte den Etagenbrunnen. »Es ist ziemlich wahrscheinlich, dass einer von den Steinen die Mordwaffe war. Wenn das so ist, war die Tat nicht geplant. Aber«, sie lächelte gequält, »davon sollten wir sowieso ausgehen. Ich möchte nicht annehmen, dass jemand zur Geburtstagsfeier meiner Tante kommt mit dem Vorsatz, einen der Gäste zu erschlagen.«

Sie brach eine vertrocknete Blüte aus einem Hortensienbusch und zerbröselte sie zwischen den Fingern. »Tut mir leid. Ich wollte dir ein bisschen von unserem Land zeigen, und dann muss so was passieren. Wahrscheinlich kannst du's gar nicht abwarten, wieder wegzukommen.«

Behutsam strich er ihr eine Strähne aus der Stirn. Er musste sie einfach berühren.

»So schnell wirst du mich nicht los. Ich wollte eine Woche Urlaub machen, und das werde ich auch. Es sei denn, es ist dir lieber, wenn ich abreise.«

»Aber nein«, erwiderte sie schnell und lächelte dann verschmitzt. »Ich zähle auf deine Hilfe.«

»Fenja!« Ihre Mutter stand in der Terrassentür und sah die beiden mit einem Blick an, den Bradford nur als prüfend bezeichnen konnte.

»Kommt ihr? Wir wollen essen.«

Fenja blickte ihn an, ihre Wangen waren ein bisschen rosig. Er fragte sich, ob das am Licht der Abendsonne lag oder einen anderen Grund hatte. Er hoffte auf Letzteres.

»Guter Vorschlag«, sagte sie. »Lass uns gehen.«

＊＊＊

Am nächsten Morgen saß die kleine Nele mit ihrer Großmutter Bendine, ihrer Großtante Elke und Fenja am Frühstückstisch und löffelte ihre Cornflakes. Dabei stand ihr Mundwerk nicht eine Sekunde still. Entweder sie kaute, oder sie redete oder beides zusammen, was ihr von Großtante Elke einen mahnenden Zeigefinger eintrug.

»Warum habt ihr mich nicht gleich abgeholt? Wieso erst gestern Abend?«, fragte sie kauend. »Immer wenn was Spannendes passiert, bin ich nicht da. Außerdem war es total langweilig bei Elsie, die wollte ja bloß noch schlafen nach der Partynacht.«

»Und du warst natürlich überhaupt nicht müde, oder?«, fragte Bendine, deren Frühstück heute nur aus einer Tasse Tee bestand.

Seit gestern Morgen hatte sie so gut wie nichts gegessen und hatte immer noch keinen Hunger.

»Nö, war sowieso langweilig, die haben alle bloß geschlafen, und ich war die ganze Zeit wach. Voll blöd.« Sie trank den Rest Milch aus der Schüssel und sprang auf. »Ich gehe jetzt.«

»Zuerst Zähne putzen«, erinnerte sie Fenja.

»Oh Manno«, maulte Nele und stampfte hinaus.

»Wo ist eigentlich Edgar?«, fragte Fenja und biss in ihren Honigtoast.

»Na, wie immer in seinem Zimmer, der kommt doch immer erst runter, wenn ich das Frühstück weggeräumt habe.«

»Und die Gäste aus Münster? Wollen die bleiben?«

»Soweit ich weiß, ja.« Bendine nahm einen Schluck Tee. »Warum sollten sie auch abfahren, im Grunde geht sie das Ganze ja nichts an.«

»Das stimmt ja nun nicht«, widersprach Elke. »Ich hab genau gesehen, wie Otto und dieser …«, sie wandte sich an ihre Schwester, »wie heißen die noch?«

»Buchner.«

»… wie dieser Buchner sich mit Otto unterhalten hat.«

»Das ist ja noch kein Mordmotiv«, unterbrach sie Fenja mit vollem Mund.

»Wir waren uns doch gestern Abend einig, dass es wahrscheinlich eine Affekttat … oder wie ihr das nennt, war. Da muss man nicht mühselig nach Motiven suchen.«

Fenja hörte auf zu kauen und sah ihre Mutter forschend an. »Bist du jetzt auch unter die Ermittler gegangen, oder was?«

Elke wiegte den Kopf. »Wieso nicht, ich bin fast siebzig und hab eine Menge Zeit. Da kann man sich doch nützlich machen, oder nicht?«

Fenja seufzte, griff nach einem weiteren Toastbrot und schob es in den Toaster. Nele kam wieder in die Küche gestürzt. In ihren Mundwinkeln klebten noch Reste von Zahnpasta.

»Ich muss los, Elsie und ihre Mutter sind schon da.«

Sie drückte den drei Ahninnen je einen schnellen Kuss auf die Wange und stürmte hinaus.

»Na wenigstens eine, die sich das Ganze hier nicht so zu Herzen nimmt«, brummte Elke. Sie führte ihren Becher zum Mund und sah ihre Tochter schräg an. »Wo ist denn dein hübscher Engländer? Will der nicht frühstücken?«

Fenja nahm ihr Brot aus dem Toaster und warf es auf ihren Teller. »Er ist nicht *mein* Engländer, und er ist heute Morgen schon ganz früh weg. Keine Ahnung, wohin.«

»Läuft da was zwischen dem und deiner Freundin?«, fragte Elke.

»Keine Ahnung.«

»Mein liebes Kind«, Elke Ehlers hob missbilligend die Brauen, »jetzt will ich dir mal was sagen. Das ist zwar ein wirklich ansehnlicher Mann, aber soweit ich weiß, bist du in festen Händen. Und dieser Ahlers ist auch ansehnlich und … ich denke, ihr wollt heiraten.«

Fenja musste husten. Bendine guckte erstaunt von ihrer Schwester zu ihrer Nichte.

»Echt?«

Als Fenja ausgehustet hatte, sah sie ihre Mutter vorwurfsvoll an. »Von Heiraten war noch nie die Rede!«

»Ist ja auch egal. Du hast eine feste Beziehung. Also mach keine Dummheiten und lass deiner Freundin den Engländer!«

Fenja biss in ihr Brot und suchte nach einer Möglichkeit, das Thema zu wechseln.

»Bendine, du isst ja gar nichts. Hast du etwa keinen Hunger?«

»Nein, glücklicherweise mal nicht.« Bendine machte ein Gesicht, als hätte sie jemand gerade vor die Wahl gestellt, entweder ein Computerprogramm oder einen Roman zu schreiben. »Na ja, hat das Ganze wenigstens ein Gutes. Es verschlägt mir den Appetit, und ich nehme ein paar Kilo ab.«

»Das wird dir gar nichts nützen.« Ihre Schwester saß, die Ellbogen auf den Tisch gestützt, beide Hände um ihren Kaffeebecher gelegt, da und blickte skeptisch aus dem Fenster. »Das hast du in null Komma nichts wieder drauf und noch ein paar Kilo mehr.«

»Ja, danke, liebe Schwester, du machst mir Mut.« Bendine stand auf und kippte den Rest ihres Tees in die Spüle.

Fenja schimpfte lautlos mit ihrer Mutter, die die Augen verdrehte und sich genötigt sah, zurückzurudern.

»Aber das ist ja alles ganz egal, warum solltest du abnehmen wollen? Du bist doch gar nicht zu dick.«

Bendine stellte ihre Tasse in die Spüle und drehte sich um. »Ist mir auch scheißegal, ob ich zu dick bin oder nicht«, sagte sie gepresst. »In *meinem* Garten, auf *meiner* Geburtstagsfeier, ist jemand ermordet worden! Wie soll denn das mit meiner Pension weitergehen?«

Fenja und ihre Mutter sahen sich erschreckt an.

»Ja ...«, begann Elke dann zögernd, »das ist doch eine super Werbung. Die Leute werden dir die Bude einrennen.« Dabei gab sie ihrer Tochter Zeichen, sie argumentativ zu unterstützen.

Fenja starrte ihre Mutter nur schweigend an, unfähig, etwas zu sagen.

»Spinnst du?« Bendine stierte ihre Schwester an und tippte sich mit dem Finger an die Stirn. »Super Werbung! Kein Mensch will in einer Pension wohnen, wo Leute ermordet werden!«

Fenja schürzte die Lippen. »Oder grade.«

»Was meinst du?« Bendine guckte entgeistert.

»Na, dass Mama recht hat. Die Leute werden dir bestimmt die Bude einrennen. Die sind doch immer ganz scharf auf Tatorte.«

»Ja, aber sie wollen deswegen noch lange nicht selbst zum Opfer werden.«

Fenja nahm ihren Teller, stand auf und ging zu ihrer Tante. »Dinnie, wenn das alles aufgeklärt ist, dann kannst du dich bestimmt vor Buchungsanfragen nicht mehr retten. Versprochen.«

»*Wenn* ihr das aufklärt!«

»Keine Sorge, Dinnie, das werden wir.« Sie stellte ihren Teller in die Spüle und war sich keineswegs so sicher, wie sie tat.

Geert hatte gestern nicht den Eindruck gemacht, als hätte er auch nur den Hauch einer Idee. Na ja, das war Geert. Sie selbst war ja auch noch da. Und sie hatte Hilfe. Hoffte sie jedenfalls.

In diesem Moment wurde die Küchentür geöffnet, und Edgar lugte herein.

»Ach, guten Morgen zusammen, ich dachte, vielleicht könnte ich noch ein Ei bekommen. Am Büfett gibt's keine mehr.«

Bendine zögerte nur ein paar Sekunden, bevor sie »Nein« sagte.

»Muss erst wieder einkaufen.« Fenja musterte Edgar, der jetzt etwas unsicher in der Tür stand.

»Edgar, komm, setz dich doch. Es gibt noch Toast mit Marmelade, und Kaffee ist auch noch da.« Sie klopfte auf die Lehne eines Küchenstuhls.

Edgar schien von diesem Angebot nicht übermäßig begeistert zu sein und zog einen Flunsch. Bendine machte sich an ihrem Spülautomaten zu schaffen, und ihre Schwester Elke blickte neugierig von Edgar zu Fenja.

»Äh, okay.« Edgar ließ sich auf dem Stuhl nieder, hinter dem Fenja stand, und sah sich hilflos um. Bendine baute klappernd ein Gedeck vor ihm auf.

»Lass es dir schmecken«, sagte sie ruppig.

Edgar nahm das Messer, seine kleinen grauen Äuglein fuhren suchend über den Tisch. »Kann ich Schinken haben und Salami? Marmelade ist nicht so meins.«

Fenja, die sich Edgar gegenüber auf die Bank gesetzt hatte, verkniff sich ein Grinsen, während Bendine den Kühlschrank öffnete und das Gewünschte mit Leichenbittermiene auf den Tisch stellte. Edgar bediente sich mit gesenktem Blick. Er fühlte sich offensichtlich nicht wohl im Kreis der drei Frauen. Das war Fenja nur recht, sie wollte sich ein bisschen mit ihm unterhalten. Er hatte sich bisher mit Äußerungen zu den Geschehnissen auf der Geburtstagsfeier bemerkenswert zurückgehalten.

»Sag mal, Edgar«, begann sie, »ist dir vorgestern Abend vielleicht irgendwas aufgefallen?«

Edgar belegte sein Toastbrot mit Butterscheibchen und türmte Salami obendrauf. Elke beobachtete ihn fasziniert.

»Was meinst du mit ›aufgefallen‹?« Er schob sich die Hälfte des Brotes in den Mund.

»Na, was schon?« Fenja reagierte ungehalten. »Du hast schon mitgekriegt, dass da ein Toter im Garten gelegen hat, oder?«

»Ja klar, aber ich kann dazu wirklich nichts sagen. Ich finde das genauso komisch wie ihr«, antwortete er kauend.

Komisch fand er das. Die drei Frauen tauschten einen Blick. Das wollte Fenja nun genauer wissen.

»Was bitte ist an einem Toten komisch?«

Edgar verschluckte sich und hustete. »Ja, so meine ich das doch nicht«, sagte er und räusperte sich lautstark. »Nicht komisch im Sinne von lustig, sondern komisch im Sinne von merkwürdig.« Er lächelte, schien auf diese Erklärung ziemlich stolz zu sein.

»Na Gott sei Dank«, schnaubte Bendine und setzte den Kessel auf.

»Wo bist du eigentlich gewesen, so gegen Mitternacht und etwas später?«

Edgar ruckte hoch. »Du fragst mich jetzt tatsächlich nach meinem Alibi?« Er schüttelte vorwurfsvoll den Kopf. »Ich meine, natürlich bist du Kriminalkommissarin, aber«, er wandte sich kurz zu Bendine um, »immerhin gehöre ich zur Familie.«

Fenja war froh, dass er Bendines Gesicht in diesem Moment nicht sehen konnte. Es hätte ihn kaum gesprächiger gemacht.

»Und außerdem, das hat mich der Polizist gestern schon gefragt.«

»Und, was hast du ihm geantwortet?«

Edgar belegte sein drittes Toastbrot mit zwei Scheiben Prager Schinken und biss hinein. »Frag ihn doch!«, antwortete er mit vollem Mund.

»Edgar!« Fenja schlug mit der Hand auf den Tisch, sodass alle zusammenzuckten. »Ein bisschen mehr Kooperationsbereitschaft innerhalb der Familie wäre angebracht!«

»Na, was hab ich ihm schon gesagt? Ich hab an meinem Tisch gesessen und hauptsächlich am Computer gearbeitet. Eine Weile hab ich mich mit diesem Gymnasiallehrer unterhalten, und irgendwann bin ich ins Bett gegangen.«

»Wann?«

»Sag ich doch, weiß ich nicht mehr.«

»Nach Mitternacht?«

Zögern. »Jaaa.«

»Hast du mit irgendwem gesprochen?«

»Also … nein.«

»Auch nicht mit dem Opfer?«

»Nein.«

»Dein Zimmer geht zum Garten. Hast du irgendwas gehört?«

Edgar schien nachzudenken und schüttelte dann langsam den Kopf.

»Ich kann mich jedenfalls nicht erinnern. Hatte ja auch ein bisschen was getrunken.« Er grinste entschuldigend.

Fenja musterte Edgar einen Moment schweigend. Er wirkte irgendwie nervös, wich ihrem Blick aus. Sie hatte das Gefühl, dass er nicht ganz ehrlich war. Aber vielleicht machte ihn auch die weibliche Übermacht in der Küche nervös. Edgar war nicht gerade ein Typ, der auf Frauen wirkte, und war demzufolge in ihrer Gegenwart unsicher.

Immerhin hatte er einen liebenswürdigen Sohn zustande gebracht, der etwas älter war als Nele. Aber der lebte mit seiner Mutter und deren neuem Partner mittlerweile in München, und Edgar bekam ihn selten zu sehen, was Bendine als Glücksfall für den Jungen bezeichnete. »Lehrers Kind und Doktors Vieh«, pflegte sie zu sagen. »Da kann ja nichts draus werden.«

Zwar war Edgar *nur* Berufsschullehrer, aber er entsprach auch äußerlich vollumfänglich dem Vorurteil, das Bendine nun mal Lehrern gegenüber pflegte. Sie waren – Barne Ahlers mal ausgenommen – einfach keine schöne Spezies. Weder geistig noch körperlich. Edgar war untersetzt und kleiner als Fenja. Wenn er mit ihr sprach, musste er zu ihr aufschauen. Sein rundes

Gesicht wirkte durch die Halbglatze noch runder, und seine Oberlippe versteckte sich unter einem imposanten Schnauzbart. Außerdem war er eitel, eingebildet und egoistisch. Fenja hatte sich oft gefragt, ob Bendine in ihrer Abneigung nicht ein wenig übertrieb. Aber vielleicht wusste ihre Tante ja mehr als sie.

Edgar stand auf. »Tja, meine Damen«, sagte er und blickte affektiert in die Runde, »ich muss euch jetzt leider verlassen. Die Arbeit ruft.« Er verneigte sich leicht und verließ die Küche.

»Pff«, sagte Bendine, »was denn für Arbeit? Er geht jetzt an seinen Computer und rührt bis zum Mittagessen mit seiner Maus herum. Dann kommt er in die Küche geschlurft und will wissen, was es zu essen gibt.«

»Warum wirfst du ihn nicht einfach raus, wenn er dich so stört?«, fragte ihre Schwester.

»Das weiß ich auch nicht«, seufzte Bendine.

»Aber ich weiß es«, sagte Fenja, »du bist einfach zu gutmütig. Du hättest diesen blöden Lohmann auch nicht einladen sollen.«

»Das hab ich doch gar nicht! Aber was soll ich denn machen, wenn Irmi ihn mitbringt? Immerhin wohnen wir quasi Tür an Tür. Nicht dass es Spaß machen würde, mit so einem Menschen Tür an Tür zu wohnen«, fügte sie murmelnd hinzu. »Aber das hat sich ja nun erledigt.«

Fenja legte ihre Füße auf Edgars verwaistem Stuhl ab und verschränkte die Arme.

»Ist dir denn mittlerweile irgendwas eingefallen? Du hast doch zeitweise an seinem Tisch gesessen.«

Bendine drückte die Finger an ihre Schläfen. »Es ist zum Verzweifeln, ich hab mir wirklich die halbe Nacht und den ganzen letzten Tag den Kopf zerbrochen, aber mir fällt ums Verrecken nichts ein. Und dein Kollege, dieser Macho, hat mich behandelt, als hätte ich Otto umgebracht.« Sie streifte Fenja mit einem vorwurfsvollen Blick.

»Mach dir nichts draus, für Geert ist jeder verdächtig, auch ich.«

Fenjas Mutter riss erstaunt die Augen auf. »Meinst du etwa, ich auch?«

»Klar.«

Elke lächelte. »Er war aber sehr nett zu mir, dein Kollege.«

»Das würde ich ihm auch raten«, knurrte Fenja. Aber wahrscheinlich war der Grund, dass selbst Geert ein Problem damit hatte, die fast siebzigjährige Mutter seiner Vorgesetzten für eine Mörderin zu halten.

»Du sagst, Otto hat Martin vor ein paar Wochen wegen Ruhestörung angezeigt.«

»Ja, weil der im Garten mit seinen Doppelkopf-Freunden bis Mitternacht gegrillt hat. Und dabei wurde wohl etwas zu viel und zu laut gelacht. So was kann Otto auf den Tod nicht ausstehen. Vor allem, wenn er selbst nicht dabei ist. Also hat er deine Kollegen angerufen. Die sind irgendwann auch gekommen und haben Martin auf die Nachtruhe hingewiesen.«

»Und, was hat Martin gesagt?«

Bendine zuckte mit den Schultern. »Martin hat sich aufgeregt und gesagt, Otto soll sich verdammt noch mal nicht immer so anstellen … womit er ja recht hat. Und daraufhin hat Otto gemeint, dass man sich gefälligst an die Regeln halten muss, und das gelte auch für Martin.«

Fenjas Mutter stand auf und rollte mit den Schultern. »Also, das ist doch kein Grund, jemandem den Schädel einzuschlagen.« Sie wanderte durch die Küche und reckte die Arme zur Decke, als wolle sie nach etwas greifen. »Ach, das tut gut.«

»Wer weiß«, entgegnete Fenja, »es kann doch sein, dass sich die beiden im Garten getroffen haben und die Sache dann eskaliert ist. Ich meine, die konnten sich absolut nicht leiden, das war offensichtlich.«

»Ja, aber da war noch was anderes«, sagte Bendine gedankenverloren. »Die Sache mit der Ruhestörung hat Martin noch relativ locker weggesteckt, aber worum es ging, als er laut geworden ist, das weiß ich nicht. Jedenfalls war er da richtig blass geworden.«

»Aha.« Fenja überlegte. »Vielleicht lag das ja auch am Alkohol. Hatte Martin viel getrunken?«

»Martin trinkt immer viel. Aber der verträgt auch einiges, merkt man ihm kaum an, wenn er betrunken ist. Und dass er aggressiv wird, hab ich noch nie erlebt. Eigentlich ist er dann eher lustig. Außerdem, wir wissen doch, dass niemand Otto leiden konnte.« Bendine nahm ihre Tasse und setzte sich wieder hin. »Ich weiß eigentlich gar nicht, wie ich weitermachen soll. Hab überhaupt keine Lust mehr.«

Elke legte ihrer Schwester die Hand auf den Arm. »Alles wird gut. Wir sind ja da.«

Fenja räusperte sich. Es hatte keinen Zweck, die Segel zu streichen. Sie griff nach ihrem Block, in dem sie sich jede Einzelheit des Abends, an die sich die Besucher erinnern konnten, notiert hatte. Leider war die Ausbeute bisher recht dürftig.

»Sag mal, wieso war Alfons nicht auf deiner Party?«

Bendine verschluckte sich fast. »Bist du zu retten? Alfons auch noch? Also, wenn Otto und Alfons sich auch nie einig waren, eins hatten sie auf jeden Fall gemeinsam: chronisch schlechte Laune!«

»Du meinst, die beiden konnten sich nicht leiden?«

»Natürlich nicht.«

Fenja dachte nach. Alfons Wecker hatte kein Alibi. Er hatte im Bett gelegen und geschlafen, das hatte Gesa ihr gesagt.

»Könnte es sein, dass Alfons in der Mordnacht draußen war?«

»Hm, klar«, sagte Bendine, »aber was soll er denn in meinem Garten zu tun gehabt haben?«

»Keine Ahnung ... vielleicht hat er Otto gesehen und ist aus irgendeinem Grund rübergekommen. Und dann ... sind die beiden aneinandergeraten, und Alfons hat kurzen Prozess gemacht.«

Alle ließen sich dieses Szenario eine Weile durch den Kopf gehen.

»Ach was«, sagte Bendine dann, »wir reden hier von Irmis Bruder. Der ist zwar ziemlich finster drauf, aber seinen Schwager umbringen ... Nein, das glaub ich nicht.«

»Es gibt Leute, die ihre Ehepartner umbringen, sogar die

Eltern oder Geschwister. So abwegig ist das also nicht«, widersprach Fenja. Sie stand auf. »Ich werde jetzt mal nach nebenan zu Lüdersens gehen. Vielleicht haben die ja was mitgekriegt.«

»Gott, das ist so peinlich«, jammerte Bendine. »Die sind doch gestern schon überall gewesen, deine Kollegen. Reicht das nicht? Musst du jetzt auch noch in der Sache rumrühren?«

Fenja, die schon in der Tür stand, drehte sich noch mal um. »Dinnie, wir werden auf absehbare Zeit zwischen Greetsiel und Horumersiel das Hauptgesprächsthema sein. Egal, ob ich jetzt die Nachbarn befrage oder nicht.«

Als Fenja vor die Haustür trat, kam ihr das Ehepaar Buchner entgegen.

»Ach«, sagte sie freundlich, »das passt ja wunderbar, dass ich Sie treffe. Könnte ich Sie beide einen Moment sprechen?«

Sigrid Buchner, eine blasse, zierliche Frau mit leidendem Gesichtsausdruck, drückte ihre Handtasche vor die Brust und warf ihrem Mann einen ängstlichen Blick zu.

»Aber … was wollen Sie denn von uns? Ist schon wieder was passiert?«

»Nein, nein«, beruhigte Fenja die Frau. »Ich versuche nur den Samstagabend zu rekonstruieren und frage alle Geburtstagsgäste, woran sie sich erinnern.«

»Ist das nicht Aufgabe der Polizei?«, fragte Rainer Buchner. »Wir haben denen doch schon alles gesagt, was wir wissen. Viel ist es sowieso nicht. Und wir kennen ja im Grunde auch niemanden hier.«

Buchner war, ebenso wie seine Frau, etwa Mitte fünfzig. Das wusste sie von Bendine. Aber beide wirkten älter. Vielleicht lag das daran, dass sie darauf verzichteten, die grauen Haare zu färben. Sie machten den Eindruck, als würden sie sich kein bisschen für Äußerlichkeiten interessieren. Was nicht hieß, dass sie ungepflegt waren. Nein, sie waren nur durch und durch natürlich. Gemeinsam waren ihnen auch die ernsten Mienen, die sie vor sich hertrugen. Fenja konnte sich nicht erinnern, einen von beiden schon mal lachen gesehen zu haben.

»Sie haben natürlich recht«, sagte Fenja, »aber meine Tante

und ich können in dieser Sache einfach nicht untätig sein. Das verstehen Sie sicher.« Fenja hielt es für angebracht, ihren Beruf zu verschweigen. Diese Leutchen fühlten sich bestimmt besser, wenn sie mit der Nichte der Hauswirtin sprachen statt mit einer Kriminalkommissarin. »Gehen wir ein paar Schritte?«

Die drei machten sich auf den Weg Richtung Cliner Quelle.

»Kannten Sie den … das Opfer?«

»Nein, wir sind ja in diesem Jahr zum ersten Mal hier und sind erst am Freitag angekommen. Wir haben ihn am Samstagabend zum ersten Mal gesehen.« Rainer Buchner legte den Arm um die Schulter seiner Frau und drückte sie an sich.

»Haben Sie irgendetwas gesehen, am Samstagabend oder Samstagnacht, was Ihnen merkwürdig vorkam? Oder haben Sie vielleicht etwas gehört?«

Sigrid Buchner schüttelte schweigend den Kopf.

»Nein«, sagte Rainer Buchner leise, »was soll uns denn aufgefallen sein? Wir haben uns nett mit der Wirtin, also Ihrer Tante, unterhalten. Und dann war da noch dieser …«, Buchner wandte sich an seine Frau, »dieser Mensch mit dem Hund.«

Fenja glaubte den Schatten eines Lächelns auf Sigrid Buchners Zügen erkennen zu können.

»Ja«, sagte die, »der Mann war ja ein bisschen … stur. Aber sein Hund war … so ein freundliches Tier.«

Fenja glaubte einen Vorwurf aus dieser Äußerung herauszuhören.

»Ich hätte so gern so einen«, fuhr sie fort und warf ihrem Mann einen bedauernden Blick zu, »aber mein Mann hat Angst vor Hunden.«

Rainer Buchner verdrehte die Augen. »Ja, ich mag nun mal keine Hunde.« Er sah Fenja entschuldigend an. »Ich weiß, das hört sich komisch an, aber ich bin als Kind von einer Bulldogge angefallen worden und … das werde ich irgendwie nicht los.«

»Das kann ich verstehen«, sagte Fenja.

Sie hatten die Cliner Quelle hinter sich gelassen und standen nun am Ufer der Harle.

»Meine Frau«, fuhr Rainer Buchner seufzend fort, »ist ganz

verrückt nach Hunden. Eine Katze wäre mir ja recht, aber die will Sigrid nicht.«

»Eine Katze ist nicht das Gleiche. Ein Hund kann sich freuen und zeigt das auch, eine Katze nicht.«

»Sie müssen wissen«, erklärte Rainer Buchner, »unser Sohn ist vor neun Jahren gestorben. Er hat sich umgebracht.«

»Das tut mir leid.« Das war also der Grund für den leidenden Gesichtsausdruck, dachte Fenja.

»Und«, fuhr Buchner fort, »Sigrid meint, ein Hund würde es leichter machen.« Er schwieg einen Moment. Sie standen am Ufer und beobachteten die Boote, die in der Sonne schaukelten.

»Aber das ist natürlich Quatsch«, sagte Buchner hart.

Fenja räusperte sich. »Ja, ich glaube, das muss schwer für Sie sein. Meine Cousine, Bendines Tochter, ist bei der Geburt ihres Kindes gestorben.«

Sigrid Buchner ergriff Fenjas Hand.

»Na ja«, sagte die lächelnd, »ist ja schon ein paar Jahre her.« Sie entzog Sigrid Buchner ihre Hand. Sie fand, sie hatte jetzt lange genug Small Talk betrieben. »Um auf den Samstagabend zurückzukommen, Sie können sich also an nichts erinnern, das uns irgendwie helfen könnte, diesen … Vorfall aufzuklären?«

Rainer Buchner schüttelte den Kopf. »Beim besten Willen nicht.«

»Wann sind Sie zu Bett gegangen?«

»Das muss schon eine Weile nach Mitternacht gewesen sein, oder?« Buchner sah seine Frau fragend an.

»Ja, ich glaube, es war schon nach eins«, bestätigte Sigrid Buchner ein bisschen erstaunt. »So lange bleiben wir sonst nie auf. Es war eben sehr nett«, fügte sie freundlich hinzu.

»Und Sie haben den Toten also nicht kennengelernt?«

»Nein«, sagte Rainer Buchner bestimmt, »kann natürlich sein, dass wir ein paar Worte gewechselt haben. Wir haben ja mit vielen Leuten gesprochen auf der Party.«

»Na gut«, sagte Fenja, »dann danke ich Ihnen und wünsche Ihnen noch einen schönen Urlaub in Carolinensiel.«

»Ja, danke«, sagte Sigrid Buchner und sah tatsächlich ein wenig glücklich aus, »es ist so schön hier. Und das Watt … das Watt macht so ruhig.«

Fenja begleitete die beiden zurück zur Pension, verabschiedete sie vor der Tür und ging ins Nachbarhaus.

Die Buchners blieben noch eine Weile vor Bendines Pension stehen. »Meinst du, wir hätten ihr davon erzählen sollen?«, fragte Sigrid Buchner unsicher.

Rainer Buchner zuckte mit den Schultern. »Wir haben Urlaub und halten uns da raus. Und außerdem: Was würde es nützen?«

Werner und Hermine Lüdersen bewohnten das Eckhaus neben Bendines Pension, jenseits der kleinen Stichstraße, die in die Siedlung führte. Fenja wusste zwar nicht, welche Zimmer sich hinter den beiden Dachfenstern befanden, aber vielleicht hatte sie ja Glück und es war das Schlafzimmer und einer von beiden hatte in der Nacht etwas gehört. Wieso waren die beiden eigentlich nicht bei der Feier gewesen?

Das hätte sie Bendine fragen sollen, bevor sie geklingelt hatte. Zu spät, sie hörte bereits Schritte hinter der mit dunklem Butzenglas ausgekleideten Tür. Die Haustür wurde aufgerissen, und Hermine, eine quirlige Endfünfzigerin mit grauer Kurzhaarfrisur, sah Fenja fragend an.

»Hallo.« Fenja hob ein bisschen verlegen die Hand. »Äh …« Sie wusste nicht so recht, wie sie anfangen sollte. Es war doch viel einfacher, wenn man den Leuten seinen Ausweis unter die Nase halten konnte, der einen offiziell dazu legitimierte, Fragen zu stellen. Schließlich war man im Auftrag der Bürger unterwegs. Jetzt war sie nicht als ermittelnde Beamtin hier, sondern als Privatperson.

»Hermine, hallo erst mal. Du hast ja sicherlich gehört, was bei uns passiert ist.«

»Aber natürlich, was glaubst du, deine Kollegen haben uns ja befragt.«

Fenja wusste nicht, ob das vorwurfsvoll geklungen hatte.

»Na, komm erst mal rein.« Hermine öffnete weit die Tür und trat zur Seite. »Ich hab gerade Tee gekocht, möchtest du einen?«

»Ja, gerne.« Fenja folgte Hermine, die mit leicht vorgebeugtem Oberkörper ins Wohnzimmer voraneilte. Werner Lüdersen saß in seinem Fernsehsessel und lugte über den Rand des Jeverschen Wochenblattes.

»Ach, Besuch«, krächzte er, »na, was ist denn bei euch passiert, sach mal? Habt ihr dem Lohmann jetzt endlich sein Lästermaul gestopft?« Er lachte heiser.

»Werner, das ist nicht witzig«, ermahnte ihn Hermine. »Fenja, setz dich doch, ich hol den Tee.« Sie trippelte hinaus, wobei der Oberkörper wieder etwas schneller war als das Becken.

Werner legte seine Zeitung weg. »Also. Stimmt das denn, dass einer den Lohmann umgebracht hat? Dieser Polizist gestern war ja nicht sehr gesprächig.«

Fenja hätte gern gewusst, wer die Lüdersens befragt hatte, wollte aber nicht nachfragen, hoffte nur, dass derjenige professionell und höflich gewesen war.

»Du weißt ja, bei laufenden Ermittlungen ist die Kripo zurückhaltend mit Informationen.«

»Ja, aber wir wohnen direkt nebenan, könnte ja sein, dass wir auch gefährdet sind. Da haben wir schon ein Recht, informiert zu werden.«

Fenja seufzte. Werner Lüdersen war bekanntermaßen ein Erbsenzähler, wenn auch keine Petze wie Lohmann, aber ein Mensch, der sich ständig im Nachteil gegenüber seinen Mitmenschen wähnte. Egal, sie wollte Informationen von ihm und gab sich mitteilsam.

»Tja, ganz ehrlich, wir wissen auch noch nicht mehr als ihr. Nur, dass Otto gestern Morgen tot im Garten lag und eine Kopfwunde hatte. Kann auch sein, dass er irgendwo draufgefallen ist. Nach der Obduktion werden wir hoffentlich alle mehr wissen.«

Hermine kam mit einem Tablett herein, stellte Fenja eine

Tasse hin und goss Tee ein. »Wie geht es denn Bendine? Ich hab sie noch gar nicht gesehen seit dieser schrecklichen Geschichte.«

»Es geht schon, aber sie ist natürlich geschockt wie wir alle.«

»Das kann ich mir denken.« Hermine nahm ihre Tasse und sank Fenja gegenüber in einen Sessel. »Nun erzähl mal, was ist passiert?« Sie nahm einen Schluck Tee. »Wir waren ja auch eingeladen, aber wir mussten bei Daniela in Esens babysitten. Du weißt doch, der kleine Enno ist immer so anstrengend und schreit sich die Lunge aus dem Leib, wenn jemand anderes auf ihn aufpasst als wir.«

Fenja hatte das Gefühl, dass Hermine es dem kleinen Enno hoch anrechnete, dass er außer seiner Großmutter und seinem Großvater keinen anderen Babysitter duldete. Aber der kleine Enno, das hatte Bendine schon durchblicken lassen, war bereits als Säugling ausgesprochen durchsetzungsfähig gewesen.

»Dann wart ihr am Samstagabend also gar nicht zu Hause?«, fragte Fenja enttäuscht.

»Nein, wir sind so um kurz nach zwölf heimgekommen. Nicht wahr, Werner, oder war das später?«

»Nein, es war kurz nach zwölf. Wir wären ja vielleicht noch rübergekommen zu Bendine, aber unsere Tochter ist nicht pünktlich zurückgekommen. Wir hatten eigentlich elf Uhr verabredet.« Werner Lüdersens Mundwinkel hingen auf Halbmast, sein schmales, eingefallenes Gesicht mit den zahlreichen Altersflecken ließ ihn viel älter wirken als Hermine, obwohl die beiden etwa im gleichen Alter waren.

Fenja war hellhörig geworden. »Um kurz nach zwölf also. Habt ihr da irgendwas gehört oder gesehen, als ihr heimgekommen seid? Einen Streit oder so was?«

»Nein, wir haben nur gehört, dass bei euch gefeiert wurde. Die Terrassentür hat wohl offen gestanden.« Werner Lüdersen machte ein Gesicht, als hätte man ihm als einzigem Menschen in Europa eine Krankenversicherung vorenthalten. »Ich wäre ja noch vorbeigekommen, aber Hermine war müde.«

»Du hättest doch allein kommen können.« Fenja hatte den Satz noch nicht zu Ende gesprochen, als sie es schon bereute. Die beiden Eheleute starrten sie an, als hätte sie ihnen Gruppensex vorgeschlagen.

»Nein«, sagte Hermine bestimmt und stellte ihre Teetasse auf das Tablett, »also, das wäre ja … komisch.«

Fenja trank einen Schluck Tee, er schmeckte hervorragend. Hermine benutzte Kondensmilch statt Sahne. Die meisten Teetrinker rümpften bei dem Gedanken an Kondensmilch die Nase, aber Fenja liebte sie.

»Hm, lecker«, sagte sie, und Hermine lächelte.

»Ihr habt also nichts gehört oder gesehen?«

»Nein, das hat uns dein Kollege gestern auch schon alles gefragt.« Werner strich sich über die Halbglatze und verschränkte vorwurfsvoll die Arme.

»Zu welchem Zimmer gehören denn die beiden Dachfenster, die zum Garten zeigen?«

»Zum Schlafzimmer«, sagte Werner und schien ein bisschen beleidigt über die Impertinenz dieser Frage, »aber wir haben trotzdem nichts gehört.«

»Und ihr seid dann gleich ins Bett gegangen, nachdem ihr nach Haus gekommen seid?«

»Natürlich«, schnauzte Werner.

»Aber Werner«, protestierte Hermine, »du hast doch noch …« Der finstere Blick ihres Mannes brachte sie zum Schweigen.

»Ja, was?«, hakte Fenja nach.

»Nichts«, sagte Hermine.

In diesem Moment wurde die Haustür aufgeschlossen. »Nanu«, sagte Fenja verwundert, »habt ihr Feriengäste?«

Hermine rollte mit den Augen. »Ja, die Transuse aus Bochum mit seiner Mutter ist wieder da.«

»Du meinst diesen Mittvierziger, der immer mit diesen Trippelschritten geht, als hätte er Parkinson?«

»Genau den«, seufzte Hermine, »aber er hat kein Parkinson. Jedenfalls nicht, soweit ich weiß.«

»Und der verreist immer noch mit seiner Mutter?«

»Ja, ich begreif das auch nicht. Die Alte ist zwar nicht besonders beweglich und braucht Unterstützung, aber sie hat auch Haare auf den Zähnen«, fügte sie etwas leiser hinzu. »Ich hab keine Ahnung, wieso die immer noch herkommen. Schließlich müssen sie Treppen steigen, und das fällt der Alten nicht leicht. Ich glaube, die macht einen auf hilflos und setzt damit den Sohn unter Druck. Allerdings kommen sie schon seit fast zehn Jahren jeden Sommer zu uns.«

»Also Hermine, du solltest dich nicht so abfällig über unsere zahlenden Gäste äußern«, schimpfte Werner.

»Ach Quatsch.« Hermine machte eine wegwerfende Handbewegung. »Kriegen die doch nicht mit.«

»Seit wann sind die da?«

»Seit Mittwoch.«

»Vielleicht haben die ja was mitgekriegt«, überlegte Fenja. »Ich sollte mich mal mit denen unterhalten.«

»Wenn du meinst«, gluckste Hermine. »Glaube nicht, dass die überhaupt irgendwas mitkriegen, die liegen doch immer schon um neun im Bett.«

Fenja trank ihren Tee aus – wirklich gut – und stand auf.

»Ja, entschuldigt die Störung, ich wollte mich nur erkundigen … sicherheitshalber«, sagte sie mit einem schrägen Blick auf Werner Lüdersen.

Hermine stellte ihre Tasse ab und sprang auf. »Natürlich, Fenja, das verstehen wir doch, nicht wahr, Werner?«

Werner nickte und griff nach seiner Zeitung.

Hermine begleitete sie zur Tür, öffnete sie, schob Fenja, die eigentlich zu der Transuse und seiner Mutter hinaufgehen wollte, nach draußen und rückte nah an Fenja heran.

»Ich weiß ja nicht, ob es wichtig ist«, sagte sie verlegen. »Ich wollte es ja gestern schon deinem Kollegen erzählen, aber Werner hat gesagt, ich soll den Mund halten und mich nicht in Sachen einmischen, die uns nichts angehen, nur …«

»Ja?«, fragte Fenja gespannt.

Hermine öffnete die Tür einen Spaltbreit und lugte in den

Flur. Von dort drohte offensichtlich keine Gefahr, belauscht zu werden. Sie winkte Fenja heran.

»Als wir den Wagen in die Garage gefahren haben, hab ich etwas gehört«, flüsterte sie.

»Was?«

Hermine wand sich. »Ja, das ist es ja gerade, ich weiß nicht genau, wie ich das beschreiben soll. Es hörte sich an wie ein Weinen oder Jammern.« Sie überlegte einen Moment. »Vielleicht eher wie ein leises Heulen.«

»Ach.«

»Ja, ich finde das ja auch komisch. Ich hab noch rübergeguckt in euren Garten, hab aber nichts gesehen. Und Werner meint sowieso, ich spinne und soll uns nicht in Schwierigkeiten bringen. Kennst ihn ja …«

»Aber wieso sollte es euch in Schwierigkeiten bringen, wenn du jemanden weinen hörst?«

»Das möchte ich auch mal wissen«, meinte Hermine und fügte sofort hinzu: »Aber bitte, ich hab dir nichts erzählt.« Sie legte einen Finger auf die Lippen. »Wenn Werner das erfährt, ist er tödlich beleidigt, und da bin ich nicht scharf drauf.« Sie sah Fenja warnend an.

»Ja, ja, ist klar«, sagte Fenja. »Aber … du wolltest mir doch vorhin noch etwas sagen. Was war das, Hermine?«

»Na, das mit dem Heulen.«

»Und was war mit Werner?«

»Nichts.«

Fenja nickte. »Okay, weißt du noch, wann genau du das Heulen gehört hast?«

»Na ja, um halb eins rum, auf die Minute genau weiß ich das auch nicht mehr.«

»Und du hast niemanden im Garten gesehen?«

»Nein, ich hab nur dieses Jammern gehört, aber keinen Menschen gesehen. Hab noch gedacht, da versteckt sich wer und heult sich seinen Liebeskummer von der Seele.«

»Hm, und du bist sicher, dass es ein Mensch war? Oder könnte es auch ein Hund gewesen sein?« Fenja dachte an Bingo.

»Nein, also, das war kein Hund.«

»Und ob Mann oder Frau, kannst du nicht sagen?«

»Nee. Es war wie ein lang gezogenes menschliches Gejammere. Und wenn du mich jetzt noch weiter löcherst, weiß ich gar nichts mehr.«

»Okay.« Fenja gab Hermine die Hand. »Danke für den Tee.«

»Gern geschehen. Willst du jetzt zu Krügers rauf?«

»Ja.«

Die beiden gingen die Treppe hinauf, wo Hermine an die Apartmenttür klopfte.

Es kam keine Antwort, und Fenja klopfte etwas energischer. Das wirkte.

»Was ist denn da los?«, blökte eine verdrießliche Frauenstimme.

»Ich bin's, Ihre Vermieterin. Meine Nachbarin möchte Sie etwas fragen!«

Wenige Sekunden später öffnete ein dünner Mann mit kurzem mittelblonden Haar die Tür. Er musterte Hermine und Fenja mit kleinen grauen Augen. Seine Miene war ausdruckslos.

»Was ist denn hier los, Bertram?«

Die verdrießliche Frauenstimme gehörte zu einer kleinen, dürren Frau mit gebeugtem Rücken, die auf einen Stock gestützt zur Tür kam. Sie sah aus wie achtzig, aber Fenja nahm an, dass sie jünger war. Ihr Sohn sah jedenfalls aus wie ein überreifer Teenager.

»Wir haben Besuch«, erklärte der Teenager überflüssigerweise. Seine Stimme war angenehm.

»Was wollen Sie?«, fragte Frau Krüger barsch.

»Moin, Frau Krüger«, sagte Fenja. »Vielleicht haben Sie von dem Todesfall gehört, der sich Samstagnacht im Nachbarhaus zugetragen hat. Ich wollte Sie nur fragen, ob Sie in der Nacht irgendetwas gesehen oder gehört haben, was zur Aufklärung beitragen könnte.«

»Sind Sie von der Polizei?« Frau Krügers wache Augen flitzten von Fenja zu Hermine Lüdersen.

»Nein«, sagte Fenja nicht ganz wahrheitsgemäß, aber sie

hatte keine Lust auf lange Erklärungen und hoffte, dass Hermine den Mund hielt. »Ich wohne im Nachbarhaus. Die Besitzerin ist meine Tante.«

Hermine warf Fenja einen kurzen Seitenblick zu, schwieg aber. Frau Krüger antwortete zunächst nicht, ihr Sohn, der sie um mehr als Haupteslänge überragte, stand mit hängenden Armen schweigend neben ihr.

»Nein«, sagte Frau Krüger dann, »außer dem Lärm, den Ihre Gäste veranstaltet haben, haben wir nichts gesehen oder gehört. Wir schlafen normalerweise nachts, das heißt, wenn man uns lässt.«

Fenja steckte die Spitze weg und wandte sich an die Transuse. »Und Ihnen ist auch nichts aufgefallen?«

Der Mann schüttelte schweigend den Kopf, ohne den Blick von Fenja zu nehmen.

»Wer ist denn eigentlich gestorben?«, fragte Frau Krüger. »Etwa ein Gast? Sind wir hier noch sicher? Oder müssen wir uns Sorgen machen?« Die Frage war an Hermine gerichtet.

»Nein, nein, ein Nachbar ist … zu Tode gekommen. Herr Lohmann, ich weiß nicht, ob Sie ihn kennen.«

»Lohmann? Ist das der, wo immer auf alles aufpasst?«

Fenja schüttelte sich innerlich bei dieser schrägen Grammatik, stimmte aber zu.

»Sie kannten Otto Lohmann?«, fragte sie verwundert.

»Natürlich, ein netter Mann. Der hat wenigstens für Ordnung gesorgt. Und der ist tot? Ein Jammer, aber so ist das, die Besten sterben immer zuerst.«

»Ah ja?« Fenja verlagerte ihr Gewicht und fragte sich, was die Frau wohl mit *zuerst* meinte und in welche Kategorie Mensch sie sich selbst einordnete. Immerhin war sie ja nicht mehr die Jüngste. Fenja räusperte sich. »Haben Sie Herrn Lohmann näher kennengelernt?«

»Was heißt näher? Er hat sich auf jeden Fall sehr fürsorglich verhalten, mehr als manch anderer. Ich glaube, das war letztes Jahr, oder nicht, Bertram?« Frau Krüger wartete die Antwort ihres Sohnes nicht ab, sondern fuhr ohne Unterbrechung fort.

»Da hat so ein Rüpel mit seinem Auto den halben Gehweg versperrt. Wissen Sie, wie schwierig es ist, sich mit einer Gehbehinderung durch so eine Lücke zu quetschen?« Sie musterte mit strengem Blick Fenjas schlanke Figur und rümpfte die Nase. »Na, wahrscheinlich nicht, die Menschen haben keine Ahnung, was es bedeutet, krank und unbeweglich zu sein.« Sie stampfte mit dem Stock auf, Bertram senkte schuldbewusst den Kopf. »Jedenfalls, dieser Herr Lohmann wusste es, hat sich gleich die Autonummer notiert und ihn angezeigt. War eine Kölner Nummer, das weiß ich noch.« Frau Krüger lächelte zufrieden. »Herr Lohmann und ich haben uns dann noch eine Weile unterhalten.« Sie kniff die Augen zusammen. »Und den hat tatsächlich jemand ermordet.« Sie schüttelte den Kopf. »Die Welt ist voller verkommener Subjekte.«

»Wohl wahr«, stimmte Fenja leise zu. »Und Sie können uns also nicht weiterhelfen?«

»Nein, leider, muss ich sagen. Sonst würden wir's ja sagen. Nicht wahr, Bertram?«

Bertram antwortete nicht sofort, wusste wohl nicht, ob eine Antwort tatsächlich erwartet wurde, beeilte sich aber dann, seiner Mutter zuzustimmen.

»Natürlich, ist doch klar«, stotterte er.

»Ja, dann danke ich Ihnen.«

Fenja und Hermine, die die Unterhaltung neugierig verfolgt hatte, verabschiedeten sich. Frau Krüger schob mit ihrem Stock die Wohnungstür zu.

»Na, das sind ja tolle Gäste«, raunte Fenja, als Hermine wieder mit ihr vor der Haustür stand.

»Ja, die Alte ist ein Besen, aber sie sind unauffällig, ruhig und sauber. Was will man mehr?«, sagte Hermine.

Wie wär's mit Humor?, dachte Fenja und verabschiedete sich. Auf dem kurzen Weg zur Pension grübelte sie darüber nach, ob Werner Lüdersen nicht möglicherweise dem Heulen auf den Grund hatte gehen wollen und Bendines Garten genauer unter die Lupe genommen hatte.

Fenja wollte heimgehen und Gesa anrufen. Vielleicht gab

es ja etwas Neues, aber just in diesem Moment kam Alfons Wecker um die Ecke. Er sah weder nach links oder rechts und hätte Fenja fast angerempelt, als er an ihr vorbeiwollte. Sie wappnete sich innerlich und sprach ihn an.

»Alfons, können wir uns unterhalten?«

Er drehte sich kurz um, blieb aber nicht stehen. »Nein«, schnauzte er.

Das fand Fenja jetzt unhöflich. Und es machte sie wütend.

»Alfons, soll ich etwa meine Kollegen auf dich ansetzen?«, rief sie ihm hinterher.

Das wirkte, zumindest blieb der Mann stehen. Er drehte sich erneut um. »Was?«, blaffte er.

Fenja ging auf ihn zu. »Nur ein paar Fragen, aber ich kann auch gern meinen Kollegen bitten, dich noch mal aufs Revier zu holen.«

»Da war ich schon.«

»Ooch, das macht nichts, ich finde schon einen Grund, dich noch mal vorzuladen.«

Fenja bluffte, sie hatte in diesem Fall keine Befugnisse, aber sie hoffte, Alfons würde einknicken und mit ihr reden. Das tat er.

»Was willst du?« Er stand breitbeinig mit vor der Brust verschränkten Armen auf der Straße und blickte sie an wie ein Duellant seinen Gegner.

»Wo warst du in der Nacht, als Otto starb?«

»Geht dich nichts an, aber im Bett.«

»Hast du irgendwas gehört oder gesehen?«

»Nein.«

»Und am Morgen, als du zum Angeln gefahren bist, ist dir auch nicht aufgefallen, dass Otto nicht da war?«

»Nein.«

»Gab es in letzter Zeit besondere Vorkommnisse? Hat Otto sich über jemanden besonders beklagt oder Streit gehabt?«

»Ha!«, blaffte Alfons.

»Was meinst du?«

»Was wohl?«

Fenja betrachtete Alfons eine Weile schweigend. Sein Gesicht lag unter der breiten Krempe seines Strohhutes im Schatten. Unter den buschigen Augenbrauen blitzten sie schmale Augen herausfordernd an. Die Lippen waren zusammengepresst, und er hatte den Kopf nach vorn gebeugt wie ein Stier, der zum Angriff ansetzt. Sie hatte keinen zufriedenen Menschen vor sich, das war mal klar.

»Hast du eine Ahnung, wer Otto umgebracht haben könnte?«

»Frag lieber, wer nicht.«

Fenja seufzte. »Du hast also keinen Tipp, der uns weiterhelfen könnte.«

»Nein. Sonst noch was?«

»Ist dir das denn völlig egal, dass er umgebracht wurde? Er war ja immerhin der Mann deiner Schwester.«

»Ja und?« Er wandte sich ab und ging.

VIER

Mark Bradford hatte einen langen Spaziergang durchs Watt gemacht und ging nun gedankenverloren an der Harle entlang. Er wusste selbst nicht, was ihn an diesem kalten Schlick so anzog, vielleicht war es einfach nur der Reiz des Unbekannten. Diese Art Landschaft war anders als alles, was er kannte. Er dachte an die zerklüfteten Küsten Cornwalls, die weißen Klippen von Sussex und der Jurassic Coast. Das waren herbe, atemberaubende Küstenlandschaften, die einen weiten Blick auf das Meer gewährten.

Aber das hier war besonders. Flaches Land unter blauem Himmel. So weit das Auge reichte, nur grauer Schlick, Vögel und ein paar Menschen, die in Gummischuhen oder -stiefeln gemächlich über den freiliegenden Meeresboden wanderten. Manche so weit entfernt, dass nur bunte, bewegliche Punkte am Horizont zu sehen waren. Es war diese endlos anmutende Weite, die sich wie ein Kokon über das Gemüt des Betrachters stülpte. Das war es, was diesen Küstenstreifen so von den Klippen Südenglands unterschied und ihm seinen besonderen Reiz verlieh.

Er betrachtete die Boote, die auf dem Flüsschen schipperten, und wunderte sich darüber, dass so viele Urlauber auf Fahrrädern unterwegs waren. Es gab aber auch überall Fahrradwege. Auch das ein Unterschied zu seiner Heimat, wo die Landstraßen von Hecken gesäumt und schmaler waren als hierzulande. Nun ja, Deutschland war eben keine Insel, sondern ein Transitland, kein europäisches Land hatte mehr Nachbarn. Das hatte ihm seine Mutter erzählt, und die hatte es von ihrer Freundin, die mit einem Deutschen verheiratet war und in Bremen lebte. Wie auch immer, er begann das Land und seine Bewohner zu lieben, eine ganz besonders. Das machte es kompliziert.

Er seufzte, blieb stehen und reckte das Gesicht in die Sonne. Sein Handy klingelte. Sergeant Buckley. Bradford zögerte.

Sollte er das Gespräch annehmen? Warum rief sein Sergeant ihn an? Die Antwort lag auf der Hand: Es gab Probleme. Buckley hatte immer irgendwelche Probleme.

»Buckley, was gibt's?«

»Äh … Sir? Sind Sie das?«

»Ja, wer denn sonst? Bisher hat mich niemand überfallen und mein Handy geklaut. Was haben Sie für ein Problem?«

»Woher wissen Sie –«

»Buckley!« Bradford hatte laut gesprochen, sodass ein entgegenkommendes Ehepaar verdutzt stehen blieb und ihn anstarrte.

Bradford nickte ihnen zu und marschierte weiter. »Also, was gibt's?«

»Tja, also, Folgendes. Wir haben hier eine seltsame Vermisstenmeldung. Drei ältere Damen suchen quasi ihre Freundin.«

»Aha, und deswegen rufen Sie mich an?«

»Ja, meine Idee war das nicht«, rechtfertigte sich Buckley, »aber Constable Sutton meinte, es würde Sie interessieren, weil … die Vermisste wohnt direkt über Ihnen.«

Bradford blieb erneut stehen. »Sie meinen Lilian Simmington?«

»Ja, so heißt sie.«

Das interessierte ihn allerdings. Er ließ sich den Fall kurz schildern.

»… und Constable Sutton meinte«, schloss Buckley seinen Bericht, »vielleicht könnten Sie ja etwas dazu sagen. Also ich hab ihr gleich gesagt, wir sollten Sie nicht stören, aber … ich dachte, ich tue ihr den Gefallen.«

Bradford schnaubte. Buckley tat gerade so, als hätte er alles im Griff, aber offensichtlich war es wieder mal Sutton, die die richtigen Entscheidungen traf.

»Schicken Sie mir das Protokoll, ich schau es mir an.«

»Wenn Sie meinen, Sir, aber lassen Sie sich nicht stören. Ich meine … Sie wollen sich ja erholen.«

»Ich melde mich«, sagte Bradford kurz angebunden, drückte

das Gespräch weg und steckte sein Handy in die Innentasche seiner Jacke.

Was war da passiert? Lilian Simmington war eine nicht immer reizende alte Dame, die die Wohnung über ihm bewohnte. Bradford war allerdings der einzige Hausbewohner, dem sie wohlgesonnen war. Sam Falling, der neben ihm wohnte, und Anne Fullerton, die vor einem halben Jahr die Wohnung neben Lilian Simmington bezogen hatte, waren da weniger glücklich.

Falling und Simmington lagen in ständigem Clinch miteinander, was sich darin äußerte, dass sie ihm vorhielt, dauernd über seine Schuhe zu stolpern, die er verbotenerweise immer auf seiner Matte im Flur stehen ließ. Er hingegen konterte, dass Simmington nur über seine Schuhe stolpere, weil sie an seiner Wohnungstür lausche, was die natürlich vehement bestritt. Bradford vermutete allerdings, dass diese kleinen Streitereien die Würze ihres ereignislosen Lebens waren und die beiden sich ohne einander zu Tode langweilen würden.

Anne Fullerton hingegen war eine stille, farblose Frau mittleren Alters, die, wenn man sie überhaupt zu sehen bekam, wie ein Schatten durchs Treppenhaus huschte und keinen Kontakt zu den Mitbewohnern suchte. Das war offensichtlich auch der Grund, warum sie bei Lilian Simmington, die gern über alles und jeden Bescheid wusste, in Ungnade gefallen war.

Und Lilian Simmington war also verschwunden. Was hatte das zu bedeuten? Wieso verschwand eine alte Dame? Entweder weil ihr etwas zugestoßen war oder weil sie verwirrt war und nicht wieder nach Hause fand. Letzteres konnte er sich nicht vorstellen, denn Lilian Simmington war vielleicht manchmal ein wenig durcheinander, aber als dement würde er sie nicht bezeichnen. Allerdings kannte er sie auch nicht wirklich gut. Wenn er ihr begegnete, ergriff er meist schnellstmöglich die Flucht, wofür er sich jetzt schämte.

Eine Möglichkeit war, dass sie verletzt worden war und in einem Krankenhaus lag. Diese Option hatte Sutton mit Sicherheit bedacht und abgeklärt. Blieben die Möglichkeiten, dass sie entführt war oder tot. Aber wieso sollte jemand eine alte Dame entführen? Sie war zwar, soweit er wusste, recht gut betucht, aber das waren eine Menge Leute.

Vielleicht war sie auch einfach nur verreist. Er erinnerte sich daran, dass sie einmal mit einem kleinen Koffer die Treppe heruntergekommen war und sich darüber beschwerte, dass der Aufzug immer so lange brauchte. Sie müsse doch ihren Zug erreichen. Sie hatte ihm auch gesagt, wohin sie unterwegs war, aber das war ihm entfallen. Auch ein Treffen mit einem alten Bekannten hatte sie erwähnt. Und wie wichtig es für sie sei, ihn wiederzusehen. Was war das nur für ein Bekannter gewesen? Nun ja, es würde ihm schon wieder einfallen. Jedenfalls hatte er ihr den Koffer abgenommen und sie zum Taxi begleitet. Das war doch erst vor ein paar Monaten gewesen.

Was war das für ein Koffer gewesen? Er musste sich erinnern. Wenn der Koffer fehlte, dann war alles klar. Andererseits hatte Buckley das bestimmt überprüft. Es sei denn, sie wussten nichts von dem Koffer.

Bradford rief sich zur Ordnung. Er grübelte zu viel. Anstatt seinen Urlaub zu genießen, ging sein kriminalistischer Forschergeist schon wieder mit ihm durch. Ein bisschen Vertrauen in seine Untergebenen sollte er schon haben. Na ja, es konnte nicht schaden, das Protokoll zu lesen, dachte er. Und dann lag ihm noch das Gespräch mit Fenja, das er vor sich herschob, auf der Seele. Er wollte gerade den Weg über die Cliner Quelle zur Pension nehmen, als Fenja ihm in die Arme lief.

»Oh, sorry!«, sagte sie und strahlte ihn an. »Wo warst du denn?«

»Hab einen Spaziergang gemacht.« Er wies auf die Schultertasche mit den Neoprenschuhen, die er sich extra zum Wattwandern besorgt hatte.

Die beiden standen voreinander. Beide suchten nach Worten.

»Äh, wo willst du hin?«, fragte Bradford dann.

»Nirgendwohin, eigentlich hab ich dich gesucht.«

»Aha.« Er lächelte. »Und was jetzt?«

Fenja hakte sich bei ihm unter. »Lass uns ins Dorf gehen und Bendines Freundin Lore besuchen. Ich wollte mich in Ruhe mit ihr und Kalle unterhalten.«

Dass sie ihn dabeihaben wollte, freute Bradford einerseits, andererseits wollte er unbedingt zurück zur Pension und Buckleys Bericht lesen, falls er ihn schon geschickt hatte. Er schilderte Fenja, was passiert war, und sie sah ihn ein bisschen besorgt an. »Heißt das jetzt, dass du zurückwillst?«

Ihre enttäuschte Miene erwärmte sein Herz. »Nein, ich bleibe, schließlich bin ich ein wichtiger Zeuge«, sagte er augenzwinkernd.

»Genau.« Fenja atmete erleichtert auf. »Dann sehen wir uns zum Mittagessen.«

✳✳✳

Lore war Bendines beste Freundin. Sie und ihr Mann Kalle waren Bendine nach dem Tod ihrer Tochter, Fenjas Cousine Stella, und wenig später dem ihres Mannes Friedhelm Anker und Anlaufstelle gewesen. Das hatte sich bis heute nicht geändert. Die beiden gehörten quasi zur Familie.

Sie wohnten in der Uferstraße und führten ebenso wie Bendine eine kleine Pension. Als Lore die Tür öffnete, blieb sie einen Moment stehen und sah Fenja forschend an.

»Bist du privat hier oder als Polizistin?«

»Privat natürlich.«

»Na, dann komm rein.«

»Heißt das, du magst mich als Polizistin nicht?«, fragte Fenja, während sie gefolgt von Lore zum Wohnzimmer ging.

»Kommt drauf an.«

»Worauf?«

»Darauf, ob du mich zur Petze machen willst oder nicht.«

Fenja ließ sich seufzend in den Fernsehsessel fallen, den Kalle sonst nicht kalt werden ließ.

»Wo ist Kalle?«

»Im Garten, Giersch rupfen.«

»Giersch? Ich dachte, das wäre hoffnungslos.«

»Ist es auch. Willst du Tee?«

»Bitte.«

Zwar hatte Fenja heute schon reichlich Tee getrunken, aber gemeinsames Teetrinken lockerte die Atmosphäre und machte die Menschen gesprächiger, fand sie.

Lore ging in die Küche, und Fenja hörte sie werkeln. Lores Wohnzimmer glich einer Puppenstube, nur in Groß. Kalles monströser brauner Fernsehsessel war das einzige störende Element in dieser putzigen Idylle. Aber Kalle hatte sich nicht erweichen lassen und den betagten Ohrensessel seines Vaters durch dieses hässliche Hightechgerät ersetzt. Fenja griff nach dem Bedienungselement, studierte die Tasten, drückte probehalber eine und wurde schlagartig in die Waagerechte katapultiert. Die Fernbedienung fiel ihr aus der Hand, und sie zappelte wie ein Käfer mit den Beinen in der Luft.

»Mach Kalles Sessel nicht kaputt, dann wird er fürchterlich ungemütlich.«

Lore war mit einem Tablett hereingekommen, machte aber keine Anstalten, Fenja aus ihrer hilflosen Lage zu befreien. Die schwang ihre Beine über die Lehne und krabbelte umständlich aus dem Sessel.

»Meine Güte, wer guckt in so einer Position fern?«, sagte sie und ließ sich dann doch lieber auf dem Sofa nieder.

Lore brachte den Sessel wieder in die Ursprungsposition und schenkte dann Tee ein.

»Wie geht's Bendine?«

»Nicht gut, aber das ist unter diesen Umständen ja auch nicht anders zu erwarten.«

»Das kann man sagen.« Lore stellte die Kanne aufs Tablett, nahm ihre Tasse und ließ sich in ihren reichlich mit Kissen bestückten Plüschsessel zurücksinken.

Fenja nahm einen Schluck von Lores starkem Tee, der wie immer hervorragend schmeckte. »Ich bin hier, weil ich noch mal mit allen rede. Wir müssen diese Sache schnell aus der Welt schaffen.«

»Da hast du recht.« Lore stellte ihre Tasse weg. »Sag mal, was ist denn eigentlich mit deinem Kollegen los? Der hat gerade so getan, als wären wir alle Lügner.«

Fenja stöhnte. »Der meint das nicht so«, entgegnete sie lahm. Was sollte sie auch sagen? Sie fand auch, dass Geert übers Ziel hinausschoss, aber sie konnte ihm nicht in den Rücken fallen. Vielleicht fühlte er sich ja besonders in der Pflicht und wollte sich nicht nachsagen lassen, er habe die Leute mit Samthandschuhen angefasst, nur weil er bei der Tante seiner Chefin ermittelte.

»Lore«, Fenja rückte ein bisschen zur Freundin ihrer Tante hinüber, »du und Kalle, ihr wart doch fast bis zuletzt da und habt auch in der Nähe von Lohmanns gesessen. Ist dir denn gar nichts Merkwürdiges aufgefallen? Hast du vielleicht irgendwen gesehen, der Otto in den Garten gefolgt ist? Oder hat jemand irgendwas gesagt, was Licht in die Sache bringen könnte?«

»Ach, Mädchen«, antwortete Lore ein bisschen resigniert, »ich hab mir wirklich schon den Kopf zerbrochen, aber ich hab absolut keine Idee, was da passiert ist. Ehrlich gesagt, ich glaube immer noch, dass es irgendwie ein Unfall gewesen sein muss. Ich will mir einfach nicht vorstellen, dass ich Bendines sechzigsten Geburtstag mit einem Mörder zusammen gefeiert habe.«

Fenja nickte. Ja, das war in der Tat keine angenehme Vorstellung, auch für sie nicht.

»Erzähl doch einfach mal alles, woran du dich erinnerst. Worüber habt ihr gesprochen, wann ist wer mit wem weggegangen? Wer hat wie lange am Tisch gesessen?«

»Na, du bist gut.« Lore nahm einen Schluck Tee und überlegte. »Also, an unserem Tisch saßen Bendine, deine Mutter, Lohmanns und Holzers. Das war eine ziemlich große Runde, und Lohmanns saßen ja auch am anderen Ende, ich hab nicht alles mitgekriegt, was da gesprochen wurde. Irmi hat nicht viel gesagt, wie üblich. Was soll man auch sagen, wenn der eigene Kerl andauernd quatscht?«

In diesem Moment betrat Kalle das Wohnzimmer.

»Bist du zu retten!«, rief Lore. »Zieh sofort die Stiefel aus und wasch dir die Hände.«

Kalle blickte verdutzt an sich hinunter, machte aber, wenn auch brummend, kehrt.

»Nicht zu fassen«, Lore schüttelte den Kopf, »manchmal frage ich mich, ob das am Alter liegt. Früher war er nicht so.«

»Worum ging es denn eigentlich bei dem Streit zwischen Otto und Martin?«

Lore dachte nach. »Also das weiß ich nicht. Ich weiß nur, dass die beiden sich unterhalten haben, und plötzlich ist Martin aufgesprungen und hat … na, den Rest kennst du ja.«

Kalle kam auf Socken zurück ins Wohnzimmer und nahm gleich seinen Sessel in Beschlag. Er fummelte an der Fernbedienung herum und ließ sich sanft in eine liegende Position gleiten.

»Feine Sache, so ein Ding«, sagte er stolz und deutete auf die Fernbedienung. »Man kann sich auch massieren lassen.«

»Ja, Kalle, ist gut«, sagte Lore leicht genervt. »Wir reden gerade über Bendines Geburtstagsfeier.«

»Ach du Scheiße, ja, das war ja nun wirklich mal 'ne außergewöhnliche Party.« Kalle kicherte heiser. »Und Carolinensiel ist seinen großartigen Aufpasser losgeworden. Na, das ist doch was.«

Kalle schien das Ganze von der positiven Seite zu betrachten.

»Kalle«, ermahnte ihn Lore, »was ist daran lustig? Bendine geht es schlecht, und du reißt hier Witze.«

Kalles Grinsen erstarb. »Ja, stimmt natürlich.« Er schluckte und schwieg.

»Kalle, weißt du, warum sich Martin Holzer und Lohmann gestritten haben?«

Kalle guckte verwirrt. »Haben die sich gestritten?«

Lore seufzte, und Fenja fragte sich, ob Kalle tatsächlich langsam ein bisschen sonderlich wurde. Außerdem wunderte sie sich mittlerweile, dass niemand wusste, worum es bei dem Streit zwischen den beiden Nachbarn gegangen war. Aber das würde sie schon noch erfahren. Von Holzer persönlich. Und dann wollte sie noch wissen, was sich Lohmanns Nachbar Möllering »Hübsches« für Otto Lohmann hatte ausdenken wollen.

Sie verabschiedete sich und beschloss, zuerst zum Mittagessen nach Hause zu gehen.

In der Küche saßen Bendine, Elke und Edgar zusammen beim Essen. Elke hatte Grüne Bohnensuppe gekocht. Dazu gab es Eierpfannkuchen, von denen Edgar sich gerade einen vom Teller klaubte, als Fenja die Küche betrat.

»Fenja, wo warst du denn?«, begrüßte sie ihre Mutter vorwurfsvoll. »Du musst dich schon ein bisschen um deinen Gast kümmern.«

»Wo ist Mark überhaupt?« Fenja hatte Bradford auch im Frühstücksraum nicht gesehen.

»Er hat gerade noch mit uns zusammen gegessen und ist jetzt auf sein Zimmer gegangen. Müsste noch dringenden Papierkram erledigen. Jedenfalls hab ich das so verstanden. Wirklich ein charmanter Mann, bloß ein Jammer, dass er so gar kein Deutsch spricht. Und mit unserem Englisch ist es ja auch nicht weit her.«

»Aber es hat ja gut geklappt«, mischte sich Edgar kauend ein. »Ich spreche gut Englisch, und wir haben uns bestens unterhalten.«

Das bezweifelte Fenja, und die Art und Weise, wie ihre Mutter die Augen verdrehte, schien ihre Zweifel zu bestätigen. Was Bradford wohl so Wichtiges zu erledigen hatte? Ging es doch um den Fall seiner vermissten Nachbarin? Vielleicht hatte er auch einfach nur die Flucht ergriffen. Vor den beiden Frauen oder vor Edgar oder vor allen zusammen. Sie griff nach dem letzten sauberen Teller auf dem Tisch, bediente sich aus dem Suppentopf und setzte sich neben Edgar auf die Küchenbank. Der rutschte unwillkürlich ein wenig zu Bendine hinüber, nicht ohne seinen Teller mitzunehmen.

»Weiß eigentlich einer von euch, worüber sich Otto und

Martin gestritten haben?«, fragte Fenja, während sie die dampfende Suppe umrührte.

»Also, ich hab keine Ahnung«, sagte ihre Mutter.

»Ich auch nicht, aber was soll es schon gewesen sein?«, überlegte Bendine. »Bestimmt hatte Otto wieder was zu meckern. Über irgendeine Kleinigkeit, die Martin oder Elvira oder sonst wer angestellt hat.« Sie nahm einen Löffel Suppe. »Vielleicht ist einer von ihnen verkehrt herum in die Einbahnstraße gefahren.« Sie kicherte und verschluckte sich prompt.

»Was sind das nur für Menschen, die so was machen?« Elke steckte sich ein Stück Pfannkuchen in den Mund und guckte aus dem Fenster.

»Das ist zwanghaft«, meldete sich Edgar und wedelte mit dem Löffel herum. »Ich kenne auch solche Typen.«

»Aber was hat man denn davon, wenn man andere wegen solcher Nichtigkeiten anzeigt?«, fragte Elke. »Ich meine, wenn jetzt jemand verprügelt wird oder einer klaut was und ich kriege das mit, das würde ich auch anzeigen. Aber wenn mal einer falsch parkt oder zu schnell fährt, das schadet doch keinem. Meistens jedenfalls. Oder?«

»Ob das jemandem schadet oder nicht, ist Typen wie Otto egal«, meinte Bendine. »Das sind Prinzipienreiter. Ottos Lieblingsargument war immer: ›Wenn das alle machen würden, dann hätten wir hier die reinste Anarchie.‹«

»Genau«, Fenja schob ihren Teller weg, »wenn alle die Fenster von ihren Autos putzen oder in Fahrtrichtung links parken würden, das wäre ja nicht auszudenken. So was hat doch der Otto angezeigt.« Sie rollte einen großzügig mit Zucker bestreuten Pfannkuchen auf und biss hinein. »Seinen Nachbarn, Möllering, hat er angezeigt, weil der zur Unzeit einen Baum abgeholzt hat.«

Edgar, der sich von Bendine eine weitere Portion Suppe hatte geben lassen, sah Fenja fragend an. »Was ist denn strafbar, wenn man einen Baum abholzt?«

»Ich hab mir sagen lassen, dass man das nur von November bis Februar darf. Weil ab März nämlich die Vögel brüten.«

Fenja wischte sich mit dem Handrücken den Zucker von den Lippen.

»Du meine Güte, was für ein Erbsenzähler«, murmelte Elke. »Kein Wunder, dass den einer …« Sie beendete den Satz nicht.

»Aber nicht ausgerechnet in *meinem* Garten und auf *meiner* Geburtstagsfeier«, knurrte Bendine.

»Im Grunde«, sagte Edgar zwischen zwei Löffeln Suppe, »sind solche Typen nur neidisch.«

»Wieso neidisch?« Das fand Fenja interessant.

»Na ja, die sagen halt, wenn ich das nicht darf, wieso sollen die anderen das dann dürfen.«

»Autofenster putzen oder in Fahrtrichtung links parken«, sagte Fenja amüsiert. »Hat Otto doch keiner dran gehindert.«

»Nein, der hatte wahrscheinlich zu viel Angst, so was zu machen, und dann sind diese Typen neidisch auf andere, die keine Angst haben, und hauen sie in die Pfanne.«

Alle drei Frauen schwiegen und musterten Edgar verblüfft. Der setzte zu einer längeren Predigt an.

»Nehmen wir zum Beispiel Blumen in einem Park. Davon gibt's in Parks reichlich. Und nehmen wir weiterhin an, jemand pflückt sich dort ein Sträußchen für zu Hause ab. Darüber können sich Typen wie dieser Otto dermaßen entrüsten. Nach dem Motto: ›Wenn das alle machen würden, wären ja für die Besucher keine Blumen mehr da.‹ Dabei machen das doch gar nicht alle. Ist also gar nicht so schlimm. So ein Typ wie Otto ist demnach bloß sauer, weil sich jemand was traut, was er sich nicht traut. Oder?«

Edgar sah fragend in die Runde. Auf seinen Lippen glänzte Fett.

»Also«, sagte Bendine, die, das Kinn auf die Faust gestützt, Edgars Ausführungen gelauscht hatte, »das ist ja nun völlig be-scheuert. Da müsste ich Otto ja sogar recht geben. Das würde mich auch ärgern, wenn ich deswegen auch keinen anzeigen würde.«

»Genau«, stimmte Elke zu. »Willst du sagen, dass Bendine auch nur neidisch ist?«

Edgar duckte sich ein bisschen.

Fenja hörte fasziniert zu. Sie hätte es nicht für möglich gehalten, am Mittagstisch zusammen mit Edgar noch was lernen zu können.

»Das kann man doch nicht machen«, ereiferte sich Bendine. »sich einfach Vorrechte rausnehmen und sich darauf verlassen, dass die anderen sich schon an die Regeln halten werden! Das ist doch … asozial.«

»Genau«, wiederholte Elke.

»Da könnte ich ja auch einfach mal im Laden was klauen gehen. Machen auch nicht alle, aber genug. Und die anderen müssen dafür bezahlen, weil die Händler solche Diebstähle in ihre Preise einkalkulieren.«

Bendine hatte sich in Rage geredet. Vielleicht ganz gut, dachte Fenja, das lenkte sie von dem Mord in ihrem Garten ab.

Edgar schien sich unwohl zu fühlen. Er saß mit gebeugtem Rücken da, die Hände auf dem Schoß, und starrte auf seinen leeren Teller.

»Ich hab eine Superidee!« Bendine hob ihren Zeigefinger und strahlte. »Ich werde demnächst mal meine Mülltonne vor deiner Haustür auskippen. Ist auch verboten, aber machen ja nicht alle. Und wenn du mich dann anzeigst, dann bist du eben nur neidisch.«

Elke und Fenja kicherten.

Glücklicherweise klopfte es, und Mark Bradfords Kopf erschien im Türspalt.

»Störe ich?«, fragte er auf Englisch.

»Aber nein.« Fenja und ihre Mutter waren aufgesprungen, und Elke begann hektisch, die Teller zusammenzustellen.

Edgar quälte sich mit seinem beachtlichen Bauch hinter dem Tisch hervor. Er machte ein Gesicht, als wäre er soeben einem Attentat entkommen.

»Ich … hab noch zu tun«, sagte er, schob zuerst Fenja, dann Bradford zur Seite und verließ fluchtartig die Küche. Fenja bemerkte Bradfords forschenden Blick, den er Edgar nachsandte.

Oder bildete sie sich das nur ein? Noch eine Sache, der sie auf den Grund gehen musste.

∗

Eastbourne, zur selben Zeit

Constable Gwyneth Sutton warf ihrem Kollegen Constable Quentin Riley einen gequälten Blick zu. Eine hoffnungsvolle Spur, die ihnen etwas über den Verbleib der vermissten Lilian Simmington hätte erzählen können, schien sich gerade in Luft aufzulösen. Eine der Überwachungskameras am Bahnhof von Eastbourne hatte nämlich eine ältere Frau erfasst, die einen Zug nach Portsmouth bestieg, und ihre drei Freundinnen waren freundlicherweise zur Polizeistation gekommen, um sich den Film anzusehen.

»Die Bilder sind ja völlig unscharf«, beschwerte sich Samantha Harris und wies mit ihrem Stock auf den Bildschirm.

»Aber wirklich.« Susan Bracknill kniff die Augen zusammen. »Da kann man ja gar nichts erkennen.«

Das fand Sutton zwar maßlos übertrieben, aber das behielt sie lieber für sich. Diese Harris war dermaßen herrisch. Am Ende würde sie ihr noch eins mit dem Stock überbraten, wenn sie ihr widersprach.

»Aber … dieser Hut kommt mir bekannt vor. Das könnte schon Lilians sein. Findet ihr nicht?« Phoebe Appleton klebte mit ihrer Nase fast auf dem Bildschirm und hielt ihre Brille fest.

»Quatsch.« Samantha pochte mit ihrem Stock auf den Fußboden. »So einen Hut hat Lilian doch gar nicht. Und der Mantel passt auch nicht. Lilian trägt doch kein Hellblau. Oder hast du sie schon mal in Hellblau gesehen, Susan?«

Susan verzog den Mund. »Ich weiß nicht so recht. Ist das Hellblau?«

Sutton schloss genervt die Augen. »Ist es nun Ihre Freundin oder nicht?«

»Nein«, sagte Samantha.

»Ja«, sagte Susan.

Alle blickten gespannt auf Phoebe, der nun das entscheidende Votum zufiel.

Sie blickte zu Boden. »Ich weiß nicht.«

»Natürlich nicht, du kennst sie ja auch noch nicht so lange wie wir«, polterte Samantha. »Und du, Susan, du irrst dich einfach. Das ist nicht Lilians Hut und nicht ihr Mantel. Sonst kann man von der Frau ja nichts sehen. Außerdem«, fügte sie mit wissendem Blick hinzu, »würde Lilian nicht einfach so wegfahren, ohne uns Bescheid zu geben.«

»Ja, aber wo soll sie denn sonst sein?«, fragte Susan unsicher.

Samantha atmete geräuschvoll ein und schüttelte mit düsterer Miene den Kopf. »Ich fürchte, sie liegt auf dem Grund des Meeres.«

»Samantha!«, riefen Phoebe und Susan. »Du bist herzlos.«

»Papperlapapp. Man muss den Dingen ins Auge sehen.« Sie wandte sich an Sutton, die aufgestanden war, um die drei Damen hinauszubegleiten. »Finden Sie nicht auch?«

»Natürlich«, antwortete Sutton, »sobald wir die Fakten kennen, müssen wir uns mit ihnen arrangieren. Aber noch kennen wir sie nicht. Vielleicht klärt sich alles ganz harmlos auf.«

Daran glaubte sie zwar nicht wirklich, aber die Schwarzmalerei von Samantha Harris war auch nicht förderlich.

Nachdem die drei Frauen gegangen waren, herrschte im Büro eine wohltuende Stille.

»Vielleicht ist diese Vermisste einfach nur abgehauen, weil sie ihre Freundinnen nicht mehr ertragen konnte.« Constable Riley war aufgestanden und fuhr sich durch die Haare.

»Genau das hat Sergeant Buckley auch schon gesagt«, meinte Sutton und sah mit klopfendem Herzen auf die Uhr. In zehn Minuten hatte sie einen Termin bei Chief Constable Walker.

Riley blickte seine Kollegin und Freundin fürsorglich an. »Weißt du, was er von dir will?«

»Ich hab keine Ahnung.«

Sie hatte noch nie mit dem Polizeichef gesprochen, von der kurzen Begrüßung einmal abgesehen, als DCI Bradford sie ihm vorgestellt hatte. Und sie machte sich Sorgen. Was konnte Walker bloß von ihr wollen?

»Ich werd dann mal gehen«, murmelte sie und machte sich grübelnd auf den Weg zum Büro vom Boss.

Fünf Minuten später saß sie mit klopfendem Herzen im Flur auf einem einsamen Stuhl vor Walkers Büro und machte sich bereits heftige Vorwürfe, bevor sie überhaupt wusste, worum es ging. Bestimmt hatte sie irgendeinen folgenschweren Fehler begangen, wenn sie auch nicht wusste, welchen.

Es würde noch eine Weile dauern, hatte Constable Richards, Walkers Assistent, gesagt. Der Chief Constable sei noch in einer Besprechung. Auch gut, sie würde sich nicht vom Fleck bewegen, bevor sie mit Walker gesprochen hatte. Das ließ sich nicht aufschieben. Sie musste wissen, warum der Boss sie herzitiert hatte, sonst würde sie keinen Schlaf finden. Unsicherheit konnte sie nur schwer ertragen.

Sie sah wieder auf die Uhr. Zehn Minuten waren vergangen, gefühlt waren es doppelt so viele. Mindestens. Das machte sie ärgerlich. Wussten diese Leute eigentlich, was sie ihren Untergebenen antaten, wenn sie sie zu einer bestimmten Uhrzeit herbestellten und dann warten ließen? Eigentlich eine Frechheit. Aber so war das. Wenn man Mist gebaut hatte, bekam man einen Termin zum Abkanzeln. Wieso bekam man keinen zur Belobigung, wenn man gute Arbeit geleistet hatte?

Sutton hatte keine Zeit mehr, sich diese Frage zu beantworten, denn in diesem Moment öffnete der Chief Constable die Tür und bat sie herein. Er lächelte. War das nun ein gutes Zeichen? Wollte er sie damit beruhigen oder trösten? Oder war er einfach nur höflich?

»Tut mir leid, dass Sie warten mussten, aber ich hatte noch eine Telefonkonferenz. Setzen Sie sich doch«, sagte Walker und wies auf den Stuhl vor seinem Schreibtisch.

Sutton entspannte sich ein wenig und setzte sich.

Der Chief Constable faltete die Hände und legte seine Unterarme auf den Tisch.

»Ich hatte heute einen Anruf von Chief Inspector Bradford. Anscheinend kann er das Mausen nicht lassen. Es geht ihm offensichtlich besser.«

Walker lächelte wieder. Ein gutmütiges Lächeln, fand Sutton nun. Genauso gutmütig wie seine Augen. Aber sie wusste von ihren Kollegen, dass diese Gutmütigkeit schnell in Strenge umschlagen konnte. Eine Strenge, die sich polternd und laut äußerte. Chief Constable Walker konnte brüllen wie ein verzweifelter Fußballtrainer am Spielfeldrand, nur dass der Boss dann nicht verzweifelt, sondern wütend war. Sie hatte bereits das Vergnügen gehabt, ihn schreien zu hören, wenn er sich über etwas oder jemanden ärgerte. Sie wusste auch, dass Sergeant Buckley bereits einmal in den Genuss dieser Behandlung gekommen war. Sie hatte nicht die Absicht, in Buckleys Fußstapfen zu treten.

»Wie ich höre, ermitteln Sie im Fall einer vermissten Frau, und diese Frau ist eine Nachbarin von DCI Bradford. Haben Sie schon irgendwelche Hinweise?«

Sutton schluckte. »Leider nein, es ist etwas schwierig … ähm, mit den Zeuginnen. Das sind ihre drei Freundinnen, die die Frau als vermisst gemeldet haben. Die können sich nicht auf einheitliche Aussagen einigen. Die eine sagt, die Vermisste ist oftmals etwas verwirrt, die andere streitet das ab und so weiter. Einig sind sie sich nur darüber, dass etwas nicht stimmt. Also haben wir ermittelt, aber bis jetzt haben wir noch keine Spur von der Frau. Es könnte aber sein, dass Lilian Simmington zu ihrem Neffen nach Portsmouth gefahren ist. Wir haben eine Kamera-Aufnahme, die eine Frau zeigt, auf die die Beschreibung von Lilian Simmington passt und die in einen Zug nach Portsmouth steigt. Leider waren sich ihre Freundinnen auch hierbei nicht einig, ob es sich tatsächlich um Ms Simmington handelt oder nicht.«

»Soso.« Walker schmunzelte. »Was ist Ihr persönlicher Eindruck?«

Sutton spürte, wie sie errötete. Der Chief Constable fragte sie nach ihrer Meinung!

»Ich denke schon, dass es sich um die Vermisste handelt, denn der Koffer, den die besagte Frau dabeihatte, könnte tatsächlich Ms Simmington gehören. Jedenfalls nach der Beschreibung, die wir von Chief Inspector Bradford haben.« Sutton zögerte einen Moment, fuhr dann aber fort: »Von ihren Freundinnen sind leider keine hilfreichen Hinweise zu bekommen.«

Der Chief Constable lehnte sich zurück. »Um es kurz zu machen«, sagte er und sah auf die Uhr, »Inspector Bradford hat mich gebeten, Sie nach Portsmouth zu schicken und einen …«, Walker schob ein paar Papiere zur Seite, fand den passenden Notizzettel und reichte ihn Sutton, »Thomas Flint zu besuchen.«

Sutton war völlig verblüfft. »Und wer soll das sein?«

»Das wusste Inspector Bradford auch nicht so genau. Er konnte sich nur daran erinnern, dass die Vermisste diesen Namen einmal im Beisein von seinem Nachbarn, einem Mr Falling, erwähnt hatte und dass sie ihn in Portsmouth unbedingt aufsuchen müsse.«

»Ach, aber wir haben Sam Falling doch befragt«, verteidigte sich Sutton. »Wieso hat er denn das nicht sofort ausgesagt?«

»Es war ihm wohl entfallen. Inspector Bradford musste Mr Falling am Telefon auch erst auf die Sprünge helfen, aber dann hat der Mann sich erinnert, weil er sich seinerzeit über den Namen lustig gemacht hatte. Dieser Flint sei bestimmt ein Pirat.« Walker ordnete amüsiert seine Papiere. »Sie wissen schon, ›Die Schatzinsel‹.«

Er zwinkerte Sutton zu, aber die war viel zu überrascht, um sich über die kumpelhafte Art des Chief Constable zu freuen.

»Aber«, wagte sie einzuwenden, »was ist mit dem Neffen? Die Vermisste hatte sich bei ihrem Neffen angemeldet. Der lebt in Fareham, das ist in der Nähe von Portsmouth. Er sagt, seine Tante habe zwar einen Besuch angekündigt, aber bisher sei sie nicht gekommen.« Sie runzelte die Stirn. »Und wieso weiß keine von ihren Freundinnen von diesem Flint?«

Vielleicht wussten sie es ja, hatten es aber genau wie dieser Falling einfach vergessen, gab Sutton sich selbst die Antwort. Da musste sie unbedingt noch mal nachhaken.

Der Chief Constable blickte auf seine Armbanduhr und stand auf.

»Wie auch immer, offensichtlich hält DCI Bradford es für nötig, dass Sie sich der Sache annehmen. Und ...«, Walkers Lächeln wurde noch etwas breiter, »da wir ja nicht wollen, dass er seinen Urlaub unterbricht und sich selbst um die Angelegenheit kümmert, werden wir ihm den Gefallen tun. Schließlich wollen wir ja seine Genesung nicht torpedieren. Nicht wahr?«

»Natürlich ... selbstverständlich«, stotterte Sutton und sprang auf.

»Also, Sie kümmern sich darum.«

Walker klopfte ihr sanft auf die Schulter und schob sie zur Tür hinaus.

Allein auf dem Flur blieb Sutton einige Sekunden verblüfft stehen. Dann kam die Erkenntnis. DCI Bradford hatte den Chief Constable angerufen und darum gebeten, sie ... *sie*, Constable Gwyneth Sutton, in dieser Sache einzusetzen. Ein warmes Gefühl breitete sich vom Bauch her in ihrem ganzen Körper aus. Die Mundwinkel hoben sich.

Seufzend, und mental um einige Inches größer, schritt sie zurück zu ihrem Schreibtisch. Wieso hatte sie sich bloß wieder so verrückt gemacht? Bloß weil der Chief Constable sie sprechen wollte? Okay, normalerweise sprach er mit Leuten, die in der Hierarchie um einige Stockwerke über ihr wohnten. Die unteren Stockwerke holten sich höchstens einen Rüffel bei ihm ab, siehe Buckley. Und nun das. Was war sie doch für eine Memme. Das musste sie sich unbedingt abgewöhnen. Diese blöde prophylaktische Panik!

»Und, was wollte der Chief?«, fragte Constable Riley gespannt, als Sutton sich mit Verve hinter ihren Schreibtisch klemmte.

»Ich soll nach Portsmouth fahren«, sagte Sutton, während sie zum Telefon griff und die Nummer von Samantha Harris eintippte. Bei irgendwem musste sie ja anfangen. »Ist dir bei den Ermittlungen zu Lilian Simmington irgendwo ein Thomas Flint aus Portsmouth untergekommen?«

»Thomas Flint?«, wiederholte Riley und schüttelte sacht den Kopf. »Erinnert mich an ›Die Schatzinsel‹. Da gab's auch einen Flint. Der war Pirat.«

»Könntest du seine Telefonnummer und Adresse rausfinden?«

»Klar.«

In diesem Moment meldete sich Samantha Harris mit einem barschen »Hallo!«.

»Ja, Ms Harris … nein, wir sind noch nicht weitergekommen … ja, es tut mir leid, dass ich Sie schon wieder stören muss, aber ich habe noch eine Frage.« Sutton musste immer lauter werden, um Samantha Harris für einen Moment zum Schweigen zu bringen. »Sagt Ihnen der Name Thomas Flint etwas?«

»Nie gehört«, blökte es aus dem Hörer. »Wer soll das sein?« Sutton brachte etwas mehr Abstand zwischen den Hörer und ihre Ohrmuschel.

»Ein Bekannter von Lilian Simmington.«

»Von so einem Bekannten wüsste ich!«

»Was ist mit Ihrer Schwester?«

»Wieso sollte meine Schwester mehr über Lilian wissen als ich?«

»Würden Sie sie bitten fragen?«, bat Sutton ruhig, aber bestimmt.

»Zwecklos, aber bitte … Susan!«, plärrte es so laut aus dem Hörer, dass Sutton den Mund verzog und sich abwandte. »Hat Lilian dir gegenüber mal einen … wie war der Name noch mal?«

»Thomas Flint«, wiederholte Sutton.

»Thomas Flint erwähnt? … Nicht?« Samantha Harris

sprach wieder mit Sutton: »Hab ich doch gesagt, Susan weiß auch nichts.«

Sutton seufzte. »Na dann vielen Dank, Ms Harris, wir melden uns, wenn es etwas Neues gibt.«

»Ich bitte darum!«

Sutton legte auf und wählte ohne viel Hoffnung die Nummer von Phoebe Appleton in Beecock. Es dauerte eine Weile, bis abgenommen wurde.

»Ms Appleton, verzeihen Sie, dass ich Sie nochmals störe, aber ich habe noch eine Frage. Hat Ihre Freundin mal einen Thomas Flint erwähnt?«

Schweigen am anderen Ende, dann schweres Atmen.

»Ms Appleton«, fragte Sutton besorgt, »ist alles in Ordnung?«

Räuspern, dann: »Wie ... wie kommen Sie denn auf diesen Namen?«

Sutton schwieg einen Moment. »Ms Simmington hat ihn mal erwähnt«, sagte sie dann.

Wieder sekundenlanges Schweigen. »Ach ja ... also ... nein, der Name sagt mir nichts.«

Sutton war klar, dass Phoebe Appleton log, aber warum? »Sind Sie sicher?«, hakte sie nach. »Wenn Sie dazu etwas wissen, dann sollten Sie es jetzt sagen.«

Jetzt wurde Phoebe Appleton zickig. »Wie kommen Sie darauf, dass ich irgendwas weiß? Alles, was ich weiß, hab ich Ihnen schon gesagt. Haben ... haben Sie Samantha und Susan das auch schon gefragt?« Das klang besorgt.

»Ja.«

Wieder schweres Armen. »Und, wissen die was?«

Sutton wusste nicht recht, was sie von dieser Formulierung halten sollte.

»Nein«, sagte sie nach einigem Zögern und glaubte, am anderen Ende ein erleichtertes, wenn auch sehr leises Seufzen zu hören.

»Wollen Sie sonst noch was?« Phoebe Appleton konnte durchaus ruppig sein.

»Nein, das war's für heute. Falls Ihnen doch noch etwas zu dem Namen einfällt, dann melden Sie sich bitte.«

Gedankenverloren legte Sutton auf und sah Riley verwundert an. »Und? Hast du die Nummer?«

Riley nickte vielsagend. »Nicht nur die. Thomas Flint ist vorbestraft, wegen Betrugs.«

Sutton lehnte sich zurück. »Das ist 'n Ding. Und Inspector Bradford muss uns von Deutschland aus auf diese Spur bringen. Wie kommt das?«

Riley zuckte mit den Schultern. »Entweder ist er ein Genie, oder wir sind Deppen.«

Sutton nickte ergeben. »Wahrscheinlich von beidem ein bisschen.« Sie spielte mit ihren Haaren. »Und jetzt sag du mir, wieso weder Samantha Harris noch Susan Bracknill diesen Namen kennen, wohl aber Phoebe Appleton, und die tut alles, um es geheim zu halten. Nicht nur vor uns, sondern auch vor ihren sogenannten Freundinnen.«

»Das sollten wir herausfinden. Willst du den Typen anrufen?«

Sutton grabschte ärgerlich nach einer hungrigen Mücke, verfehlte sie aber. »Ich weiß nicht. Vielleicht sollte man schlafende Hunde nicht wecken. Ich denke, ich fahre gleich morgen nach Portsmouth.«

Riley grinste. »Und was soll ich unserem Sergeant Buckley sagen, wo du bist?«

Sutton legte die Hand auf die Stirn. »Mist, den hatte ich ganz vergessen. Der wird sich nicht gerade ein Loch in den Bauch freuen, oder?«

»Eher nicht. Er wird sich fragen, wieso er nicht nach Portsmouth darf.«

»Wahrscheinlich. Aber egal«, Sutton stand auf, »ich fahre jedenfalls.«

»Mach das und lass mich hier mit einem beleidigten Buckley hängen.«

Sutton klopfte ihm kollegial auf die Schulter. Sie waren gute Freunde, und sie wusste auch, dass Riley sich mehr erhoffte, aber sie war nun mal in einen anderen verliebt. Da war nichts zu machen.

»Du wirst schon mit ihm fertig.«

***

Währenddessen in Carolinensiel

Gerd Möllering wohnte mit seiner Frau, der halbwüchsigen Tochter und seinem Vater direkt neben Lohmanns. Die beiden Familien fühlten sich seit Menschengedenken in herzlicher Abneigung voneinander abgestoßen. Selbst die beiden Frauen standen auf Kriegsfuß miteinander. Irmi Lohmann ließ kein gutes Haar an Susanne Möllering, und umgekehrt war es genauso. Deswegen waren Möllerings – sehr zu Bendines Leidwesen – auch nicht zu Bendines Party gekommen. Lohmanns waren da weniger empfindlich, und auf Otto hätte Bendine bestimmt gern verzichtet.

Gerd Möllerings auf Hochglanz polierter alter Mercedes stand vor der Garage in der Sonne und blinkte wie eine Lasershow.

Fenja betätigte die Klingel und hoffte, dass die Familie noch nicht beim Abendessen war. Gerd Möllering ließ sich nur ungern bei seiner Lieblingsbeschäftigung stören. Da glich er seinem Vater Gustav, einem rüstigen, ernsten Mann, der seit dem mysteriösen Tod seiner Frau vor vier Jahren ein Zimmer im Hause seines Sohnes bewohnte. Susanne Möllering war mit dieser Lösung keinesfalls glücklich. Das hatte Bendine Fenja mit auf den Weg gegeben.

Der Klingelton des Big Ben war kaum verklungen, als die Tür aufgerissen wurde und der Hausherr in seiner ganzen Pracht vor ihr stand und sie neugierig und ein bisschen hämisch fixierte.

Fenja hob grüßend die Hand. »Hallo, Gerd, ich hoffe, ich störe nicht.«

Möllering wiegte den Kopf, als wollte er sagen, dass er das

noch nicht so genau wisse, und ließ sich dann zu einem kurz angebundenen »Moin« herab.

»Äh … darf ich reinkommen, ich wollte mich kurz mit dir unterhalten.«

Möllering fuhr sich durch die dichten grauen Haare und zog an seinem Hosenbund, der gefährlich tief unter seinem ausladenden Bauch hing.

»Na, komm rein, ich hab schon gehört. Irgendwer hat sich erbarmt und den Lohmann ins Jenseits befördert.«

Fenja ließ diese Äußerung unkommentiert und marschierte an Möllering vorbei ins Wohnzimmer, wo Susanne am Tisch mit einem Puzzle beschäftigt war. Auf dem Deckel der Verpackung erkannte Fenja ein Katzenmotiv. Susanne Möllering hatte frisurentechnisch den Anschluss verpasst und trug immer noch eine Dauerwelle. Sie blickte Fenja über den Rand ihrer Brille hinweg erwartungsvoll an.

»Hallo, Fenja, das ist ja eine schreckliche Geschichte. Wie geht es Bendine?«

»Es geht so, danke.«

Fenja setzte sich unaufgefordert in einen der braunen Ledersessel. Möllering blieb in der Tür stehen, die Hände in die nicht vorhandenen Hüften gestützt. Die Knöpfe seines hellblauen Hemdes drohten angesichts der Herausforderung, die seine Wampe an ihre Haltbarkeit stellte, zu kapitulieren.

»Bist du als Nachbarin hier oder als Polizistin?«, wollte Möllering wissen.

Fenja fragte sich langsam, wie oft sie diese Frage noch würde beantworten müssen.

»Als Nachbarin natürlich. Meine Kollegen waren doch sicherlich schon hier und haben euch befragt.«

»Allerdings, obwohl ich nicht weiß, wieso. Wir waren nicht auf Bendines Feier und haben auch nichts gehört oder gesehen.«

»Aber ihr habt Otto gekannt und −«

»Kann man wohl sagen«, polterte Gerd dazwischen. »Erwarte nicht, dass wir hier Bedauern heucheln.«

99

»Wieso sollte ich das erwarten? Ich weiß, dass Otto nicht besonders beliebt war und dass ihr euch nicht grün wart.«

»Was willst du damit sagen?«, herrschte Möllering Fenja an.

»Gerd, nun beruhige dich mal und lass Fenja ausreden.« Susanne hatte ihre Lesebrille abgesetzt und das Puzzleteil, das sie eben noch in der Hand hatte, wieder hingelegt. »Worum geht's denn eigentlich?«

Fenja räusperte sich, sie wusste nicht recht, wie sie ihre Frage loswerden sollte.

»Also … soweit ich weiß … gab es Probleme wegen des Wacholders …«

»Allerdings, der Kerl hat Theater gemacht, weil ich im Mai meinen Wacholder abgesägt habe, der übrigens krank war.« Möllering wedelte mit dem Zeigefinger vor seiner Nase herum. »Hat gesagt, das dürfte man nur bis Februar. Ha, so ein kleinkarierter …«

»Gerd«, ermahnte ihn seine Frau und wandte sich dann an Fenja. »Ja, wir hatten Probleme mit Otto, aber die hatten ja wohl alle. Er war ein Armleuchter. Also, warum bist du hier?«

»Ich habe gehört, du sollst Otto gedroht haben.« Fenja sah Möllering an, der nach Luft schnappte.

»Wer sagt so was?«

Fenja seufzte. »Hast du oder hast du nicht?«

»Ja! Natürlich! Ich hab ihm gesagt, dass er was erleben kann, wenn er sich noch mal in meine Angelegenheiten einmischt!«

»Was genau sollte er denn erleben?«

Möllering wippte auf seinen Füßen, die nackt in Gesundheitssandalen steckten, auf und ab. »Das hätte er dann schon mitgekriegt.«

Fenja fasste sich ein Herz. »Du wolltest ihm nicht zufällig eins über die Rübe hauen?«

Das verschlug den beiden für einen Moment die Sprache. Dann legte Möllering los.

»Bei dir piept's wohl!« Und an seine Frau gewandt: »Die

kommt hierher und fragt uns doch allen Ernstes, ob wir unsern Nachbarn umgebracht haben.«

»Ja, also Fenja, ich muss schon sagen …«, pflichtete Susanne ihrem Mann bei.

Die Haustür wurde geöffnet und zugeworfen. Zwei Sekunden später stand die fünfzehnjährige Meret Möllering im Zimmer. Als sie Fenja sah, blieb sie abrupt stehen. »Oh, hallo … was –«

»Fenja wollte gerade gehen«, unterbrach Möllering seine Tochter.

Fenja stand auf. »Und ihr habt nichts gesehen und gehört Samstagnacht? Ich nehme an, ihr wart beide zusammen … so zwischen Mitternacht und ein Uhr.«

Möllering stand mit offenem Mund in der Tür, Susanne griff sich an die Brust.

»Ich kann's nicht glauben, du bist ja noch schlimmer als dieser Polizist, der hier war. Aber um deine Frage zu beantworten: Wir waren die ganze Nacht zusammen, haben nichts gesehen und gehört. Reicht das jetzt?«

Ein schneller Blick traf ihren Mann und ihre Tochter, die immer noch am selben Fleck stand und – irrte Fenja sich nun, oder war Meret wirklich blass geworden? Sie sah das Mädchen forschend an.

»Und du hast auch nichts Ungewöhnliches bemerkt Samstagnacht?«

Meret starrte Fenja mit großen Augen an. Sie war nicht besonders groß, aber schlank, mal abgesehen von ihrer ziemlich beachtlichen Oberweite, hatte dunkle schulterlange Haare und war alles in allem nett anzusehen.

»Was soll Meret denn bemerkt haben?«, fuhr Susanne dazwischen. »Sie war mit ihren Freundinnen unterwegs Samstagnacht. Stimmt's nicht, Meret?«

»Ja … ja klar.« Das Mädchen nickte eifrig. Zu eifrig, fand Fenja.

Susanne stemmte sich hoch und kam hinter dem Tisch hervor. Sie trug ein XXL-Hemd, wahrscheinlich eins von ihrem

Mann, über einer schwarzen Leggins und baute sich wütend vor Fenja auf. Aber die war noch nicht fertig.

»Was ist mit Gustav?«

Gerd kniff die Augen zusammen. »Was soll mit meinem Vater sein? Den lässt du gefälligst in Ruhe. Er hat schon genug durchgemacht!«

Das stimmte allerdings. Gustav hatte beim Tod seiner Frau Gisela unter dem Verdacht gestanden, nachgeholfen zu haben. Gisela war eine von diesen Typen, die ständig meckerten, denen nichts und niemand gut genug war. Gustav, ein in sich gekehrter, duldsamer Mensch, hatte das alles stoisch ertragen. Und dann passierte der Unfall. Gisela war beim Gardinenaufhängen von der Leiter gestürzt und hatte sich den Hals gebrochen. Da Gustav aber den Notruf erst einige Stunden nach ihrem Tod abgesetzt hatte, war er in Verdacht geraten, bei dem Sturz nachgeholfen zu haben. Gustav hatte ausgesagt, zum Zeitpunkt des Todes in seinem Gartenhäuschen Zeitung gelesen zu haben. Da er das über vier Stunden lang getan hatte, war man zunächst misstrauisch gewesen, aber im Zuge der Ermittlungen zu dem Schluss gekommen, dass Gustav quasi in dem Gartenhäuschen wohnte, um dem Gezeter seiner Frau zu entgehen. Die Nachbarn bestätigten das, und die Staatsanwaltschaft hatte die Akte geschlossen. Gustav hatte kurz danach einen Herzinfarkt erlitten und wohnte nun bei seinem Sohn.

»Ich will doch nur wissen, ob er was gehört hat.«

»Hat er nicht. Er weiß gar nichts. Und wage ja nicht, nach seinem Alibi zu fragen! Mein Vater war hier und hat geschlafen. Basta.«

Fenja beschloss, sich jetzt lieber aus dem Staub zu machen.

»Okay, nichts für ungut, bin nun mal neugierig. Berufskrankheit.«

»Das macht's auch nicht besser«, schnauzte Möllering, der sie hinausbegleitete.

Als sich die Haustür hinter Fenja schloss, fühlte sie sich schlecht. Es hatte schon seinen Sinn, dass Beamte nicht ermittelten, wenn sie persönlich in einen Fall involviert waren. Und glücklicherweise hatte sie selbst Urlaub und sollte somit nicht in Verlegenheit geraten, sich in die Arbeit ihrer Kollegen einzumischen. Aber wenn ein Fall sie oder jemanden, den sie liebte, persönlich betraf, konnte sie sich ja nicht raushalten, fand sie.

Und jetzt war sie direkt in den nachbarschaftlichen Porzellanladen getrampelt und hatte jede Menge Scherben hinterlassen. Möllerings würden sich gewiss bei Bendine über sie beschweren. Bendine mit ihrem Harmoniebedürfnis würde sie, Fenja, bestimmt zur Schnecke machen. Sie sah es nicht gern, wenn jemand ihren sozialen Kontext in Unordnung brachte. Und dennoch, wenn Fenja nicht alles täuschte, dann wusste Meret Möllering etwas, und ihre Eltern wussten, dass sie etwas wusste, und wollten das nicht an die große Glocke hängen. Die Frage war, warum nicht?

»Wo warst du?« Bendine empfing Fenja in der Küche, während sie Zwiebeln für ein Gulasch schnitt.

»Bei Möllerings, hatte ich dir doch gesagt.«

»So lange?« Bendine wandte sich wieder den Zwiebeln zu.

»War doch gar nicht lange«, wich Fenja aus und wischte sich über die Augen. »Meine Güte, wie kannst du so lange Zwiebeln schneiden, ohne zu heulen.«

»Lenk nicht ab, was war bei Möllerings?«

»Nichts, hast du was anderes erwartet?«

Bendine zuckte mit den Schultern, gab die Zwiebeln in den heißen Bräter, rührte um und fügte das Rindfleisch hinzu. Der Duft, der sich in der Küche verbreitete, ließ Fenjas Magen knurren und brachte Edgar auf den Plan. Er steckte den Kopf zur Tür rein.

»Hmm, das riecht ja lecker …«

»Ist für morgen Mittag, heute Abend gibt's Butterbrot«, sagte Bendine unwirsch.

»Fein.« Edgar ging zu Bendine, beugte sich über den Bräter und schnupperte.

Bendine versetzte ihm eine leichte Kopfnuss. »Nimm deine Nase aus meinem Gulasch.«

Edgar tat ihr den Gefallen nur ungern und warf einen sehnsüchtigen Blick Richtung Kühlschrank, den Fenja blockierte.

»Abendbrot in einer halben Stunde.« Fenja machte keine Anstalten, sich vom Kühlschrank zu entfernen.

»Ja, äh ... bis nachher dann.« Endlich verließ Edgar die Küche.

»Sag mal.« Fenja nahm eine Flasche Jever aus dem Kühlschrank und klaubte den Flaschenöffner aus der Tischschublade. »War da noch was anderes zwischen Otto und den Möllerings? Ich hatte das Gefühl, dass sie mir nicht alles gesagt haben.«

»Nicht dass ich wüsste«, sagte Bendine, schob den Bräter in den Backofen und wischte sich den Schweiß von der Stirn. »Was soll denn da noch gewesen sein? Du weißt doch, dass es alles Bagatellen waren, über die man sich mit Otto gestritten hat.«

Fenja lehnte am Kühlschrank und nahm einen Schluck Jever aus der Flasche. »Ich weiß nicht so recht. Was für den einen eine Bagatelle ist, ist für den anderen ...«, sie zuckte mit den Schultern, »was weiß ich, eine Katastrophe.«

Bendine ließ sich auf einen Stuhl sinken. »Das kann wohl sein. Es muss ja eine Katastrophe gewesen sein für irgendjemanden. Immerhin ist Otto tot.« Sie seufzte tief. »Vielleicht war es ja doch ein Unfall oder ... zumindest keine Absicht.«

Fenja sah ihre Tante liebevoll an. »Ach, Bendine, mach dir nichts vor. Niemand haut einem anderen aus Versehen den Schädel ein.«

»Aber vielleicht war es ja ... Selbstverteidigung ... oder Notwehr, wie ihr das nennt.«

»Das könnte natürlich sein.« Fenja versuchte sich ein Notwehr-Szenario vorzustellen.

»Glaubst du denn, dass Otto jemanden angegriffen haben könnte?«

Bendine dachte nach und schüttelte dann den Kopf. »Nein, eigentlich nicht. Otto war ein Feigling. Petzen konnte er gut, aber ...« Bendine wandte sich Fenja zu. »Ich frage mich, ob er sich persönlich eingemischt hätte, wenn er Zeuge eines Verbrechens geworden wäre. Wenn zum Beispiel jemand einen anderen bedroht hätte oder so was.«

Die beiden Frauen schwiegen einen Moment. Dann lachte Fenja. »Otto hätte sich sofort in Sicherheit gebracht und dann schnellstmöglich die Polizei gerufen ... immerhin.«

»Genau«, stimmte Bendine zu. »Er hätte sich nie persönlich ins Getümmel gestürzt.«

»Das ist ja meistens auch klug.«

»Aber nicht immer.« Bendine stand auf. »Manchmal braucht es auch Zivilcourage. Da muss man sofort eingreifen und einem Menschen persönlich aus der Bedrängnis helfen. Da hat man nicht immer Zeit, auf die Polizei zu warten, da muss man ... reagieren. Das hätte Otto im Leben nicht gemacht. Der hätte seelenruhig hinterm Baum zugeguckt, wie jemand eine Frau vergewaltigt oder einen anderen umbringt, und sich hinterher als Hüter des Gesetzes aufgespielt.«

»Also keine Notwehr«, stellte Fenja fest.

»Stimmt, passt irgendwie nicht zu Otto. Der war zu besorgt um seine Haut und hätte bei einem Angriff eher die Flucht ergriffen und um Hilfe geschrien.«

Bendine setzte den Wasserkessel in Gang.

»Wo ist Mama eigentlich?« Fenja öffnete die Tür zur Speisekammer und stellte die leere Bierflasche in den Bierkasten.

»Ist mit Nele nach Wittmund gefahren. Shoppen.«

»Sag mal ... was ist eigentlich mit deinen Gästen aus Westfalen? Sind die noch da?«

»Du meinst Buchners. Natürlich, die haben ja für zehn Tage gebucht und sind erst seit Freitag hier. Ob die was wissen?«

»Nein, ich hab sie schon gefragt.«

Bendine stellte Teller auf den Tisch. »Solltest du dich nicht ein bisschen um deinen Gast aus England kümmern?«

»Ja.« Fenja kramte ihren Apartmentschlüssel aus der Tasche. »Das würde ich ja gern, aber ... ich will ihm auch nicht auf den Wecker gehen.«

105

Bendine kniff die Augen zusammen und sah ihre Nichte forschend an. »Willst du so einen Mann etwa kampflos deiner Freundin überlassen?«

»Dinnie, ich hab eine Beziehung.« Was war nur in ihre Tante gefahren? Fenja war schockiert. »Außerdem verdanke ich Barne mein Leben«, fügte sie hinzu und dachte mit Schaudern an die Ermittlungen im Fall Heike Bornum, die sie beinahe das Leben gekostet hätten, wäre nicht Barne Ahlers im entscheidenden Moment aufgetaucht, um sie zu retten.

»Jaaa, ich weiß, und Barne ist ein toller Typ. Aber Dankbarkeit allein ist keine Basis für eine gute und dauerhafte Beziehung. Bist du dir auch sicher über deine Gefühle?«

Fenja schwieg. Sie wusste nicht, ob sie sicher war. Und das war verdammt noch mal keine angenehme Situation. Dennoch war klar: »Ob ich mir sicher bin, ist in diesem Fall völlig egal. Mal angenommen, Mark würde mich wollen. Wie sollte denn eine Beziehung zwischen uns beiden aussehen? Kannst du mir das mal sagen? Er ist in England und ich hier. Was schlägst du also vor? Eine Wochenendbeziehung?«

Bendine antwortete nicht. Was sollte sie auch sagen? Es war offensichtlich, dass Fenja darüber schon intensiv nachgedacht hatte und zu keinem Ergebnis gekommen war.

Die Haustür wurde geöffnet. »Halloho! Wir sind wieder daha!«

Nele kam in die Küche gestürmt und hielt Bendine ein Smartphone hin.

»Elke, was hast du gemacht? Das wollte ich ihr zu ihrem nächsten Geburtstag schenken!«, rief Bendine erbost.

»Macht doch nichts.« Elke Ehlers kam mit Einkaufstüten beladen in die Küche gestapft. »Hat sie es eben jetzt schon.« Sie schob die Teller beiseite und stellte die Tüten auf dem Tisch ab.

Nele setzte sich auf die Bank und hatte nur noch Augen für ihr Smartphone.

»Na toll, so hab ich mir das vorgestellt.« Bendine goss den Tee auf, während Fenja den Tisch deckte und Butter, Graubrot, Eichsfelder Stracke, Goudakäse, Tomaten und Bendines selbst eingelegte Essiggurken aus dem Kühlschrank holte. Edgar traf, wie nicht anders zu erwarten, pünktlich ein, als der Tisch gedeckt war. Fenja fragte sich, wo Mark sich herumtrieb.

✳ ✳ ✳

Mark Bradford stand an der Theke im Hotel Erholung und gönnte sich ein Jever. Die Kneipe war gut gefüllt; ob mit Einheimischen oder Touristen, konnte Bradford nicht genau sagen, er tippte aber auf Ersteres. Die Männer waren in der Überzahl, und die meisten schienen sich zu kennen. Bradford nahm einen Schluck Bier und lauschte dem Gemurmel der Gäste. Oft wurde laut gelacht.

Ein Jammer, dass er kein Wort verstand, obwohl er sich schon nach seinem letzten Besuch in Carolinensiel geschworen hatte, wenigstens ein bisschen Deutsch zu lernen. Immerhin, er hatte es versucht. Hatte eine Lehrerin in Eastbourne gefunden, die sich jede Woche zwei Stunden lang bemühte, einer kleinen Gruppe von sechs Leuten Deutsch beizubringen. Leider hatte Bradford die Komplexität dieser Sprache unterschätzt. Allein die drei Geschlechter. Es war ja schon aufwendig genug, sich die Vokabeln überhaupt einzuprägen, aber dann auch noch die unterschiedlichen Artikel. Außerdem musste ständig alles verändert werden. Es gab ein*e* groß*e* Frau, ein*en* groß*en* Mann und ein groß*es* Kind. Oder war es andersherum? Und dann dieses *ihm* und *ihn* und *ihr* und *sie*. Es war furchtbar kompliziert.

Er konnte sich das einfach nicht merken und hatte ziemlich bald reinen Gewissens aufgegeben. Es war eindeutig besser, die Deutschen lernten Englisch als umgekehrt. Glücklicherweise taten die Deutschen ihm den Gefallen. Wenn auch nicht alle mit dem gleichen Erfolg.

Er rätselte immer noch, was ihm der alte Seebär, der ihm vorhin ebenso heftig wie freundschaftlich auf die Schulter geklopft hatte, hatte sagen wollen. Das »Moin« als Einstieg hatte er ja noch verstanden, aber als Bradford mit bedauerndem Achselzucken erwidert hatte: »Sorry, Englishman«, war er ganz aufgeregt geworden. »Englishmen! Good salesmen«, hatte er gesagt und seinen Daumen gehoben.

Er würde Fenja danach fragen und wünschte sich, sie wäre jetzt bei ihm. Er war nämlich nicht ohne Grund in dieser Kneipe gelandet. Nein, er war diesem Mann und seinem Hund mit dem albernen Namen Bingo gefolgt. Da gab es nämlich etwas, dass ihn stutzig gemacht hatte auf Bendines Party, und das hatte mit dem Hund zu tun.

Der Mann hieß Willi, daran konnte er sich noch erinnern. Bradford war versucht, ihn anzusprechen, vielleicht war er ja des Englischen mächtig, aber Willi machte nicht den Eindruck, als sei er auf der Suche nach einem Gesprächspartner. Eher im Gegenteil. Der Mann hing mehr an der Bar, als dass er saß, der Hund lag zu seinen Füßen. Willi starrte auf sein Bierglas, trank hin und wieder einen Schluck und drehte Zigaretten, die er in seinem Tabakbeutel sammelte. Die anderen Gäste ignorierten ihn. Wahrscheinlich war der Mann im Ort als Eigenbrötler bekannt.

Bradford musste an das hauseigene Unikum vom Horse and Hen in Eastbourne denken, einem Pub, in dem Bradford und seine Kollegen von der Polizeistation oft einkehrten. Der Mann hieß Jimmy Forster und sah mit dem turmhohen blauen Hut, den er nie absetzte, aus wie Marge Simpson.

Willi schien zu bemerken, dass er beobachtet wurde, hob seinen Blick und sah Bradford direkt in die Augen. Der hob sein Glas und prostete ihm freundlich zu. Willi reagierte zunächst nicht, raffte dann sein Zigarettenpapier und den Tabakbeutel zusammen, leerte sein Bierglas und verließ die Kneipe, ohne Bradford noch einmal anzusehen. Der Hund folgte ihm schwanzwedelnd.

✻✻✻

Fenja traf Gesa im Wattkieker, einem Restaurant direkt an der Küste in Harlesiel, wo sich beide auf die große Terrasse setzten und die Abendsonne genossen.

»Nett, dass du gekommen bist«, sagte Fenja und bestellte zwei Bier.

»Ist doch selbstverständlich«, antwortete ihre Kollegin, »obwohl Geert sich aufführt wie ein Kompaniechef.« Sie rümpfte die Nase. »Wenn er wüsste, dass ich mich mit dir treffe, dass ich überhaupt mit dir rede ... oh Mann, der würde sich aufregen. Ich höre ihn schon predigen, von wegen, ich gefährde die Ermittlungen, wenn ich interne Informationen an Beteiligte weitergebe, und so weiter.«

»Der spinnt doch«, erwiderte Fenja, obwohl Geert Frenzen mit seinen Bedenken nicht ganz falschlag. Dass sie Kripobeamtin war, nahm sie nicht von den Regeln aus. Da war es wieder, das Problem mit den Regeln und die Frage, ob es sinnvoll war, sich immer und überall daran zu halten. Sie schob diese Gedanken beiseite. Es war nicht die Zeit für philosophische Exkurse.

»Was sagt Dr. Friedrichsen?«

Gesa biss sich auf die Lippen, so ganz wohl fühlte sie sich nicht in ihrer Haut. Fenja legte ihre Hand auf Gesas.

»Bei mir ist alles sicher aufgehoben. Je mehr ich weiß, desto nützlicher kann ich sein.«

»Ja, ist schon klar«, antwortete Gesa.

In diesem Moment kam die Kellnerin und brachte ihnen ihr Bier. Beide Frauen tranken einen Schluck, dann berichtete Gesa.

»Also, dieser Lohmann hatte, bevor er erschlagen wurde, mindestens schon eine halbe Stunde unter den Rosenbüschen gelegen. Das schließt Friedrichsen aus Schürfwunden, bei denen noch eine Blutgerinnung stattgefunden hat, um die Wunden zu verschließen. Der Mann hatte, bevor er erschlagen wurde, einen Schlaganfall. Nicht besonders heftig, aber stark genug, um ihn umzuwerfen. Dabei ist er wahrscheinlich in die Rosenbüsche gestürzt und hat sich ein paar Kratzer im Gesicht zugezogen. Die Kopfwunde ist ihm kurz danach zugefügt worden. Und zwar mit einem Stein aus dem Springbrunnen. Der Todeszeitpunkt liegt zwischen Mitternacht und ein Uhr.« Gesa hob ihr Bier und trank.

Fenja nickte gedankenverloren. Das würde das Jammern, das Hermine Lüdersen gehört haben wollte, erklären.

»Das ist interessant«, sagte sie, beschloss aber, Hermines Aussage vorerst nicht zu erwähnen. Wenn Gesa davon wusste, musste sie das zwangsläufig weitergeben. Das würde Lüdersens ziemlich in die Bredouille bringen.

»Dann hat ihn also jemand hilflos unter den Büschen liegen sehen und die Gelegenheit genutzt«, schlussfolgerte sie stattdessen.

»Genau, und außerdem hatte er ziemlich gebechert. Friedrichsen hat noch eins Komma drei Promille Alkohol nachgewiesen.«

»Er war also komplett hilflos, das hat es für den Täter natürlich einfach gemacht. Im Grunde brauchte der Täter den Stein nur auf Lohmanns Kopf fallen zu lassen«, überlegte Fenja.

»Oder die Täterin.«

»Genau.«

Beide dachten einen Moment nach. Dann fuhr Fenja fort: »Leider habe ich bisher nicht rausfinden können, wer Lohmann wann zuletzt gesehen hat.« Sie musterte Gesa prüfend. »Oder habt ihr da präzisere Infos?«

»Nein, leider auch nicht. Wir versuchen zwar anhand der Aussagen einen Zeitplan für jeden Anwesenden zu erstellen, aber die Aussagen sind so vage, dass keiner wirklich ein Alibi hat. Dafür wimmelt es nur so von Motiven.«

»Ja«, sinnierte Fenja, »ist ja auch nicht weiter verwunderlich. Um jemandem, der hilflos im Garten liegt, eins über den Schädel zu ziehen, braucht es nicht mal eine Minute. Zumal die Mordwaffe direkt greifbar ist. Geht schneller als ein Toilettengang. Und wer merkt sich schon, wann jemand anderes zur Toilette geht. Das macht die Sache kompliziert. Gibt es sonst keine Hinweise?«

Gesa schüttelte den Kopf. »Nein, keine Fußabdrücke, dazu war es zu trocken, und keine Fingerabdrücke auf dem Stein. Friedrichsen hat ihn anhand der Form der Wunde identifizieren können und an noch vorhandenen Spuren von Blut, das auch in der Wasserprobe vom Springbrunnen vorhanden war und eindeutig zum Opfer gehört.«

»Schade«, sagte Fenja. »Also keine heiße Spur?«

»Nein. Wir überprüfen auch alle Anzeigen, die von Lohmann in den letzten fünf Jahren beim Ordnungsamt eingegangen sind. Die Anzeige mit der Kölner Nummer hab ich mir persönlich angesehen. Das war letztes Jahr im Juli. Ich hab mit dem Mann, dem der Wagen gehört, telefoniert. Er konnte sich kaum erinnern, hat die Strafe aber bezahlt. Er macht seit einer Woche mit seiner Familie Urlaub in Bayern. Also den können wir streichen, aber es sind ja auch nur noch etwas mehr als dreihundert weitere Anzeigen!«, meinte Gesa ironisch. »Man sollte es nicht für möglich halten.«

»Dreihundert!«, staunte Fenja. »Unfassbar, womit manche Menschen ihre Zeit verbringen.«

»Das kannst du laut sagen«, stimmte ihr Gesa zu. »Das Lieblingsdelikt vom Opfer war auf jeden Fall Falschparken. Und das in allen Variationen: Gehwegparken, Parken im absoluten Halteverbot mit oder ohne Behinderung, Parken auf Sperrflächen oder in der Fußgängerzone. Die meisten Einwohner und Urlauber von Carolinensiel, Wittmund und den umliegenden Ortschaften sind schon mal in den Genuss einer Anzeige eures lieben Nachbarn gekommen. Und das ist bestimmt nur die Spitze des Eisbergs. Möchte nicht wissen, wie es in anderen Gemeinden, wo der Typ sich rumgetrieben hat, mit solchen Anzeigen aussieht.«

»Habt ihr die Urlauber aus den Unterkünften in unserer Nachbarschaft befragt?«

»Ja, das macht Jannes, der kennt sich ja hier ganz gut aus. Bis jetzt Fehlanzeige.«

»Gibt sein Computer was her oder sein Handy?«

»Bis auf die Anzeigen, die er brav abgespeichert hat, ist alles harmlos. Aber die Technik arbeitet noch dran. Der Typ hat sich auf jeden Fall intensiv mit juristischen Fragen beschäftigt. Die meisten Websites, die er aufgerufen hat, hatten was mit Recht und Ordnung zu tun.«

»Na, das passt ja zu Lohmann.« Fenja trank seufzend einen großen Schluck Bier. »Wenn ich ehrlich bin, wundert's mich, dass dieser Mensch sich nie eine Tracht Prügel eingefangen hat.«

»Wenn, dann hat er das jedenfalls nicht angezeigt.«

Für eine Weile hingen die beiden ihren Gedanken nach. Am Nebentisch saß ein Elternpaar, das seinem etwa einjährigen Sprössling einen Schluck Bier aus Vaters Glas verweigerte, was ein wütendes Gebrüll und heftiges Treten des Kindes gegen die Tischkante provozierte. Das fast volle Glas fiel scheppernd zu Boden und verteilte seinen Inhalt auf Fenjas Hosenbeine. Sie sprang reflexartig auf und wich zurück. Die junge Mutter stammelte eine Entschuldigung, griff nach einer Serviette und wischte hilflos an Fenjas Beinen herum, während der Vater versuchte, das hysterisch schreiende, wild um sich tretende Kind zu beruhigen. Die Kellnerin kam zu Hilfe, und binnen zwei Minuten hatte die Familie die Flucht ergriffen. Das Geschrei des Kindes war noch lange nach dem Verschwinden zu hören.

»Du meine Güte«, sagte Fenja und zupfte an ihrem nassen Hosenbein. »Möchte wissen, was für Teenager aus solchen Kleinkindern werden.«

»Anstrengende«, sagte Gesa. »Weiß ich aus Erfahrung. Die Tochter meiner Freundin ist gerade zwölf geworden.«

Fenja sah Gesa verblüfft an.

»Meine Freundin ist mit achtzehn schwanger geworden«, erklärte sie.

»Mit achtzehn passiert einem das auch noch?«, wunderte sich Fenja. »Da sollte man sich doch mit Verhütung auskennen.«

»Hat sie auch. Deswegen ist sie ja schwanger geworden. Sie wollte unbedingt ihren damaligen Freund heiraten und hat es eben auf diese Tour versucht. Hat aber leider nicht geklappt, und mit einem anderen ist es dann auch schwierig geworden. Sie ist immer noch alleinerziehend.«

»Ach«, sagte Fenja, die sich gerade überlegt hatte, ob eine Schwangerschaft ein probates Mittel war, einen Mann an sich zu binden. Eher nicht. Bei Gesas Freundin hatte es jedenfalls nicht geklappt.

Sie blieben noch einige Minuten sitzen, tranken ihr Bier aus, zahlten dann und gingen.

Fenja ging tief in Gedanken an der Harle entlang. Als sie an der Friedrichsschleuse angekommen war, machte sie eine merkwürdige Beobachtung. Der geduldige Gustav Möllering redete wütend auf einen jungen Mann im Kapuzenpulli ein. Das war doch Bertram Krüger, die Transuse, die zurzeit bei Lüdersens wohnte, dachte Fenja. Was hatte Gustav denn mit dem zu tun? Bertram schubste den Alten zurück, woraufhin Gustav ihn am Kragen packte und schimpfte. Bertram riss sich los und machte sich Richtung Nordsee davon. Fenja staunte, beschloss, die Gelegenheit beim Schopf zu packen, und folgte Gustav, der sich auf den Heimweg nach Carolinensiel machte.

»Gustav!«, rief sie. »Warte, ich komme mit!«

Gustav Möllering schien aber keine Lust auf ihre Begleitung zu haben, denn er beschleunigte seine Schritte.

»Hallo«, schnaufte Fenja, als sie nach wenigen Sekunden neben ihm stand. »Was war das denn grade? Hat der Typ dich bedroht?«

Es war zwar genau umgekehrt gewesen, aber irgendwie musste Fenja Gustavs Vertrauen gewinnen. Und wenn sie ihn zum Opfer machte statt zum Täter, würde das sicher besser gelingen.

Gustav schien aber beides nicht genehm zu sein, denn er starrte Fenja an, ohne seine Schritte zu verlangsamen. »Nein, was willst du von mir?«

»Nichts weiter, aber immerhin sind wir Nachbarn, spricht nichts dagegen, gemeinsam heimzugehen, oder?«

Gustav schwieg und eilte weiter. Mit seiner Fischermütze und dem blauen Pullover war er viel zu warm angezogen, fand Fenja.

»Was gab's denn?«, nahm sie den Faden wieder auf.

»Nichts, gar nichts.«

Fenja sah Gustav forschend an, entschied aber, nicht weiter zu insistieren. »Hast du vielleicht Samstagnacht etwas gehört, das uns bei den Ermittlungen zu Ottos Tod helfen könnte? Bendine geht es gar nicht gut.«

Gustav blieb stehen und sah sie voll an. »Oh ja, das kann ich verstehen«, sagte er mit leisem Vorwurf. »Aber ich weiß von nichts. Mehr kann ich dir nicht sagen. Und jetzt lass mich in Ruhe.«

Fenja sah ein, dass diese Unterhaltung zu nichts führte. »Na gut, falls dir irgendwas einfällt oder zu Ohren kommt, gib mir doch bitte Bescheid.«

Gustav nickte und wandte sich ab. »Ganz bestimmt nicht«, murmelte er im Weggehen.

Als Fenja gegen neun Uhr die Küche in Bendines Pension betrat, saßen ihre Tante und ihre Mutter beisammen und tranken Tee.

»Wo warst du denn bloß so lange?«, fragte Bendine. »Dein Gast hat nach dir gefragt.«

»Ah ja?« Fenja warf einen Blick zurück in den Frühstücksraum. »Wo ist er denn?«

»In seinem Zimmer, nehme ich an.«

Mist, dachte Fenja. Dann wollte er wohl seine Ruhe haben. »Hat er was gesagt?«, fragte sie hoffnungsvoll. Vielleicht fand sie ja einen Grund, einfach bei ihm anzuklopfen.

»Nee, und wenn, hätte ich's wahrscheinlich nicht verstanden, oder?«

Fenja schloss die Tür, hier herrschte eindeutig dicke Luft. Sie ging die Treppe hinauf zu ihrem Apartment, blieb aber vor Bradfords Tür stehen. Unschlüssig hob sie die Hand, um anzuklopfen, zögerte aber. War das nicht irgendwie … aufdringlich?

Wenn er mit ihr hätte sprechen wollen, hätte er unten im Frühstücksraum auf sie warten können, das war neutrales Terrain. Sie wollte sich gerade umdrehen, als die Tür geöffnet wurde. Als Bradford sie sah, lächelte er erfreut.

»Hi, ich wollte gerade runterkommen und auf dich warten.«

Fenja spürte, wie ihr das Blut zu Kopfe stieg. »Fein … vielleicht … sollen wir in den Frühstücksraum gehen?« Mein Gott, was war sie bloß für eine Spießerin. »Oder … in mein Apartment?«, fügte sie dann stotternd hinzu.

Er trat auf den Flur und schloss ab. »Wie wäre es mit einem Spaziergang? Es ist immer noch so schön warm.«

»Okay.«

Fenja wäre ihr Apartment lieber gewesen, aber egal. Sie ging voran, die Treppe hinab und an der Küche vorbei zur Haustür. Draußen schlugen sie den Weg zur Cliner Quelle ein. Es waren noch viele Urlauber unterwegs. Kein Wunder, dachte sie. Wann gab es schon mal Sommerabende wie diesen? So warm, dass der laue Wind die Haut streichelte. Bradford trug Jeans und ein enges schwarzes T-Shirt, das seine muskulöse Brust wunderbar zur Geltung brachte. Und er roch gut, nach herber Seife. Fenja seufzte zufrieden, was ihm nicht entging. Er lächelte und legte kurz den Arm auf ihre Schulter.

»Wir müssen uns unterhalten«, sagte er ernst.

»Natürlich«, sagte Fenja. Alles, was du willst, fügte sie im Stillen hinzu.

Sie marschierten Richtung Museumshafen. Bradford steckte die Hände in die Hosentaschen.

»Haben deine Kollegen irgendwas rausgefunden?«, begann er.

»Nur dass der Tote, bevor er erschlagen wurde – übrigens mit einem Stein aus dem Springbrunnen –, einen Schlaganfall hatte und einige Zeit noch lebend unter den Büschen gelegen hat.«

»Ach.« Bradford kickte einen Stein in die Harle. »Das macht es komplizierter.«

»Was meinst du? Und worüber wolltest du mit mir sprechen?«

»Samstagnacht war ich kurz nach Mitternacht draußen auf dem Parkplatz, um das Navigationsgerät rauszuholen.« Er sah sie schräg an. »Reine Gewohnheit, ich will nicht unterstellen, dass hier geklaut wird.«

»Du brauchst dich nicht zu rechtfertigen«, entgegnete Fenja. »Wenn in unserer Straße gemordet wird, darf man auch damit rechnen, dass geklaut wird.«

Bradford räusperte sich. »Na ja, ich hab jedenfalls den Hund, der Bingo heißt«, er verzog leicht den Mund, »auf der Straße herumlaufen sehen.«

Fenja blieb stehen. »Du meinst, er kam aus unserem Garten?«

»Zumindest war er dort in der Nähe.«

»Und Willi hast du auch gesehen?«

»Nein, eben nicht.«

Fenja überlegte. »Also war Willi bestimmt um die Zeit dort unterwegs.« Sie runzelte die Stirn. »Kannst du dich genauer an die Uhrzeit erinnern?«

»Wie ich schon sagte, es war nach Mitternacht, aber bestimmt nicht später als ein Uhr.«

Zwei junge Frauen, die ihre Fahrräder schoben, kamen ihnen entgegen. Bradford ergriff Fenjas Arm und zog sie auf seine Seite. Sie genoss seine Berührung, umso mehr, als sie eigentlich unnötig war. Sie blieben stehen und ließen die beiden Frauen grüßend passieren. Seine Hände umfassten ihre Arme, ließen sie erst los, als sie sich wieder in Bewegung setzte.

Fenja blickte zu Boden, damit er ihr Lächeln nicht sah. Es gab ja keinen Grund zum Lachen, außer dass sie sich über seine Fürsorglichkeit freute. Aber das musste er ja nicht wissen.

»Das ist interessant«, sagte sie nach einer Weile. »Obwohl ich nicht glaube, dass Willi Otto erschlagen hat.«

»Wieso nicht?«

Sie antwortete nicht sofort, dachte nach. Im Grunde hatte er recht. Willi umgab ein Geheimnis. Das zumindest wusste sie über ihn. Und Bendine kannte es. Fenja erinnerte sich an eine Begegnung in Willis Campingwagen, der auf dem Platz in Harlesiel stand. Entweder wohnte er dort oder auf seinem kleinen Boot, das in der Nähe der Schleuse auf der Harle ankerte.

Es war ein Spätnachmittag im November gewesen, vor zwei oder drei Jahren. Ein kalter, rauer Tag, an dem ein eisiger Wind wehte. Fenja war etwas früher vom Kommissariat in Wittmund heimgekommen, weil sie sich eine üble Erkältung eingefangen hatte. In der Pension hatte Nele weinend in Bendines Wohnzimmer vor dem Fernseher gesessen, wo »Watership Down« lief.

Fenja hatte die altmodische Kassette aus dem ebenso altmodischen Videorekorder genommen und versucht, Nele zu trösten, die immer wieder schluchzte: »Sie sind alle gestorben.« Bendine war unauffindbar, und Fenja hatte sich gefragt, wie sie dazu kam, eine Vierjährige mit einem verstörenden Film wie »Watership Down« zu konfrontieren. Sie hatte sofort gewusst, dass etwas nicht stimmte.

Nachdem sie eine Weile einen harmlosen Zeichentrickfilm angesehen hatten, hatte Nele ihr erklärt, dass Bendine Besuch bekommen hatte. Von einem Mann mit Hund, der ganz lustig ausgesehen hatte. Oma Bendine habe sich mit ihm gestritten, und er sei dann bald wieder gegangen. Oma hatte daraufhin irgendein Video eingeworfen, Nele vor den Fernseher gesetzt und ihr eingebläut, sich nicht vom Fleck zu rühren, sie sei bald zurück. Dann war sie gegangen. Nele war also fast eine Stunde lang allein gewesen.

Das war völlig untypisch für die ängstliche Bendine, die ihre Enkelin am liebsten rund um die Uhr bewachen würde. Fenja hatte Nele daraufhin bei Hermine abgesetzt und war durch beißenden Wind an der Harle entlang Richtung Friedrichsschleuse gelaufen. Der Mann mit Hund konnte nur Willi Forst gewesen sein. Auf Höhe der Schleuse war Bendine ihr auf dem Fahrrad entgegengekommen. Blass und zitternd vor Kälte. Auf Fenjas Frage, was geschehen war, hatte sie keine Antwort gegeben. Nur den Kopf geschüttelt.

»Nichts weiter«, hatte sie gesagt, während der Wind an ihrer viel zu leichten Jacke gerüttelt hatte. »Willi hatte mal wieder einen seiner Anfälle. Was macht Nele?«

»Ist bei Hermine.«

»Oh Gott ja, ich war viel zu lange weg, aber in diesem Zustand ist Willi zu allem fähig.«

Was genau Bendine damit gemeint hatte, wusste Fenja bis heute nicht. Sie wusste von Willi nur, dass er seit Jahren Witwer war und nach dem Tod seiner Frau nicht mehr ins Leben zurückgefunden hatte. Dass er sich zu dem Eigenbrötler entwickelt hatte, der er heute war. Vielleicht war Willi ja tatsächlich imstande, jemanden umzubringen? Diese Gedanken gingen Fenja durch den Kopf, während Bradford sie forschend betrachtete.

»Wieso glaubst du nicht, dass er der Täter ist?«, wiederholte er seine Frage.

Fenja schrak auf. »Ja, im Grunde weiß ich es nicht«, antwortete sie. »Möglich ist alles.«

Sie waren am Alten Hafen angekommen, standen auf der Brücke neben der Carolinen-Skulptur und warfen einen Blick aufs Wasser. Das warme Licht der Laternen spiegelte sich im Hafenbecken und warf einen geheimnisvollen Glanz auf die alten Museumsschiffe, die dort ankerten.

»Wieso hast du das eigentlich nicht schon am Sonntag gesagt?«, fragte Fenja.

»Ich weiß auch nicht. Es war mir einfach entfallen.«

Fenja grinste. »Das macht dich natürlich verdächtig, dass du draußen warst. Demnach hast du kein Alibi. Hast du deshalb nichts gesagt?«

Er zögerte einen Moment lang. »Doch, hab ich, ich war nicht allein.«

Fenja wurde ernst. »Ach ja. Marlene.« Sie hatte kein Recht, ihm einen Vorwurf zu machen, aber sie war eifersüchtig. »Hat Marlene ihn auch gesehen?«, fragte sie schroff.

»Das musst du deine Freundin fragen. Ich weiß es nicht.«

Fenja war nicht sicher, ob sie ihren abweisenden Ton registriert hatte. Er ließ sich jedenfalls nichts anmerken, blickte unverwandt aufs Wasser.

»Wollen wir heimgehen?«, fragte sie und wandte sich zum Gehen.

»Da war noch was«, sagte er.

Sie blieb stehen. »Ja?«

»Dieser … Verwandte von dir, wie heißt er noch?«

»Edgar.«

Fenja hatte das Gefühl, Bradford wollte nicht mit der Sprache heraus.

»Was ist mit Edgar?«

»Nun ja, ich habe gesehen, wie er und das Opfer … sagen wir, eine kleine Auseinandersetzung hatten.«

»Ach«, sagte Fenja verblüfft. »Wie das?«

»Nun ja, die beiden standen im Flur. Der eine wollte zur Toilette, und der andere kam von der Toilette. Jedenfalls hat das Opfer euren Edgar angestarrt und dann irgendwas Unhöfliches gesagt. Zumindest hörte es sich für mich unhöflich an. Ich kann mich aber auch irren. Wenn man Deutsche reden hört, hat man oft das Gefühl, dass sie sich unangenehme Dinge an den Kopf werfen. Sorry.«

Jetzt musste Fenja lachen. »Schon möglich, aber … hattest du das Gefühl, dass sie sich näher kannten?«

»Allerdings. Edgar hat seine Mütze tiefer ins Gesicht gezogen und ist schnell auf der Toilette verschwunden.«

»Deshalb die Mütze.« Fenja ging ein Licht auf. »Und deshalb hat er sie so tief in die Stirn gezogen. Er wollte nicht erkannt werden, und zwar von Otto!« Sie schnappte nach Luft. »Das ist 'n Ding. Da wird mir der liebe Edgar ein paar Fragen beantworten müssen.«

Am liebsten hätte sie das gleich in Angriff genommen, wollte sich aber den schönen Abend nicht verderben. Es hatte Zeit bis morgen. Edgar würde ihr bestimmt nicht davonlaufen. Dass er wirklich etwas mit Ottos Tod zu tun haben sollte, konnte sie sich nicht recht vorstellen. Andererseits passte es durchaus zu Edgars Charakter, einen Wehrlosen zu attackieren, wenn es ihm nutzte, besonders, wenn er glaubte, dass es niemand rausfinden würde.

Sie forschte in Bradfords ebenmäßigem Gesicht mit den immer etwas melancholisch blickenden braunen Augen. Die gerade, schmale Nase verlieh ihm etwas Edles.

»Du bist die reinste ... Schatztruhe.« Sie musste einen Moment überlegen, bevor ihr das englische Wort dafür einfiel. »Ist dir sonst noch was aufgefallen?«

»Nein, jedenfalls nicht dass ich wüsste.« Dann lächelte er. »Aber ich muss dich etwas fragen.«

»Ja?«

»Sehe ich aus wie ein Verkäufer?«

»Wie bitte?«

»In der Kneipe hat mir ein alter Seebär auf die Schulter geklopft und mir versichert, dass die Engländer gute Verkäufer sind.«

»Ach.« Fenja dachte einen Moment nach und kicherte dann. »Wahrscheinlich hat der Mann salesman mit sailor verwechselt. Sailor heißt auf Deutsch Seemann, hört sich ziemlich ähnlich an.«

Bradford schmunzelte. »So schnell avanciert man vom Seemann zum Verkäufer. Immerhin hält er meine Landsleute für gute Seefahrer. Auch was wert.«

»Wohl wahr. Vielleicht habt ihr deshalb immer alle Seeschlachten gewonnen. Oder gab's auch Niederlagen?«

»Soweit ich weiß, nicht.«

»Was war mit Wilhelm dem Eroberer?«

»Das war auf dem britischen Festland.«

»Aha. Wieso habt ihr den reingelassen?«

»Das möchte ich auch gerne wissen.«

Die beiden lachten, vergaßen für einen Moment, dass es derzeit nicht viel zu lachen gab. Er wandte ihr sein Gesicht zu. Mittlerweile war die Sonne untergegangen, und die dunklen Schatten auf seinem Gesicht machten ihn umso begehrenswerter. Am liebsten wäre sie ihm um den Hals gefallen. Sie zitterte in ihrer ärmellosen Bluse, und er legte wieder den Arm um sie.

»Du frierst, lass uns gehen.«

Schweigend gingen sie den Weg an der Harle zurück, waren fast allein unterwegs. In der Pension war bereits alles still. Gut so, dachte Fenja, wenn Edgar noch hier rumgetanzt wäre, hätte sie sich ihn gleich vorgeknöpft. Aber so war der Abend und vor allem die Nacht frei für andere Unternehmungen. Und sie wusste auch schon, für welche.

Er folgte ihr zu ihrem Apartment, hatte wohl die gleiche Idee. Jedenfalls hoffte Fenja das. Sie schloss auf und wollte ihn hereinbitten, als sie ihren Namen hörte.

»Fenja? Darf ich bei dir schlafen? Oma Bendine sagt, sie hat Rücken.«

Nele. Verdammt! Fenja seufzte und wollte Nele schon wegschicken, als er eine Hand an ihre Wange legte und ihr einen Kuss auf den Mund drückte.

»Gute Nacht, schlaft schön, ihr zwei.« Und weg war er. Verdammter Mist!

FÜNF

Eastbourne – Dienstag

Constable Gwyneth Sutton hatte sich ausnahmsweise ein reichhaltiges englisches Frühstück gegönnt und war dann in ihren Mini gestiegen, um die knapp zweistündige Autofahrt nach Portsmouth in Angriff zu nehmen. Normalerweise hätte sie sich auf die quirlige Stadt gefreut. Hätte sich sogar noch mal die »HMS Victory« angesehen, das Flaggschiff Lord Nelsons bei der Schlacht von Trafalgar.

Sie hatte es zwar schon einmal besichtigt, aber da war ihr damaliger Freund Stanley dabei gewesen. Und Stanley war an Besichtigungen nicht interessiert. Er war ihr gelangweilt durch den Bauch des Schiffes gefolgt und hatte ständig auf die Uhr gesehen. Sie hatte sich unter Druck gesetzt gefühlt und den Ausflug nicht genießen können. Nach einer Stunde hatten sie das Schiff wieder verlassen, dabei hätte sie sich einen ganzen Tag dort aufhalten können, den Atem der Geschichte spüren und sich vorstellen, was die Männer während dieser denkwürdigen Schlacht wohl empfunden haben mochten. Na ja, Stanley war in den nächsten Pub gesteuert, und dort waren sie für den Rest des Tages geblieben. Von Portsmouth hatte sie nicht viel gesehen.

Vielleicht ergab sich ja heute die Möglichkeit, den Besuch auf der »Victory« nachzuholen. Das hing davon ab, wie schnell sie mit diesem Flint fertigwurde. Verdächtig war das Ganze ja schon. Insgeheim hoffte sie, Lilian Simmington bei ihm zu finden. Warum die sich dann allerdings klammheimlich davongemacht hatte, das war rätselhaft. Aber vielleicht hatte das denselben Grund wie die Heimlichtuerei dieser Phoebe Appleton. Auf jeden Fall war an der Sache irgendwas faul. Immerhin war Flint vorbestraft.

Wahrscheinlich bekamen sie es hier mit einem dieser Kerle zu tun, die betuchte alte Damen um ihr Geld erleichterten und ihnen dafür das Gefühl gaben, noch begehrenswert zu sein.

Sutton erwartete einen attraktiven älteren Herrn mit guten Manieren und einer gehörigen Portion Charme. Möglicherweise waren diese Frauen seine Haupteinnahmequelle. Es war bestimmt nicht schwer, die Damen davon zu überzeugen, dass sie ein gutes Werk taten, wenn sie Mr King mit Geld überhäuften. Ein bisschen Melancholie und Opferpose, vielleicht befand man sich gerade in einer üblen Zwangslage, aber man wollte auf keinen Fall Geld annehmen.

Sutton fragte sich, bei wie vielen Frauen das wohl funktionierte. Das Geld sahen sie natürlich nie wieder. Und anzeigen wollten ihn die Frauen nicht, aus Scham oder einfach weil sie keine Beweise hatten, dass er ihnen Geld schuldete. Eine recht sichere Art, sein Auskommen zu finden. Nun ja, Sutton würde sich diesen Mr Flint ganz genau ansehen.

Thomas Flint bewohnte eine Parterrewohnung in einem Reihenhaus in der Mayfield Road. Sie hatte ihn gestern von der Polizeistation aus angerufen und sich für heute angemeldet. Obwohl er behauptete, Lilian Simmington seit bestimmt einem halben Jahr nicht gesehen zu haben. Wie auch immer, ganz offensichtlich stimmte mit diesem Mann etwas nicht, und wenn er etwas mit dem Verschwinden dieser Simmington zu tun hatte, dann würde sie das schon aus ihm herausquetschen.

Nachdem sie in die Mayfield Road eingebogen war und vor dem roten Backsteinhaus einparkte, klingelte ihr Handy. Es war Riley.

»Wir haben eben rausgefunden, dass Lilian Simmington gestern um neun Uhr fünfundvierzig in Portsmouth ihre Bankkarte benutzt hat, und zwar in der Nähe der Historic Dockyards, in der Queen Street.«

»Wie viel hat sie abgehoben?«

»Fünfhundert Pfund. Vielleicht solltest du hingehen und dir die Überwachungsvideos anschauen?«

»Auf jeden Fall, danke, sonst irgendwas Neues?«

»Nein, nur dass Buckley schlechte Laune hat.« Riley flüsterte nur noch.

»Kann ich mir denken.« Sutton grinste. »Ich gehe jetzt da

rein und bringe den Fall damit hoffentlich gleich zum Abschluss.«

»Mach das, das wird die Ms Bracknill, Harris und Appleton freuen«, gluckste Riley. »Aber vielleicht auch nicht, passiert ja nicht mehr viel in deren Leben. War bestimmt mal ganz aufregend, dass eine ihrer Freundinnen verschwunden war.«

»Du bist zynisch«, sagte Sutton vorwurfsvoll, »ich melde mich.«

»Okay.«

Sie beendeten das Gespräch, und Sutton stieg aus.

Der Mann, der ihr wenig später die Tür öffnete, war das genaue Gegenteil von dem, was sie erwartet hatte. Er war klein, korpulent und trug eine Frisur, die vielleicht in den Achtzigern modern gewesen war, und da auch nur auf dem Kopf eines Jugendlichen. Das mehr als dürftige graue Haar am Oberkopf war zu einem Mecki geschnitten, unterhalb des Bürstenschnitts trug er langes, dünnes Haar, das ihm bis auf die Schultern fiel. Hinter dicken Brillengläsern traf Sutton ein misstrauischer Blick aus hellen Augen. Einen Heiratsschwindler hatte Sutton sich anders vorgestellt.

Ihre Verblüffung dauerte zwei Sekunden, dann hatte sie sich gefangen und hielt Flint ihren Ausweis vor die Nase.

»Mr Flint, wir haben telefoniert. Es geht um Ms Simmington.«

»Aber ich habe Ihnen doch schon gesagt, dass ich die seit Monaten nicht gesehen habe«, nölte der Mann. Seine hängenden Mundwinkel zeugten von einer chronisch schlechten Laune.

»Richtig, aber vielleicht können Sie uns ja weiterhelfen. Darf ich reinkommen?«

Flint ging widerwillig einen Schritt zur Seite und ließ Sutton eintreten. »Ich hab aber nicht viel Zeit, muss zur Arbeit.«

»Ah ja?« Sutton sah sich unauffällig in der Wohnung um. Sie war dunkel, klein und schmuddelig, genau wie die Klamotten, die ihr Bewohner trug. Seine braune Hochwasser-

Cordhose zierte ein Fettfleck. »Ich dachte, Sie wären bereits Rentner?«

»Ja«, sagte Flint zerknirscht, »aber die Rente reicht hinten und vorne nicht. Dieses Land sorgt eben nicht für die arbeitende Bevölkerung.«

Sutton war in eine Art Wohnzimmer getreten, das wenig einladend möbliert war. Soweit sie das beurteilen konnte, war das Eichenholz, schwer und düster. Die dichten Vorhänge vor dem kleinen Fenster waren zugezogen und ließen kaum Licht herein.

»Aber Sie waren doch Buchhalter, da verdient man doch nicht schlecht. Oder?«

Flints schmale Schultern sackten nach unten. »Sie haben sich nach mir erkundigt.« Das war eine Feststellung, keine Frage, und es klang resigniert.

»Ja, im Zusammenhang mit der verschwundenen Lilian Simmington. Wir wissen natürlich von Ihrer Bewährungsstrafe wegen Betrugs, hab ich das richtig in Erinnerung?«

Flint schwieg. Sutton setzte sich auf einen der vier Stühle, die um einen runden Tisch gruppiert waren. Darüber hinaus gab es nur das Eichenschrankmonstrum, einen Flachbildfernseher und einen abgenutzten Sessel, in dem Flint wohl den größten Teil seiner Freizeit verbrachte, so wie der aussah.

»Wann haben Sie denn Ms Simmington zuletzt gesehen?«

»Das hab ich doch gesagt, ist schon ein paar Monate her.« Flint war in der Tür stehen geblieben. Es war derart dunkel im Raum, dass Sutton kaum die Mimik ihres Gegenübers beurteilen konnte. Sie fragte sich, ob die Finsternis, mit der sich Flint umgab, Methode hatte.

»Wo war das? Und wie ist das Treffen abgelaufen?« Sutton merkte schon, dass dieser Mann nur das Nötigste auf die Fragen antwortete und darüber hinaus schwieg wie eine Trauerweide.

»Sie war allein am Hafen unterwegs. Wir sind zusammen Kaffee trinken gegangen. Das war alles.«

»Kam sie extra Ihretwegen nach Portsmouth?«

»Nein.«

»Wenn Sie sich alles aus der Nase ziehen lassen, sitze ich morgen noch hier«, warnte ihn Sutton. »Warum ist Ms Simmington nach Portsmouth gekommen, und worüber haben Sie bei Ihrem Treffen gesprochen?«

Flint schwieg einen Moment, schien sich aber dann zu besinnen.

»Also, worüber wir gesprochen haben, weiß ich nicht mehr. Wahrscheinlich über den Kuchen und den Hafen. Sie hat sich für die Schiffe interessiert. So habe ich sie auch kennengelernt, sie war am Hafen unterwegs, ich auch. Wir sind ins Gespräch gekommen, und ich habe ihr die ›HMS Victory‹ gezeigt. Das war im letzten Sommer.«

»Hat sie mal jemanden erwähnt oder sonst etwas gesagt, das uns helfen könnte, sie zu finden? Vielleicht ist sie in Gefahr. Sie scheint etwas vergesslich zu sein. Jedenfalls sagen das ihre Freundinnen.«

»Welche Freundinnen?«, fragte Flint hastig.

Sutton musterte den Mann neugierig. »Kennen Sie denn ihre Freundinnen?«

Er schien sich über seine Nervosität zu ärgern. »Nein«, sagte er kurz angebunden. »Ich kann Ihnen nicht helfen, hab keine Ahnung, wo das alte Mädchen sich rumtreibt.«

»Sie hat einen Neffen in Fareham, hat sie den nie erwähnt?«

Flint versteifte sich. »Nicht dass ich wüsste«, sagte er und sah auf seine Uhr. »Ich muss jetzt gehen, mein Chef mag es nicht, wenn ich unpünktlich bin.«

»Wo arbeiten Sie?« Sutton blieb sitzen.

»Am Hafen, wo sonst?«

Sutton wartete.

»In einer Spielhalle als Aufsicht. Zufrieden?«

»Sagt Ihnen der Name Appleton etwas? Phoebe Appleton.«

Flint zögerte eine Sekunde und schüttelte dann den Kopf. »Nein, wer soll das sein?«

Sutton erhob sich langsam. »Tja, dann danke ich Ihnen für das Gespräch. Wenn ich noch Fragen habe, komme ich wieder.« Das klang wie eine Drohung, und so war es auch gemeint.

Flint begleitete sie schweigend hinaus und schloss grußlos die Tür.

Sutton stieg nachdenklich die Treppe hinab. Mit diesem Mann stimmte etwas nicht, das war sonnenklar. Sie rief Riley an und berichtete von dem Gespräch.

»Und du meinst, da ist was faul?«, fragte er, als sie geendet hatte.

»So faul, dass es stinkt«, antwortete Sutton. »Ich werde jetzt zuerst zur Polizeistation Portsmouth fahren und mich mit den Kollegen unterhalten, vielleicht können die mir ja noch was Interessantes über Mr Flint sagen. Und ich werde der Bank einen Besuch abstatten und mir das Überwachungsvideo ansehen. Anschließend fahre ich nach Fareham und rede mal mit dem Neffen. Ich wette, die Simmington war damals, als sie Flint kennenlernte, bei ihrem Neffen zu Besuch. Kann mir nicht vorstellen, dass jemand wegen diesem Flint hierherfährt.«

»Aber er muss ja wohl irgendwie Eindruck auf die Dame gemacht haben, sonst hätte sie ihn nicht vor dem DCI erwähnt.«

»Ja, alles sehr mysteriös«, grübelte Sutton. »Aber ich kriege es raus, wenn die mir was verheimlichen, verlass dich drauf.«

Die Kollegen der Polizeistation in Portsmouth waren zwar sehr hilfsbereit, konnten ihr aber auch nichts über Flint erzählen, was sie nicht schon wusste. Auf Suttons Frage, ob sie jemand zur Bank begleiten wolle, winkten sie nur ab. Zu wenig Personal, sie schaffe das ja auch allein. Sutton hatte nichts anderes erwartet und verabschiedete sich.

Bevor sie sich auf den Weg zur Bankfiliale in der Queen Street machte, holte sie sich in den Gunwharf Quays eine Portion Fish and Chips. Das war eine Kalorienbombe, die sie sich nur einmal in der Woche gönnte und dann umso mehr genoss. Sie setzte sich auf eine Bank mit Blick auf den Spinnaker Tower, einen an ein Segel erinnernden Aussichtsturm, und aß ihre Mahlzeit, während die Sonne ihre nackten Arme wärmte.

Dann machte sie sich auf den Weg zur Bank. Riley hatte sie

angekündigt, sodass die Dame am Schalter sie unverzüglich zu Mr Procter, dem Filialleiter, führte.

Mr Procter nahm Suttons Ausweis in Empfang, studierte ihn pflichtschuldig und bat sie dann, Platz zu nehmen. Er war derart jovial, dass Sutton fast erwartete, er wolle ihr einen Sparvertrag aufschwatzen. Aber Mr Procter kam gleich zur Sache.

»Ihr Kollege in Eastbourne hat uns bereits gesagt, worum es geht, und wir haben den betreffenden Zeitraum gleich herausgesucht«, sagte er und stellte ihr einen Computerbildschirm vor die Nase, auf dem zunächst nur eine Straße in der Dämmerung zu erkennen war.

Dann kam Bewegung ins Bild. Eine schlanke Gestalt in Jeans und Kapuzenpulli trat an den Automaten. Die Kapuze war so tief ins Gesicht gezogen, dass man nicht mal ihr Geschlecht erahnen konnte, geschweige denn ein brauchbares Fahndungsfoto daraus konstruierbar war. Es war klar, dass dieser Mensch nicht Lilian Simmington war, sondern eine Person, die um keinen Preis erkannt werden wollte. Nun ja, dachte Sutton, das war ihr in der Tat gelungen. Der Vorgang dauerte etwa eine Minute, dann war die Gestalt wieder verschwunden.

»Ist das alles, was Sie haben?«, fragte Sutton enttäuscht.

»Ja, leider.« Procter drehte den Bildschirm wieder um. »Diese Person hat von dem Konto Ihrer vermissten alten Dame fünfhundert Pfund abgehoben.«

»Wurde an dem besagten Automaten schon mal von demselben Konto Geld abgehoben?«

»Nein, das habe ich bereits überprüft und hätte Ihnen das Video gleich gezeigt, aber leider ...« Mr Procter breitete entschuldigend die Hände aus.

Ein wirklich gründlicher Mann, fuhr es Sutton durch den Kopf. Sie erhob sich.

»Schicken Sie bitte eine Kopie an die Polizeistation in Eastbourne.« Sutton gab ihm ihre Karte. »Vielleicht können unsere Spezialisten noch was rausholen.«

»Natürlich, wenn ich sonst noch was für Sie tun kann …«

»Nein, danke«, antwortete Sutton schnell, um zu verhindern, dass jetzt doch noch der Sparvertrag aufs Tapet kam.

Als sie wieder auf der Straße stand, rief sie zuerst Riley an und informierte ihn, dass Lilian Simmington etwas zugestoßen sein musste. »Es sei denn, sie hat die Karte verloren und den Fehler gemacht, die PIN mit der Karte zusammen aufzubewahren. Das wäre natürlich möglich, aber dass sie unauffindbar ist, finde ich verdächtig.«

»Könnte es der Neffe gewesen sein?«

»Das werde ich herausfinden. Ich fahre jetzt nach Fareham.«

Sutton beendete das Gespräch und machte sich auf den Weg zu ihrem Mini. Was, wenn sich dieser Vermisstenfall zu einem Mordfall entwickelte und sie irgendwann die Leiche von Lilian Simmington fanden – oder auch nicht fanden? Es war so einfach, an der Küste eine Leiche verschwinden zu lassen. Man brauchte sie ja nur ins Meer zu befördern. Den Rest würden die Fische erledigen. Sutton hatte kein gutes Gefühl.

✳✳✳

Carolinensiel – wenige Stunden zuvor

Fenja erwachte um kurz nach sieben, als Nele sich aus ihrem Bett wühlte, aus dem Zimmer lief und die Tür krachend hinter ihr ins Schloss fiel. Na klasse, dachte Fenja, die die halbe Nacht wach gelegen hatte. Nicht nur weil Nele unruhig schlief und alle naselang ihre Position veränderte. Nein, wenn Fenja grübelte, konnte sie nicht schlafen. Und Grund genug zum Grübeln hatte sie.

Gestern am späten Abend hatte Barne sie zum dritten Mal seit Sonntag auf ihrem Handy angerufen. Am liebsten hätte sie es wieder ignoriert, aber das war auf die Dauer ja auch keine Lösung. Sie hatte mit ihm gesprochen, als wäre alles wie immer, aber natürlich war es das nicht. Eine Weile hatten sie sich unterhalten, er hatte gefragt, wie es Bendine ging. Barne war immer sehr höflich, und empathisch war er auch. Irgendwie ärgerte sie das.

Es wäre leichter, wenn er ein mieser Typ wäre, dachte sie. Und natürlich hatte er gemerkt, dass etwas nicht stimmte. Gefragt hatte er nicht. Empathie? Oder Zweifel? Wahrscheinlich Letzteres. Wenn man die Dinge erst zur Sprache gebracht hatte, gab es kein Entrinnen mehr. Dann musste man sich ihnen stellen. Solange sie unerwähnt blieben, konnte man sich etwas vormachen.

Barne konnte sich also immer noch vormachen, dass alles in Ordnung war. Bei ihr war das anders. Sie wusste nicht mehr, was sie wollte, oder vielmehr, sie wusste, was sie wollte, nämlich Barne und Mark, aber beide konnte sie nun mal nicht haben. Oder?

Es klopfte.

»Fenja, deine Mutter möchte wissen, ob du mit ihr nach Bremen fährst.« Bendine.

Fenja, die immer noch im Bett lag, legte den Arm über die Augen, um die Umwelt auszusperren, was natürlich nicht klappte.

»Fenja, was denn nun?«

»Nein.«

»Warum nicht?« Anstelle von Bendines neutraler Stimme erklang jetzt die fordernde ihrer Mutter.

»Keine Lust«, antwortete Fenja wahrheitsgemäß und ärgerlich.

»Nun komm schon, allein macht es keinen Spaß!«

Fenja hatte eine Idee. »Nimm Hermine mit, die kommt nicht oft vor die Tür.«

»Wer ist Hermine?«

»Frag Bendine, ich hab Urlaub!«

Hinter der Tür wurde es still. Das fand Fenja fast beunruhigender als die penetrante Fragerei ihrer Mutter. Hoffentlich bekam Mark das nicht mit. Das wäre ja peinlich.

»Na gut. Aber du solltest dringend mal was gegen deine mangelnde Motivation unternehmen.«

Fenja seufzte und antwortete nicht. Mangelnde Motivation! Als ob eine Hauptkommissarin sich das leisten könnte. Außer im Urlaub! Nur weil ihre Mutter mit schier unersättlicher Unternehmungslust gesegnet war, hieß das noch nicht, dass Fenja sich diesem Aktionismus anschließen musste. Bestimmt würde Hermine bei der Aussicht, nach Bremen zu fahren, völlig aus dem Häuschen geraten, dachte Fenja schmunzelnd. Und dann fiel ihr ein, dass sie sich etwas vorgenommen hatte. Und genau das würde sie jetzt in Angriff nehmen. Von wegen motivationslos!

Sie duschte und kramte statt der obligatorischen Jeans ihr weißes Leinenkleid aus dem Schrank. Sie hatte es in ihrem letzten Italienurlaub gekauft, und es war eigentlich zu sommerlich für die Nordseeküste. Aber die Sonne strahlte auch heute wieder von einem wolkenlosen Himmel, und der Wetterbericht hatte sechsundzwanzig Grad vorhergesagt. Also war das Kleid kein Missgriff.

Sie betrachtete sich in dem großen Ikea-Spiegel, der in ihrem kleinen Schlafzimmer an der Wand lehnte. Eine schlanke Frau in den Dreißigern blickte ihr entgegen. Die sonnengebräunte Haut bildete einen reizvollen Kontrast zu dem figurbetonten weißen Kleid und ihren blonden Haaren, die in einer leichten Welle auf ihre Schultern fielen. Sonst trug sie meistens einen Pferdeschwanz, das wirkte seriöser, fand sie. Aber im Urlaub musste sie nicht seriös sein. Fenja war durchaus zufrieden mit sich, aber sie sah so anders aus. Am Ende würde er sie nicht mal erkennen, was? Sie kicherte und entschloss sich, wenigstens ihre Haare so zu tragen wie immer. Sonst dachte Mark am Ende noch, sie würde sich seinetwegen so aufbrezeln. Womit er dann natürlich recht hätte.

Sie verließ ihr Apartment und lauschte einen Moment an Bradfords Tür. Alles still. Sie stellte sich vor, wie er im Bett lag … womöglich nackt. Sie schluckte und machte sich davon zu Edgars Apartment, in dem auch noch alles still war, aber etwaige Gedanken über einen nackten Edgar würgte sie ab, bevor sie sich in ihrem Kopf festsetzen konnten. Sie klopfte.

»Edgar«, sagte sie leise, und als keine Antwort kam, klopfte sie etwas lauter.

»Ja, was ist denn?«, kam es gedämpft von drinnen.

»Ich muss mit dir reden.« Fenja sprach so leise wie möglich, sie wollte Bradford, dessen Zimmer am Ende des Flurs lag, nicht stören. Immerhin bestand die Möglichkeit, dass er die morgendliche Diskussion der drei Frauen überhört hatte oder wieder eingeschlafen war. Um Buchners machte sie sich keine Sorgen, sie hatten das Apartment im Dachboden.

»Wieso?«

»Es ist wichtig, komm bitte runter, ich warte in der Küche.«

Sie hörte leises Gemurmel, dann einen dumpfen Knall, danach einen Fluch. Okay, dachte Fenja, Edgar war wach. Sie ging in die Küche, wo Bendine, die im Dorf Einkäufe erledigte, bereits Kaffee gekocht und den Frühstückstisch gedeckt hatte. Kein Wunder, dass Edgar sich hier andauernd einnistete, dachte Fenja und nahm sich Kaffee. Man sollte ihm ein paar Aufgaben übertragen, vielleicht die Hecke schneiden oder die Gartenmöbel streichen. Aber die Vergangenheit hatte gelehrt, dass Edgar, sobald man ihn beschäftigen wollte, plötzlich dringende Termine hatte und sich davonmachte. Bis zum nächsten Besuch, der gewöhnlich nicht lange auf sich warten ließ.

Fenja nahm sich Toast und Honig und warf einen Blick in den Anzeiger für Harlingerland. Nach zehn Minuten tauchte Edgar auf. Er stand in der Tür, ungekämmt, mit zerknautschtem Gesicht, die Hände in den Hosentaschen vergraben. Sein Blick sprach Bände. Für Fenja sah er verdächtig nach schlechtem Gewissen aus.

»Was wolltest du denn mit mir bereden?«, stammelte er.

»Setz dich, ich muss dich was fragen.« Fenja wies mit ihrer Kaffeetasse auf die Bank.

»Kann ich auch einen Kaffee haben?«

»Bedien dich.« Fenja beschloss, das Gespräch freundlich zu beginnen, das würde ihn auflockern und in Sicherheit wiegen. Schießen würde sie später.

Edgar verlor keine Zeit, nahm sich Kaffee, setzte sich an eins der Gedecke und griff nach dem Brotkorb.

»Du hast gesagt, du kanntest Otto Lohmann nicht, das stimmt doch?«, begann Fenja.

Edgar verkrampfte sich und sah sie misstrauisch an. »Jaaa, wieso fragst du?«

»Weil mir zu Ohren gekommen ist, dass du dich mit ihm gestritten hast.«

»Wer sagt das?«, fragte Edgar wie aus der Pistole geschossen.

»Unwichtig, ich will erstens wissen, worüber ihr gestritten habt, und zweitens, warum du nichts gesagt hast.«

Edgar war so verblüfft, dass er seinen Kaffee und die Scheibe Brot auf seinem Teller vergaß. »Aber … das stimmt nicht. Ich … ich kannte ihn wirklich nicht, wieso glaubst du mir nicht?«

»Weil es keinen Grund gibt, warum meine Quelle mich belügen sollte. Also, ich höre.«

Edgar hielt krampfhaft seinen Teller fest, so als müsste er, wenn er zugab, gelogen zu haben, den Hungertod sterben. Er schwieg eine Weile. Dann schien ihm etwas einzufallen. »Ich kenne deine Quelle nicht, aber wenn ich das richtig sehe, steht hier Aussage gegen Aussage.«

So etwas wie Triumph lag in seinem Blick. Er fühlte sich sicher, so sicher, dass er zu seinem Messer griff und anfing, sein Brot dick mit Butter zu bestreichen.

Fenja war einigermaßen verblüfft. Der Mann hatte ja tatsächlich so etwas wie Chuzpe, und das auch noch ihr gegenüber, einer Hauptkommissarin der Kripo. Vielleicht war es auch einfach nur Dummheit. Dummheit von der Art, die dazu neigte, die Mitmenschen zu unterschätzen.

»Edgar, du kannst auch gern mit meinem Kollegen, Kommissar Frenzen, reden, wenn dir das lieber ist.«

Edgar stockte, schien nachzudenken und zu einem Entschluss zu kommen. Er legte das Messer weg und sah Fenja an. »Also gut. Dieser Lohmann … ich wusste gar nicht, dass er Bendines Nachbar ist … Also dieser Lohmann … hat mich angeschwärzt.«

Aha, dachte Fenja.

»Könntest du etwas konkreter werden?«

Jetzt schien Edgar wirklich in Nöte zu kommen. Er legte seine Hände in den Schoß und zog den Kopf zwischen die Schultern. »Ich … ich habe in diesem Geschäft, diesem Tee-kutter oder wie er heißt … vergessen, was zu bezahlen.« Edgar richtete sich auf und sah sie wütend an. »Und dieser Mensch musste mich gleich anschwärzen! Blöde Petze!«

»Wann war das?«, wollte Fenja wissen.

»Letzten Freitag.« Edgar schnappte nach seinem Messer und klatschte eine Riesenportion Kalbsleberwurst auf sein Butterbrot.

»Ich nehme an, der Inhaber vom Teekutter hat dich dar-aufhin angezeigt.«

»Ja, klar, das machen die meisten.«

Edgar duckte sich nach dieser Aussage. Es war ihm anschei-nend klar geworden, dass er mehr verraten hatte, als er wollte. Offensichtlich hatte er Erfahrung in dieser Beziehung, dachte Fenja.

»Und deshalb hast du dich am Abend der Party mit Otto gestritten, nachdem er dich trotz deiner Mütze erkannt hatte.«

»Ja, aber ich habe ihn ganz bestimmt nicht umgebracht!« Edgar biss zur Bekräftigung in sein Butterbrot.

Fenja musterte Edgar eine Weile. Er war eine Riesenmemme und ein Heuchler obendrein, aber sie war geneigt, ihm zu glau-ben. Er hatte nicht das Zeug zum Mörder. Ladendiebstahl passte eher zu ihm. Was er wohl schon alles geklaut hatte in seinem Wahn, kein Geld für nichts auszugeben.

»Was hast du ›vergessen‹ zu bezahlen?«, fragte Fenja und malte Anführungszeichen in die Luft.

Edgar hielt im Kauen inne. »Du glaubst mir wohl nicht, was? Ich habe mich eine Weile in dem Laden umgesehen und einfach vergessen, dass ich eine Packung Tee … in der Tasche hatte.«

Fenja holte tief Luft und musterte Edgar. Vielleicht war er ja Kleptomane. Einer, bei dem Stehlen zwanghaft war. Soweit Fenja wusste, betraf das hauptsächlich Frauen. Aber bei Edgar konnte man sich auf Forschungsergebnisse eben nicht verlassen. Vielleicht sollte sie Bendine raten, nach Edgars Besuchen das Inventar der Pension zu kontrollieren. Dann fiel ihr ein, was Frenzen gesagt hatte. Sollte Edgar etwa derjenige sein, der hier den Touristen in die Taschen griff und sich in den Läden bediente, ohne zu bezahlen?

»Edgar«, sagte sie drohend. »Das war hoffentlich das erste und einzige Mal, dass du ›vergessen‹ hast, etwas zu bezahlen!«

Er sprang empört auf. »Jetzt reicht's aber! Wofür hältst du mich?«

Das wusste Fenja nicht so genau, aber sie war entschlossen, den Neffen ihrer Tante nicht für einen Taschen- und Ladendieb zu halten. Zumindest vorerst. Das musste sie unbedingt klären. Aber vorher war Ottos Mörder dran.

Edgar hatte sich wieder hingesetzt, guckte aber ernsthaft beleidigt.

»Okay.« Fenja kam auf den Mordfall zurück. »War das alles, worüber ihr gesprochen habt? Wenn du sonst etwas weißt, das die Ermittlungen voranbringen könnte, dann ist jetzt der Moment, es mir zu sagen.«

Edgar legte theatralisch die Hand aufs Herz. »Ich hab absolut keine Ahnung, was da passiert ist.« Er blickte Fenja an wie ein bettelnder Hund. »Können wir diese Sache nicht für uns behalten?«

Fenja stand auf. »Du hast Glück, dass ich nicht zu den ermittelnden Beamten gehöre, sonst hättest du jetzt echt ein Problem.« Dabei hatte er sowieso ein Problem, dachte sie. Aber es war nicht ihre Aufgabe, das zu lösen.

Es klopfte, und Mark Bradfords Kopf erschien im Türspalt. »Morning«, sagte er mit einem fragenden Seitenblick auf Edgar.

»Morning«, antworteten beide.

»Komm rein, es gibt Kaffee«, sagte Fenja.

Bradford ließ sich nicht lange bitten, betrat die Küche und warf Fenja einen bewundernden Blick zu, der ihren Herzschlag beschleunigte.

»Möchtest du ein englisches Frühstück?«

»Danke, nein, das bekomme ich ja zu Hause, im Moment reicht Kaffee.«

Er setzte sich auf die Bank und musterte Edgar, während Fenja ihm einen Becher Kaffee hinstellte. Edgar schien seine Selbstzufriedenheit wiedererlangt zu haben und biss herzhaft in ein halbes Brötchen, auf das er vorher ein halbes Glas von Bendines guter Erdbeermarmelade gehäuft hatte. Fenja beobachtete ihn missmutig, aber Edgar schien nicht die Absicht zu haben, die Küche den beiden anderen zu überlassen. Im Gegenteil, er schnitt kauend ein weiteres Mohnbrötchen auf. Fenja hatte keine Lust auf Edgars Gegenwart.

»Wollen wir auf die Terrasse gehen?«, fragte sie an Bradford gewandt.

Statt einer Antwort stand Bradford auf, und Fenja folgte ihm hinaus, wo sie sich an den Terrassentisch setzten und Bendines Rosenbüsche bewundern konnten. Ein Jammer, dachte Fenja, dass sie den Garten in Zukunft immer mit dem toten Otto Lohmann unter den Rosenbüschen assoziieren würde. Vielleicht sollte Bendine darüber nachdenken, ihn komplett umzugestalten.

Bradford nahm einen Schluck Kaffee. »Haben wir etwas vor?«, fragte er mit warmem Lächeln.

»Oh ja«, antwortete Fenja, »wir werden Willi und seinen Hund mit dem komischen Namen besuchen.«

Zwanzig Minuten später gingen die beiden an der Harle entlang Richtung Friedrichsschleuse, wo Willis Boot, die »Julia«, ankerte. Bei diesem Wetter war er mit Sicherheit dort anzutreffen.

Sie hörten den Hund schon von Weitem bellen.

»Kann man den Hund nicht mal zum Schweigen bringen?«, sagte ein Passant ungehalten zu seiner Begleiterin. »Der bellt ja schon seit Stunden.«

Fenja stutzte und warf Bradford einen besorgten Blick zu. Natürlich hatte er nicht verstanden, was der Mann gesagt hatte, aber Fenjas Gesichtsausdruck deutete er richtig.

»Was ist los?«

»Ich glaube, wir müssen uns beeilen.«

Fenja trabte los. Jetzt entpuppte sich die Auswahl ihrer Garderobe als falsch. Wie gern hätte sie jetzt ihre Jeans und die Sportschuhe getragen. Wenigstens hatte sie sich für die Ballerinas entschieden und nicht für ihre Riemchenschuhe mit den hohen Absätzen. Bradford folgte ihr, ohne weiter zu fragen, zu einem etwa sechs Meter langen Boot, vor dem ein Pulk von Menschen stand.

»Macht einen ja verrückt, dieses Gebell. Der Hund ist echt schlecht erzogen«, hörte Fenja einen der Umstehenden sagen.

Sie ignorierte ihn, betrat, ohne zu zögern, den kleinen Steg und sprang aufs Boot. Bradford kam hinterher. Sie klopfte an die Kajütentür.

»Willi, ist alles in Ordnung?«

Keine Antwort, nur ein Kratzen an der Tür. Der Hund bellte unverdrossen weiter. Sie versuchte, die Tür zu öffnen, aber sie war zugesperrt. Sie gab Bradford ein Zeichen, und nach einem beherzten Tritt brach das Schloss, und die Tür flog auf. Drinnen war es dunkel, die fleckigen Gardinen vor den Fenstern waren zugezogen. Der Hund stand vor einer Koje im hinteren Teil der kleinen Kabine und knurrte. In der Koje lag Willi, regungslos. Bradford versuchte, an ihn heranzukommen, aber der Hund fletschte die Zähne.

»Moment.«

Fenja riss ein paar Schranktüren auf, bis sie den Kühlschrank gefunden hatte, der gut gefüllt war. Es gab Milch, Käse, Schinken und eine halbe Salami. Fenja griff nach der Salami und hielt sie Bingo hin. Der senkte zwar den Kopf, knurrte aber immer noch. Fenja redete beruhigend mit ihm und wedelte mit der Wurst. Bingo schien unschlüssig, aber schließlich gewann der Hunger die Oberhand, und er schnappte sich die Salami.

Bradford versuchte unterdessen, sich mit irgendetwas zu bewaffnen, was nicht so einfach war, denn auf dem Boot gab es nicht viele bewegliche Teile. Er rannte aufs Deck, fand ein Paddel und hielt den Hund damit auf Abstand. Aber der war jetzt mit seiner Mahlzeit beschäftigt. Fenja rüttelte an Willis Schulter, doch der rührte sich nicht.

»Vielleicht sollten wir die Ambulanz rufen«, schlug Bradford vor, während er den Hund im Auge behielt.

Fenja nickte stumm, ging aufs Deck und zückte ihr Handy. Die Schaulustigen hatten sich mittlerweile vervielfacht. Handykameras wurden gezückt. Man tuschelte und reckte die Hälse. Fenja rief den Notarzt, obwohl sie wusste, dass das völlig sinnlos war. Und dann musste die Polizei informiert werden. Zwar hatte Fenja auf die Schnelle weder Anzeichen für Gewaltanwendung gefunden noch sonstige Hinweise, die auf ein Fremdverschulden hindeuteten, aber die Todesursache war ungeklärt. Fenja glaubte und hoffte, dass Willi an einem Herzinfarkt oder einer anderen natürlichen Ursache gestorben war. Immerhin war ja die Kajütentür abgeschlossen gewesen. Aber es steckte innen kein Schlüssel.

Hatte Willi den eingesteckt? Sie war versucht, Willis Taschen zu durchwühlen, ließ es dann aber. Sie konnte nicht noch mehr Ärger gebrauchen. Sie stand immer noch an Deck der »Julia«, Bradford hatte sich mit entschlossener Miene auf dem Steg aufgepflanzt, offensichtlich bereit, jeden in die Harle zu befördern, der dem Boot zu nahe kam. Bingo hatte seine Wurst komplett verzehrt und stand nun mit gesenktem Kopf an Willis Koje und hechelte. Wahrscheinlich war er durstig nach der ungewohnt salzigen Mahlzeit. Fenja hätte seinen Napf gern mit Wasser gefüllt, aber sie zog es vor, so wenig wie möglich auf der »Julia« zu verändern. Man konnte nie wissen. Und Bingo machte keine Anstalten, das Boot zu verlassen und in der Harle seinen Durst zu stillen. Stattdessen saß er leise knurrend, mit wachsamen Augen vor der Koje seines Herrchens.

Knapp zehn Minuten verharrten Hund und Menschen,

bewachten das Boot und alles, was sich darauf befand. Dann erschien der Notarzt und kurz darauf eine Polizeistreife, der zwei Uniformierte entstiegen, die es dann übernahmen, die Schaulustigen zu vertreiben, die Passanten vorbeizulotsen und den Fundort zu sichern.

Bradford und Fenja standen auf dem Pumphusen und warteten auf das Eintreffen der Kripo, Bradford mit Neugier, Fenja mit Magengrimmen. Sie hatte ein ungutes Gefühl. Wieso starb Willi ausgerechnet kurz bevor sie ihm ein paar Fragen zu Otto Lohmanns Tod stellen wollte? Der Gedanke, dass er etwas mit dem Mord zu tun haben könnte, ließ sich nicht wegargumentieren. Und wenn er tatsächlich der Mörder war, hatte er dann jetzt Selbstmord begangen, weil er mit der Schuld nicht leben konnte? Das waren Fragen, die Fenja durch den Kopf gingen, während sie neben Bradford vor der »Julia« stand und beobachtete, wie der Notarzt, ein Dr. Rasch, kopfschüttelnd aus der Kajüte trat. Fenja und er waren sich bereits öfter begegnet. Dr. Rasch erkannte Fenja und kam auf sie zu.

»Hallo, lange nicht gesehen«, sagte er und nickte auch Bradford zu. »Hier ist nichts mehr zu machen, der Mann ist schon mehrere Stunden tot.«

»Können Sie sagen, woran er gestorben ist?«

»Nein, Blut ist auf jeden Fall keins geflossen, und auch sonst habe ich keine äußerlichen Merkmale von Gewaltanwendung gesehen. Aber ich nehme an, Sie werden eine Obduktion veranlassen, dann wird sich das ja klären. Leider muss ich weiter. Wenn noch Fragen auftauchen … Sie haben ja meine Telefonnummer.« Er verabschiedete sich und eilte davon.

Wenige Minuten später traf Geert Frenzen mit Gesa im Schlepptau ein. Er entstieg langsam seinem BMW, sah sich um und machte ein wichtiges Gesicht. Er schlug die Tür zu, die mit sattem Klang ins Schloss fiel, und ging dann mit ernster Miene auf Fenja und Bradford zu. Gesa folgte ihm.

»Na, ich muss schon sagen, deine Bekannten sterben hier

weg wie die Fliegen«, begrüßte er sie und kicherte blöde. »Aber ich nehme mal an, du kannst nichts dafür, was?«

Frenzen kriegte sich gar nicht mehr ein. Gesa blickte zum Himmel. Fenja und Bradford verzogen keine Miene. Frenzen räusperte sich.

»Dann erklär mir mal, wieso du glaubst, dass wir die Spusi brauchen.«

Eine gute Stunde später saß Fenja in der Küche Bendine gegenüber. Bradford hatte sich verabschiedet und war in sein Zimmer gegangen. Auf dem Weg zur Pension hatte sie sich den Kopf zerbrochen, wie sie ihrer Tante nun auch noch den Tod von Willi beibringen sollte. Als ob Ottos Ableben nicht schon Unruhe genug in ihr Heim gebracht hatte.

Aber da half alles Drumherumreden nichts, nur sanfte Ehrlichkeit. »Bendine, ich habe leider eine schlechte Nachricht. Willi ist gestorben. Es tut mir leid.«

Bendine erbleichte. »Was?«

Fenja legte ihre Hand auf die ihrer Tante und drückte sie schweigend.

»Hast du gesagt ... Willi ist tot?«

Fenja nickte.

»Was ... wieso ...?«

»Wir haben ihn heute Morgen tot auf seinem Boot gefunden.«

»Wer?«

»Mark und ich.«

Bendine schluckte. »Aber ... was ist denn passiert? Ich meine ...«, ihre Augen wurden groß und füllten sich mit Tränen, »hat er sich selbst ...?«

»Das wissen wir noch nicht.«

Bendine umklammerte ihren Kaffeebecher so fest, dass Fenja Angst hatte, er könnte zerbrechen.

»Ich hab mich nicht genug um ihn gekümmert.« Bendine weinte leise.

Ja, das hatte Fenja erwartet. Ihre Tante fühlte sich für alles und alle verantwortlich und gab sich die Schuld für alles Schlechte, das anderen widerfuhr.

»Bendine, das ist Unsinn. Willi war erwachsen und konnte selbst auf sich aufpassen.«

Allerdings war sich Fenja in dieser Hinsicht nicht ganz sicher, das würde sie erst sein, wenn sie wusste, was die Obduktion ergeben hatte. Wenn Willi aber nicht auf sich selbst aufpassen konnte, war es auch nicht Bendines Aufgabe, das für ihn zu erledigen.

Bendine reagierte unwirsch. »Was weißt du schon!«, herrschte sie ihre Nichte an.

Fenja antwortete nicht.

Bendine rieb mit dem Handballen eine Träne von ihrer Wange und sah Fenja dann beinahe drohend an. »Wieso habt ihr ihn gefunden? Was wolltest du von ihm?«

»Mit ihm reden.«

Bendine fixierte ihre Nichte wütend. »Ich wusste es. Ich wusste, dass alle ihn verdächtigen würden.«

»Wer ist alle, und wessen sollten wir ihn verdächtigen?«

Bendine sprang so heftig auf, dass ihr Stuhl umkippte. »Das weißt du ganz genau! Ihr denkt doch alle, dass Willi Otto umgebracht hat! Nur weil er ein bisschen verschroben ist und nicht mit jedem redet! Das ist praktisch!«

Sie ließ sich auf den Stuhl fallen, den Fenja wieder hingestellt hatte, und schluchzte laut.

Fenja war froh, dass Nele mit Elke und Hermine nach Bremen gefahren war. Edgar und die Buchners waren unterwegs, sodass sie ungestört reden konnten und Bendine bis zu Neles Rückkehr ein bisschen Zeit hatte, sich zu fangen.

Fenja legte beschwichtigend die Hand auf Bendines Arm. »Nur weil jemand verschroben ist, verdächtige ich ihn nicht. So weit solltest du mich kennen«, sagte sie streng.

»Du vielleicht nicht, aber dein Kollege, dieser Frenzen, hat ihn ganz offen beschuldigt.«

»Woher weißt du das?«

»Willi hat es mir gesagt.«

Fenja überlegte. Natürlich kannte sie Frenzens Meinung. Er hatte sie heute Morgen mehr als deutlich gemacht. Für ihn war Willi tatsächlich einer der Hauptverdächtigen gewesen. Und sein Tod bestätigte seine Theorie, nach der Willi natürlich Selbstmord begangen hatte, weil er nicht im Knast landen wollte. Frenzen frohlockte schon, weil er den Mordfall so schnell gelöst hatte.

Natürlich war das nicht von der Hand zu weisen. Immerhin hatte Bradford Willis Hund ja während der Tatzeit zumindest in der Nähe des Tatortes gesehen. Das hatten sie Frenzen sagen müssen, und das musste sie jetzt auch Bendine erklären. Frenzen hatte die beiden zwar ärgerlich gefragt, warum sie das nicht schon bei der ersten Vernehmung gesagt hatten, aber Bradford hatte ruhig erklärt, er habe der Sache anfangs keine Bedeutung beigemessen. Schließlich hatte er ja nur den Hund gesehen. Frenzen hatte sich dann nicht weiter getraut, dem Chief Inspector aus England irgendwelche Hintergedanken zu unterstellen oder ihn gar zu verdächtigen.

Bendine friemelte ein Taschentuch aus ihrer Jeanstasche und schnäuzte sich. »Ich weiß gar nicht, wer sich um die Beerdigung kümmert. Willi hatte doch niemanden mehr.«

»Mark hat Bingo gesehen«, Fenja ließ sich nicht ablenken, »Samstagnacht vor unserem Haus zu der Zeit, als Otto ermordet worden ist. Also muss Willi in der Nähe gewesen sein.«

Bendine ließ ihre Hände sinken und starrte Fenja an. Sie öffnete den Mund, wusste aber wohl nicht, was sie sagen sollte. Ihrer Miene war deutlich anzusehen, dass sie hin- und hergerissen war. Sie wollte nicht glauben, was sie da hörte, aber dass der Gast aus England log, war unwahrscheinlich, und genauso unwahrscheinlich war, dass er sich irrte. Immerhin war er ja ein Detective Inspector.

»Und er weiß genau, dass das Willis Hund war?«, fragte sie unsicher.

Fenja nickte. »Allerdings.«

Bendines Blick wurde ernst. »Was ist eigentlich mit Bingo? Wer kümmert sich um den?«

Fenja zuckte mit den Schultern. »Im Moment Gesa, aber nur für heute, dann müssen wir entweder eine andere Lösung finden oder ihn ins Tierheim bringen. Wir hatten Mühe genug, ihn vom Boot wegzubekommen.«

»Das arme Tier.« Bendine lehnte sich nachdenklich zurück, sie schien erschöpft.

»Bendine«, sagte Fenja sanft, »du hast Willi gut gekannt. Hatte er ein Motiv, Otto umzubringen? Wenn du etwas weißt, dann musst du das sagen. Du machst dich sonst strafbar.«

Bendines Züge verhärteten sich. Sie blickte Fenja scharf an. »Willi hätte niemals so was gemacht! Nie und nimmer. Dazu war er viel zu gutmütig. Merk dir das!«

Sie stand entschlossen auf und stellte ihren Becher in die Spüle. »Ich gehe jetzt auf mein Zimmer und möchte allein sein.«

Damit verschwand sie aus der Küche und ließ Fenja mit einem unguten Gefühl zurück.

Bendine hatte ihre Frage nicht beantwortet.

✳✳✳

Bradford lag auf seinem Bett und dachte nach. Einerseits fühlte er sich mittlerweile fehl am Platze, andererseits hatte er Skrupel, gerade jetzt abzureisen. Es würde sich anfühlen, als würde er eine Freundin im Stich lassen. Dabei war Fenja durchaus in der Lage, ihre Probleme allein zu lösen. Obendrein fragte er sich, was aus Lilian Simmington geworden war.

Okay, sie war eine Nervensäge, aber sie war seine Nachbarin und hatte – zumindest soweit er wusste – noch keinem Menschen etwas zuleide getan. Von den Zankereien mit Sam Falling mal abgesehen, aber der war für jede Aufmerksamkeit, die er bekommen konnte, dankbar. Schließlich brauchte jeder Mensch etwas, worüber er sich aufregen konnte, um sich lebendig zu fühlen. Das war zwar eine gewagte Theorie, aber je mehr Bradford von der Welt sah, umso stärker wuchs diese Überzeugung.

Er hatte Chief Constable Walker gebeten, Constable Sutton

nach Portsmouth zu schicken. Wenn es dort eine Spur von Lilian Simmington gab, dann würde Sutton sie finden. Und er hatte unbedingt verhindern wollen, dass Buckley sich auf den Weg machte.

Sergeant Buckley war ein netter Kerl. Nett und harmlos. Er neigte dazu, vorschnelle Schlüsse zu ziehen, und ließ sich hinterher nur ungern davon abbringen. Natürlich hatte Buckley mittlerweile mitbekommen, dass sein Chief Inspector der rangniederen Sutton mehr zutraute als seinem Sergeant, und dieser Umstand hatte in der Vergangenheit schon für Disharmonien im Team gesorgt. Und so was konnte man bei polizeilichen Ermittlungen, wo Teamwork und Informationsaustausch besonders wichtig waren, nicht gebrauchen. Er musste sich da etwas einfallen lassen, wollte aber Buckley auch keine Steine in den Weg legen.

Gerade hatte ihn Constable Riley davon unterrichtet, dass es eine erste Spur gab. Eine beunruhigende Spur, wie Bradford fand. Aber er wollte sich keine Gedanken mehr über Lilian Simmington machen. Seine Leute würden das schon regeln. Er musste ihnen vertrauen. Zumindest einigen. Er würde sich allerdings erheblich wohler fühlen, wenn diese Todesfälle, in die er hier hineingeraten war, sich möglichst schnell aufklären würden. Er selbst konnte nicht viel dazu beitragen, erstens, weil er hier keine Befugnisse hatte, und zweitens, weil er diese verflixte Sprache nicht beherrschte. Er hasste es, ständig auf die Hilfe anderer angewiesen zu sein. Wie er in diesem Fall für die Ermittlungen hilfreich sein sollte, davon hatte er keinen Schimmer.

Der Tote heute gab ihm Rätsel auf. Der Mann hatte weder krank gewirkt noch depressiv. Das hatte er auch zu Fenja und zu dem ermittelnden Beamten gesagt, den er nicht mochte. Er war ein Wichtigtuer. Bradford kannte solche Typen zur Genüge. Sie waren im Grunde faul und liebten einfache Lösungen. Bradford glaubte nicht an einfache Lösungen. Jedenfalls in den meisten Fällen. Und dieser war so einer.

Nun gut, er würde noch einige Tage hierbleiben und hoffte, dass sich bis zu seiner Abreise alles geklärt haben würde. Bis dahin sollte er sich erholen. Das hatte ihm sein Arzt nach dieser elenden Schussverletzung dringend empfohlen, und Bradford wollte ihm gern diesen Gefallen tun, aber man ließ ihn nicht. Kaum wollte er irgendwo Urlaub machen, stolperte er in einen Mordfall – vielleicht sogar in zwei. Das würde sich noch herausstellen. Dabei hatte er sich so auf diesen Urlaub gefreut. Um sich zu erholen, war er hierher, an die deutsche Küste gereist, in diesen Ort, den er schon von zwei Ermittlungen her kannte und dessen Menschen ihm ans Herz gewachsen waren.

Nicht viele seiner Landsleute verbrachten ihren Urlaub in Deutschland. Die meisten zog es in den Süden, wo man sich jeden Tag auf eine beständig scheinende Sonne und warme Temperaturen verlassen konnte. An Wärme und Sonne hatte er in den letzten Tagen hier in Deutschland aber auch keinen Mangel gehabt.

Er schloss die Augen. Die Rollos waren heruntergelassen, und er hatte keine Lust, aufzustehen und sie hochzuziehen. So war es dunkel im Zimmer, was eigentlich schade war, denn warum sperrte man die Sonne aus, wenn sie denn mal schien? Das war in Südeuropa vielleicht angemessen, aber doch nicht an der Nordseeküste. Aber eine Pensionswirtin hatte sich um das Wohl ihrer Gäste zu kümmern, und die gehörten hier oben im deutschen Norden wahrscheinlich in der Mehrzahl nicht zu den Sonnenhungrigen.

Wie auch immer, die Geschehnisse der letzten Tage warfen ein dunkles Licht auf seinen Besuch. Fenjas Tante litt, was kein Wunder war, und Fenja litt mit ihr. Fast hatte er ein schlechtes Gewissen, obwohl das natürlich Unsinn war. Er konnte nichts dafür, dass ausgerechnet während seiner Anwesenheit jemand diesen unangenehmen Menschen ins Jenseits befördert hatte.

Tagtäglich hatte er mit Mord und Totschlag zu tun. Vielleicht zog er das Verbrechen ja an wie ein Magnet Reißzwecken. Andererseits, war das bei Fenja nicht genauso? Ob diese Todesfälle damit zu tun hatten, dass sie Kommissarin war? Eine sehr erfolgreiche sogar? Es war wirklich ein merkwürdiger Zufall, dass dieser Mann auf dem Boot ausgerechnet jetzt gestorben war. Fenja würde ihn sicher informieren, falls bei der Autopsie etwas Verdächtiges herauskam.

Fenja. Sie saß unten in der Küche bei ihrer Tante und musste ihr jetzt auch noch vom Tod ihres Freundes berichten. Auf dem Heimweg hatte sie besorgt ausgesehen, und am liebsten hätte er sie in die Arme genommen und wäre bei ihr geblieben, unten in dieser gemütlichen Küche, in der es heute wunderbar nach Gulasch duftete. Aber niemand hatte Appetit, außer vielleicht diesem Edgar. Den lenkte nichts so leicht von seinen Bedürfnissen ab. Das wusste er von Fenja, aber auch aus eigener Beobachtung.

Bradford stand auf, ging in sein Badezimmer und trank Wasser aus seinem Zahnputzbecher. Er blickte in den Spiegel und schüttelte über sich selbst den Kopf. Was zum Kuckuck dachte er sich bloß? Er hatte heute Abend eine Verabredung mit Fenjas Freundin und würde am liebsten absagen und den Abend – und die Nacht – mit Fenja verbringen. Dabei hatte sie eine Beziehung. Bradford mochte diesen Barney, und Fenja mochte ihn bestimmt auch. Dass allerdings mehr dahintersteckte, wagte er zu bezweifeln. Aber was wusste er schon? Fest stand, dass er sich in eine komplett verfahrene Situation hineinmanövriert hatte. Er sollte den Verstand einschalten, sich einen netten Abend mit Marlene machen und in ein paar Tagen wieder zurück nach England fliegen, wo er hingehörte. Und Fenja dort lassen, wo *sie* hingehörte. Alle anderen Optionen versprachen Ärger und Kummer. Und er war zu alt für diesen Mist.

Sein Handy klingelte. Er kippte den Rest seines Wassers ins Waschbecken, verließ das kleine Bad und nahm das Gespräch an.

***

Währenddessen in Portsmouth

Sutton steuerte ihren Mini nach Fareham, einer kleinen Ortschaft etwa zwanzig Meilen nordwestlich von Portsmouth.

Die Wohnung von Roger Timball, Lilian Simmingtons Neffen, befand sich im zweiten Stock eines Mehrfamilienhauses an der Quay Street. Sutton stieg die schmale Steintreppe hinauf und wurde oben von einem kahlköpfigen, schlanken Mann in den Dreißigern erwartet. Sutton konnte beim besten Willen nicht feststellen, ob er die Person auf dem Video gewesen war.

Sie hielt ihm ihren Ausweis hin, und er bat sie herein. Sutton betrat einen fensterlosen Flur, dessen Gang durch eine mit diversen Jacken, Schirmen und Taschen vollgehängte Garderobe halb versperrt wurde. Er führte sie ins Wohnzimmer, wo sich eine ebenso schlanke und hochgewachsene Frau mit langen blonden Haaren aus dem Sofa erhob.

»Das ist meine Freundin, Jill Hammond.« Jill hielt Sutton geziert die Hand hin.

»Wow, eine Polizistin, wie aufregend.«

Sutton kam zu dem Schluss, dass Jill nicht besonders klug war, aber dafür höchst attraktive Rundungen besaß. Ihr Brustumfang war garantiert größer als der Hüftumfang, schätzte Sutton und fragte sich sofort, ob so was biologisch überhaupt möglich war.

»Bitte setzen Sie sich«, sagte Timball. »Kann ich Ihnen etwas anbieten? Wasser oder Kaffee?«

»Nein, danke. Ich würde Ihnen gern ein paar Fragen stellen«, kam Sutton zur Sache.

»Ja, natürlich, obwohl wir Ihnen wahrscheinlich gar nicht helfen können. Wir haben Tante Lilian seit einem halben Jahr nicht gesehen.«

Timball setzte sich neben seine Freundin, die Sutton unverwandt anstarrte. Sutton konnte ihren Blick nicht recht einordnen. War er neugierig oder eher ängstlich?

»Aber Sie haben danach mit ihr gesprochen?«

»Das ja, sie hat mich angerufen und gesagt, sie wollte uns besuchen, aber sie ist nicht gekommen.«

»Hat sie gesagt, wann sie kommen wollte?«

»Nicht genau. ›In den nächsten Tagen‹, hat sie gesagt.«

»Und das war das letzte Mal, dass Sie von ihr gehört haben?«

»Ja.«

Timball sah Sutton offen an, während Jill die gefalteten Hände zwischen die Knie klemmte. Merkwürdig, dachte Sutton. Die Frau war mit Sicherheit über dreißig und benahm sich wie ein Teenager.

»Hat Ihre Tante Sie oft besucht?«

Timball fuhr sich mit der flachen Hand über den kahlen Schädel. In seinem rechten Ohrläppchen funkelte ein kleiner Brillant. Ein Tattoo, das einem Stern ähnelte, zierte seinen kräftigen rechten Unterarm.

»Eher nicht, wie gesagt, das letzte Mal war sie im Januar oder Februar da und davor im letzten Sommer. Wir hatten nicht so viel Kontakt, aber sie hatte ja keine eigenen Kinder, und als meine Mutter starb, hat sie uns ein bisschen unterstützt, mit der Beerdigung und so.«

»Haben Sie eine Ahnung, wo Ms Simmington sich sonst noch aufhalten könnte? Hatte sie noch andere Verwandte oder Bekannte in Portsmouth oder in der Umgebung?«

Timball zuckte mit den Schultern. »Also, nicht dass ich wüsste.« Er blickte seine Freundin fragend an. »Oder hat sie dir gegenüber mal jemanden erwähnt?«

Jill senkte den Blick und schüttelte den Kopf. Sutton fand, sie verhielt sich bemerkenswert still.

»Kennen Sie einen Thomas Flint?«

Jill wischte an einem imaginären Fleck auf ihrer Jeans herum, während Timball schluckte.

»Flint, sagten Sie?«, hakte Timball nach. »Also der Name sagt mir was, aber ich wüsste jetzt nicht, wo ich ihn schon mal gehört hab.«

Sutton hatte das sichere Gefühl, dass die beiden diese Frage erwartet hatten. Sie lächelte. »Vielleicht irgendwo gelesen?«

»Ja, genau.« Timball griff diese Möglichkeit dankbar auf. »Ich weiß aber nicht mehr genau, wo.«

Sutton verzichtete darauf, Timballs literarische Kenntnisse aufzufrischen. Sie war überzeugt davon, dass sowohl er als auch seine Freundin keine Leseratten waren, und sie war außerdem überzeugt davon, dass sie logen. Sie kannten Flint, wollten das aber nicht zugeben. Sie beobachtete die beiden einen Moment schweigend. Er spielte mit seinem Ohrring und sie mit ihrem Armband. Beide wichen ihrem Blick aus.

»Okay.« Sutton stand auf. »Können Sie mir noch sagen, wo Sie gestern um neun Uhr fünfundvierzig gewesen sind?«

Die beiden waren ebenfalls aufgestanden und starrten sie fragend an.

»Wieso *das* denn?«, fragte Timball leicht entrüstet, während Jill mit ihren Fingern spielte.

»Beantworten Sie einfach die Frage.«

»Na, also, ich war arbeiten, und du … warst hier, oder?«

Jill errötete leicht. »Ja, klar.« Sie wusste nicht, wohin mit ihren Händen. »Ich … ich bin zurzeit arbeitslos.«

»Was machen Sie beruflich?«

»Ich hab Bürokauffrau gelernt«, Jill reckte ein wenig das Kinn, »bis vor zwei Monaten hab ich bei … einer Spedition gearbeitet, aber die mussten einsparen.«

Sutton nickte und wandte sich an Timball. »Und Sie?«

»Ich bin eigentlich Kraftfahrer, aber … da war ich zu viel unterwegs, also hab ich eine Umschulung gemacht. Seit drei Monaten bin ich Altenpfleger.«

Sutton wandte sich wieder an Jill. »Ich nehme an, Sie waren allein hier?«

»J… ja natürlich, ich …«, stotterte Jill und blickte Timball ängstlich an.

Der kam ihr bereitwillig zu Hilfe. »Hören Sie, was wollen Sie denn eigentlich? Man könnte glauben, Sie fragen uns nach unseren Alibis. Aber Tante Lilian ist doch nicht tot, oder?«

»Wir wissen es nicht«, antwortete Sutton wahrheitsgemäß. »Gestern ist von ihrem Konto Geld abgehoben worden, aber nicht von ihr selbst. Wir müssen also von einem Verbrechen ausgehen.«

Timball schluckte wieder. »Aber … wieso denn Verbrechen?«

»Können Sie sich eine harmlose Szenerie vorstellen, warum jemand Geld vom Konto einer vermissten Frau abhebt?«

»Vielleicht …«

»Ja?«

»Ich weiß auch nicht.« Timball seufzte tief. »Meine Güte, die arme Tante Lilian. Wenn wir irgendwie helfen können, dann …«

Sutton hatte nicht den Eindruck, dass Timball sich ernsthafte Sorgen machte. Entweder er wusste, was mit seiner Tante geschehen war, oder er hatte nichts dagegen, wenn ihr etwas zugestoßen wäre. Sie mussten herausfinden, ob Lilian Simmington ein Testament gemacht hatte und wer der Begünstigte war. Sie gab Timball ihre Karte.

»Sie können mich jederzeit anrufen.«

Als sie wieder auf der Straße stand, war Sutton sicher, dass diese beiden mehr wussten, als sie sagten. Sie sah sich unschlüssig um. Wie ging es jetzt weiter? Zum ersten Mal empfand sie die Verantwortung als Last, obwohl sie auch dankbar war für das Vertrauen, das DCI Bradford ihr entgegenbrachte. Er traute ihr zu, die richtigen Entscheidungen zu treffen, dabei war sie bisher immer froh gewesen, das ihren Vorgesetzten überlassen zu können. Sollte sie zurückfahren nach Eastbourne oder hierbleiben und Timball und Hammond beobachten?

Allerdings hatte sie wenig Lust, sich den restlichen Tag und die Nacht um die Ohren zu hauen. Außerdem hatte sie ja nichts in der Hand gegen die beiden. Außer einem unbestimmten Gefühl, dass man ihr hier Theater vorgespielt hatte. Ziemlich dilettantisch sogar, fand sie. Und sie hatte keine Ahnung von der Schauspielerei, oder doch?

Sutton wich ein wenig zur Seite, weil eine junge Frau einen Kinderwagen an ihr vorbeischob. Hinter ihr trabte ein vielleicht dreijähriges Mädchen, das sich alle Mühe gab, die Eiscreme in seiner Waffel vor der Schmelze zu retten. Ziemlich erfolglos. Was ihrer Zunge entwischte, floss in kleinen Rinnsalen über ihre kindliche Hand und tropfte auf den Asphalt.

Sutton lächelte und sah sich selbst auf einem Ausflug mit

ihren Eltern Eis schleckend den Brighton Pier entlangtrotten. Aber das war lange her. Ihre Eltern lebten jetzt in Spanien, wo sie wahrscheinlich den englischen Sommerregen vermissten. Auch wenn sie das nicht sagten.

Sutton seufzte und öffnete ihren Mini. Sie würde jetzt nach Eastbourne zurückfahren, sich mit Riley besprechen und einige Nachforschungen anstellen. Hier konnte sie im Moment nichts weiter tun.

SECHS

Carolinensiel – Mittwoch

Es klingelte. Fenja, Bendine und Elke saßen schweigend in der Küche. Elke hatte Hermine bei ihrem gestrigen Besuch in Bremen durch das Völkerkundemuseum geschleppt. Nele hatte das natürlich gefallen, aber Hermine war am Abend völlig erschöpft aus dem Auto gestiegen und wortlos in ihrem Heim verschwunden, wo sie wahrscheinlich sofort ein Fußbad genommen hatte. Jedenfalls hatte Elke das lachend hingeworfen, als sie mit Nele in der Pension eingefallen war und ihre Einkäufe auf dem Küchentisch verteilt hatte. Fenja hatte sie dann über den neuen Todesfall aufgeklärt, was bei ihrer Mutter tatsächlich so etwas wie einen kleinen Schock ausgelöst hatte. Sie war auf den Küchenstuhl gesunken, hatte ihre Hand aufs Herz gelegt und geflucht.

»Himmel, was ist denn hier los?«

Ja, das fragte Fenja sich auch. Bendine hatte sich gestern nicht mehr blicken lassen. Sie wollte wohl den bohrenden Fragen ihrer Nichte aus dem Weg gehen.

Jetzt saß sie mit abweisender Miene am Tisch, trank ihren Tee und schwieg.

Fenja war fast froh, als die Klingel ertönte, denn sie konnte die angespannte Stimmung unter ihrer Verwandtschaft nur schwer ertragen. Glücklicherweise war Nele, die Jüngste im Bunde, mit einer Gruppe Jugendlicher, die es sich zur Aufgabe gemacht hatte, die daheimgebliebenen Grundschulkinder in den Ferien zu bespaßen, am Strand in Harlesiel unterwegs. Barne war noch mit ein paar Freunden auf der Nordsee segeln und hatte von Langeoog aus angerufen. Sie hatte ihm von Willis Tod erzählt, was er mit ähnlichen Worten wie ihre Mutter kommentiert hatte. »Was zum Teufel ist eigentlich los?«

Zu allem Übel war gestern Abend Marlene aufgetaucht und mit Mark losgezogen. Er hatte zwar keinen besonders glücklichen Eindruck gemacht, aber das war nur ein schwacher Trost für Fenja. Ob die beiden wohl wieder die Nacht miteinander verbracht hatten? Fenja wusste es nicht, aber sie würde sich nicht von der Pension wegbewegen, bevor sie es wusste.

Fenja führte Gesa in die Küche und bot ihr Tee an.

»Gern«, sagte sie, setzte sich an den Tisch und warf Bendine einen verstohlenen Blick zu.

»Sie sind also Fenjas Kollegin?« Elke, die offensichtlich spürte, dass etwas im Busch war, versuchte krampfhaft die Spannung im Raum zu lösen.

»Na ja, eigentlich ist sie meine Vorgesetzte«, entgegnete Gesa und nahm lächelnd die Tasse Tee in Empfang, die Fenja ihr reichte. »Aber im Moment liegen die Dinge ein bisschen anders … leider.«

Fenja wusste natürlich, worauf Gesa anspielte. Es war mit Sicherheit kein Vergnügen, unter einem Teamleiter wie Geert Frenzen zu arbeiten.

Fenja setzte sich neben Bendine. »Gibt es Neuigkeiten?«

Gesa tippte geräuschvoll mit dem Mittelfinger auf die Tischplatte. »Also eigentlich dürfte ich euch das alles gar nicht erzählen, aber ich hab nicht das Gefühl, dass Schweigen uns irgendwie weiterbringt.« Sie kniff unwillig die Lippen zusammen. Aha, übersetzte Fenja für sich. Sie treten auf der Stelle, und Geert hat keinen Plan. »Alles, was du sagst, ist bei uns gut aufgehoben, dafür hast du mein Wort.«

Fenja warf ihrer Mutter einen warnenden Blick zu. Sie war es, an deren Verschwiegenheit Fenja am ehesten zweifelte. Bendine war viel zu geschockt und froh, wenn sie nicht reden musste.

»Also, du hattest recht.« Gesa stellte ihre Tasse auf den Tisch. »Der Mann auf dem Boot ist ermordet worden.«

Bendine warf ihre Hand vor den Mund und stieß einen spitzen Schrei aus. »Nein!«

Fenja schluckte, während Elke die Augen aufriss und Gesa ungläubig anstarrte.

»Also doch«, flüsterte Fenja. »Wie?«

»Man hat ihn mit einem Kissen erstickt. Außerdem hatte das Opfer eins Komma neun Promille Alkohol im Blut.«

»Oh Gott«, schluchzte Bendine. Elke strich ihrer Schwester beruhigend über den Rücken.

Fenja kniff die Augen zusammen. »Wie ist das möglich? Da war doch der Hund.«

Gesa nickte. »Das können wir uns auch noch nicht recht erklären. Allerdings hat das Tier eine Verletzung am Kopf, die von einem Schlag mit dem Paddel herrühren könnte.«

»Entweder das oder der Hund hat den Täter gekannt«, sagte Fenja.

»Oder das.«

»Und der Todeszeitpunkt?«, wollte Fenja wissen.

»Montagabend etwa zwischen zweiundzwanzig und null Uhr.«

»Fingerabdrücke?«

»Oh ja, fast alle vom Opfer, die anderen müssen wir noch identifizieren.«

»Kümmert sich irgendjemand um die Beerdigung?« Bendine kramte ein Tempotaschentuch aus der Verpackung und schnäuzte sich. »Soweit ich weiß, hatte Willi keine Verwandten. Er war ganz allein, seit seine Frau …« Sie schwieg betroffen.

»Das stimmt, wir haben niemanden finden können außer einer Cousine, ich weiß nicht, wievielten Grades, die in Irland lebt.« Gesa warf Bendine einen unergründlichen Blick zu.

Die vier Frauen saßen eine Weile schweigend beisammen. Dann wurde an die Tür geklopft, Bradford lugte durch den Spalt und erfasste die Situation in der Küche sofort. Er grüßte Gesa kurz und wandte sich an Fenja.

»Ich gehe joggen«, sagte er. »Bis später.«

Fenja nickte und fühlte sich seltsam beschwingt. Offensichtlich war Marlene nicht geblieben. Sie hätte sich sonst von Fenja verabschiedet. Außerdem hatte Mark gesagt: »*Ich* gehe jetzt joggen.«

Sie fühlte sich an ihre Teenagerjahre erinnert. An ihre erste große Liebe: Sven. Leider war die Liebe ziemlich einseitig gewesen, denn der schöne Sven aus der Abiturklasse war nicht nur zwei Jahre älter gewesen als Fenja, sondern auch sehr viel mehr auf seinen Notendurchschnitt fokussiert als auf ein schwärmerisches kleines Mädchen, das Fenja damals war. Trotzdem hatte sie jede Geste und jedes Wort, das sie von ihm erhaschen konnte, genauestens analysiert und daraus Schlüsse auf ihre Chancen gezogen. Offensichtlich war bei diesen Analysen eher der Wunsch der Vater des Gedankens gewesen. Sie war überzeugt gewesen, dass der schöne Sven etwas für sie übrighatte. Auf der offiziellen Abiturfeier in der Aula hatte er dann allerdings mit Sabrina, der Jahrgangs-Barbie, wie Fenja sie heimlich nannte, rumpoussiert. Fenja hatte er nicht mal wahrgenommen. Offensichtlich hatte sie nichts daraus gelernt. Sie machte sich schon wieder zum Affen.

»Was meinst du?«

Fenja wurde rot. Sie war so in ihre Träumereien versunken, dass sie nicht mitbekommen hatte, worauf sich Gesas Frage bezog.

»Entschuldige«, stammelte sie, »das … ist alles äußerst merkwürdig, ich weiß nicht, was ich denken soll.«

Gesa musterte sie verblüfft. »Na ja, aber ob du mit ihm reden willst, wirst du ja wissen, oder?«

»Ja, ja, natürlich. Ich ruf ihn an.« Zwar wusste Fenja nicht, mit wem sie worüber reden sollte, aber das konnte sie ja nachher ihre Mutter fragen.

Gesa runzelte die Stirn, sagte aber nichts weiter. Elke musterte ihre Tochter neugierig, und Bendine starrte schweigend vor sich hin.

»Wie geht's jetzt weiter?«, fragte Fenja.

Gesa verzog mürrisch den Mund. »Das ist es ja, gar nichts geht weiter. Eine von Geerts Theorien lautet, dass Willi Forst der Mörder von Lohmann war und dessen Ermordung dann ein Racheakt von Lohmanns Familie.«

Diese Vorstellung fand Fenja so abstrus, dass sie loskicherte, sich aber gleich besann und Bendine ansah. Die schien die Idee allerdings auch durchaus witzig zu finden, denn sie lächelte verhalten.

Fenja riss sich zusammen. »Und damit meint er konkret … Irmi oder Alfons?«

»Der spinnt ja komplett«, platzte es aus Elke heraus.

»Mama!«, ermahnte Fenja ihre Mutter. »Würdest du dich etwas zurückhalten, er ist immerhin der leitende Ermittlungsbeamte in diesem Fall.«

Gesa konnte ihr Grinsen nicht verbergen, fuhr aber fort, ohne auf Elkes Einwurf einzugehen. »Wohl eher ihren Bruder, Alfons Wecker. Geert hat ihn schon nach seinem Alibi gefragt. Er hat keins beziehungsweise nur eins von seiner Schwester Irmi. Die sagt, die beiden seien zur Tatzeit zusammen gewesen und hätten Ottos Beerdigung vorbereitet.«

»Na und, dann ist doch alles klar«, sagte Fenja.

Gesa zuckte mit den Schultern. »Finde ich ja auch, aber Geert meint, sein Alibi ist nichts wert, und da Willi Forst und Alfons Wecker vor etwa zwei Jahren einen handfesten Streit hatten …«

»Was denn für einen Streit?«, wollte Bendine wissen.

»Tja, damit wollte Alfons nicht herausrücken. Jedenfalls haben sie sich geprügelt, und es gab einen Einsatz. Als die Kollegen angerückt sind, haben aber beide stur geschwiegen.«

»Ach, und Alfons Wecker? Was sagt der zu Geerts Anschuldigung?«

Gesa gluckste. »Der hat gesagt, Geert hätte nicht alle Tassen im Schrank, woraufhin Geert ihm mit einer Anzeige wegen Beleidigung gedroht hat.«

Fenja verdrehte die Augen. »Mimose.«

»Genau«, stimmte Gesa zu, »deswegen ja mein Vorschlag, dass du dich mal mit Alfons Wecker unterhältst.«

Aha, dachte Fenja erleichtert, dann war das ja geklärt. »Und du meinst, er sagt mir, was er Geert nicht gesagt hat?«

Gesa nickte nur.

Fenja hatte da wenig Hoffnung, sagte aber nichts. Versuchen konnte sie es immerhin.

»Vielleicht …«, meldete sich Bendine, die still und aufmerksam zugehört hatte, »vielleicht solltet ihr *mich* mit ihm reden lassen.«

Alle wandten sich erstaunt Bendine zu.

»Wieso denn das?«, fragte Fenja.

Bendine steckte ihr Taschentuch in ihre Hosentasche und stand auf.

»Willi und Alfons haben früher zusammen gearbeitet, bis Alfons mit seiner damaligen Frau nach Lüneburg gezogen ist. Mittlerweile sind sie ja getrennt. Alfons und Willi kennen … kannten sich seit der Grundschule und haben sich eigentlich immer gut verstanden. Allerdings hatte Willi mal angedeutet, dass Alfons … ach, vertraut mir einfach.«

Damit ging sie hinaus und ließ die drei anderen Frauen verblüfft zurück.

Als Gesa sich verabschiedete und Fenja sie vor die Tür begleitete, gab sie ihr noch einen Hinweis: »Ich weiß, dass ich das nicht darf, aber ich warne dich trotzdem vor. Geert wird Bendine zum Revier bestellen. Seine andere Theorie lautet nämlich, dass deine Tante etwas mit Willi Forsts Tod zu tun haben könnte. Es gibt ein Testament, wir haben es auf dem Boot gefunden. Darin … setzt der Tote deine Tante als Erbin ein.«

Fenja sah Gesa fassungslos an. »Dinnie? Bist du sicher?«

»Allerdings, das Testament ist wasserdicht und wurde erst vor zwei Wochen aufgesetzt.«

»Tatsächlich.« Fenja schwieg verwundert. »Also hält Geert es für möglich, dass Bendine Willi wegen der Erbschaft abgemurkst hat.« Sie schüttelte den Kopf. »Wenn es nicht dermaßen abwegig wäre, könnte ich mich entschieden beleidigt fühlen. Tue ich aber nicht.«

»Das hoffe ich doch. Glaubst du, dass deine Tante davon weiß?«

»Keine Ahnung, aber eigentlich nicht. Was hat er ihr denn vererbt? Ich nehme an, das Boot. Willi hatte doch sonst nichts.«

»Das würde ich nicht sagen«, erwiderte Gesa schmunzelnd. »Er hat außer seinem Girokonto, auf dem knapp viertausend

Euro liegen, noch ein Festgeldkonto. Und da sind knapp sechzigtausend Euro drauf.«

Fenja schnappte nach Luft. »Hast du gesagt, sechzigtausend?« Gesa hatte sehr leise gesprochen.

»Ja, in etwa.«

»Teufel auch«, sagte Fenja, »daraus könnte man ja tatsächlich ein Motiv konstruieren.«

»Ich gehe mal davon aus, dass Bendine nichts davon wusste. Besser wäre es jedenfalls.«

Gesa sah Fenja kritisch an. Aha, dachte die, da kommt ja doch die Polizistin durch. Das hatte sie von Gesa auch nicht anders erwartet. Sie war zwar loyal, aber dennoch pflichtbewusst.

»Das hätte sie bestimmt erwähnt. Und selbst wenn … glaubst du, dass Bendine für Geld jemanden töten würde? Danke auf jeden Fall, dass du es mir gesagt hast, ich behalte es vorerst für mich. Das macht Bendine glaubwürdiger, wenn Geert sie in die Zange nimmt.« Sie zwinkerte Gesa zu.

»Ich glaube zwar nicht, dass Geert deiner Tante gewachsen ist, aber besser ist es. Ich muss jetzt los, bevor er mich vermisst.«

Die beiden umarmten sich kurz, und Gesa ging davon. Fenja sah ihr ein bisschen besorgt nach.

Fenja klopfte an Bendines Zimmertür. »Kann ich reinkommen? Wir müssen reden.«

»Müssen wir nicht«, kam es dumpf zurück. »Lass mich in Ruhe.«

Fenja drückte die Klinke hinunter und stellte verwundert fest, dass Bendine sich eingeschlossen hatte. Das war völlig untypisch für sie.

»Dinnie, was zum Kuckuck soll das? Du bist kein Teenager mehr, lass mich rein.« Sie drückte zur Bekräftigung ein paarmal die Klinke hinunter. »Ich gehe hier sowieso nicht weg, bevor wir geredet haben. Willst du, dass ich den ganzen Tag hier rumrandaliere?«

Ein Schlüssel wurde herumgedreht und die Tür geöffnet. Ihre Tante stand da, blass, mit ihrer zauseligen Frisur, die jetzt noch zauseliger war, und mit rot geweinten Augen.

»Warum hat man hier bloß nie seine Ruhe?« Sie drehte sich um und warf sich auf ihr Bett.

Fenja setzte sich neben sie auf die Bettkante und streichelte sanft ihr Haar. Offensichtlich hatten sich Willi und Bendine nähergestanden, als es zu Willis Lebzeiten den Anschein gehabt hatte. Fenja stellte mit Bedauern fest, dass sie recht wenig vom Leben ihrer Tante wusste.

»Bendine, du kannst mir alles sagen, bei mir ist es sicher.«

Ihre Tante antwortete nicht.

»Hast du Willi geliebt?«

Jetzt fing sie an zu weinen.

»Ach weißt du«, Bendine setzte sich auf, »nein, geliebt hab ich ihn nicht, aber wir haben uns gemocht, sehr gemocht. Auch wenn es nicht den Anschein hatte, aber wir waren uns durchaus ähnlich, und … damals, einige Zeit nachdem Stella gestorben war, da … starb auch seine Frau. Und die hat er wirklich geliebt. Na ja, wir beiden haben uns in unserem Kummer gegenseitig getröstet und uns Halt gegeben.«

Fenja nickte. Ja, das war verständlich. Geteiltes Leid war eben doch halbes Leid.

»Trotzdem, Bendine, wenn du etwas weißt, zum Beispiel, warum sich Willi mit Anton geprügelt hat, dann musst du das sagen.«

»Warum denn, wenn es nichts mit Ottos Tod zu tun hat?«, entgegnete Bendine bockig.

»Woher willst du das wissen?«

»Ich weiß es.«

Fenja seufzte. »Sag es wenigstens mir. Ich weiß schon, wie ich mit Informationen umzugehen habe.«

Bendines Widerstand schien zu bröckeln. Sie schwieg und dachte nach. Dann schüttelte sie den Kopf.

»Du bist Polizistin und hast deine Pflichten. Außerdem ist es mittlerweile völlig irrelevant.«

»Bendine, du machst mir Angst.« Fenja war ehrlich beunruhigt. Was war es, das sie nicht wissen durfte, weil sie Polizistin war?

Ihre Tante ergriff ihre Hand. »Glaub mir, es besteht kein Grund, sich Sorgen zu machen. Wirklich.« Sie schwieg einen Moment. »Wenn wir nur erst den Mörder von Otto und Willi gefunden haben.«

»Du glaubst also auch, dass wir nur einen Mörder suchen?«

»Natürlich. Willi hat was gesehen, und das war sein Todesurteil.«

Fenja nickte stumm. Ja, daran hatte sie auch schon gedacht.

»Dinnie, warum bist du damals an dem Abend zu Willi gefahren? Was war da los?«

Bendine ließ sich wieder auf ihr Kissen sinken. »Ach, Kind, das hab ich dir doch gesagt. Er hatte mal wieder eine seiner Panikattacken. Die hatte er nach Leonies Tod häufig.«

»Aber es musste doch einen Auslöser geben, oder passierte das völlig grundlos?«

Bendine blickte einen Moment nachdenklich zur Schlafzimmerdecke, an der ein filigraner Glaslüster hing. Sie hatte ein Faible für Romantik.

»Das weiß ich nicht«, antwortete sie. »Er hatte mir nicht gesagt, was los war, hatte sich in seine Koje verkrochen und nach Luft geschnappt, hyperventiliert. Ich hatte das Gefühl, dass er sich einfach mal wieder selbst in einen seiner Anfälle reingesteigert hat.« Bendine schüttelte den Kopf. »Diese Attacken waren eine Folge seiner Depression, hab ich gelesen. Ich hab mich damals ein bisschen schlaugemacht von wegen Traumaverarbeitung und so.« Sie dachte einen Moment nach. »Ob du's glaubst oder nicht, der Hund hat das gespürt, wenn es Willi schlecht ging. Ja, Bingo war sein Anker. Wie oft hab ich ihm gesagt, er solle zu einem Therapeuten gehen, aber er hat sich mit Händen und Füßen geweigert. ›Die reden einem doch nur was ein‹, hat er immer gesagt.« Bendine setzte sich wieder auf. »Dabei hätte er dringend einen gebraucht, manchmal hatte ich Angst, er würde sich was antun … und wie wäre ich dann damit fertiggeworden?

Ich hätte mich immer schuldig gefühlt.« Sie lachte auf. »Und jetzt? Jetzt fühle ich mich auch schuldig.« Sie stand auf und fuhr sich durch die Haare. »Am Tod meiner Tochter fühle ich mich auch schuldig! Was muss eigentlich passieren, damit ich mich mal *nicht* schuldig fühle?«, rief sie wütend.

»Jetzt hör aber auf«, sagte Fenja streng. »Dass Stella einen Herzfehler hatte, dafür kannst du nichts. Sie hat es nicht mal selbst bemerkt, und wenn sie's bemerkt hat, hat sie das schön für sich behalten. Und wenn jemand rumläuft und seine Mitmenschen umbringt, dann kannst weder du noch sonst jemand das verhindern. Es sei denn, du bist unter die Prophetinnen gegangen.« Fenja stand ebenfalls auf und klopfte ihrer Tante, die sich mit Leidensmiene in ihrem Wandspiegel betrachtete, kameradschaftlich auf die Schulter. »Und jetzt gehst du runter in die Küche, trinkst einen Friesengeist, und dann gehst du rüber zu Irmi und quetschst ihren Bruder aus. Vielleicht ist er ja bei dir gesprächiger als bei Geert.«

»Ja, das wird das Beste sein.«

Nachdem Bendine gegangen war, legte sich Fenja aufs Bett und dachte nach. Über ihr hing dieses schreckliche Ding von einer Lampe, das aussah, als hätte ihre Tante es aus einem Bordell geklaut. Er bestand aus sechs geschwungenen Armen mit je einer Kerzenimitation als Leuchtmittel. Von den Armen baumelten an Nylonfäden unterschiedlicher Länge glitzernde Anhängsel aller erdenklichen geometrischen Formen, Rauten, Quadrate, Rechtecke, Zylinder, Kreise. Alles sah aus wie Glas, war aber Plastik, sonst hätte das Gewicht womöglich den Dübel aus der Decke gerissen, und das Monstrum hätte Bendine in ihrem Bett erschlagen.

Fenja musste ihre Gedanken ordnen. Was ging hier vor? Otto Lohmann war erschlagen worden und Willi Forst erstickt. Bei beiden gab es eine Verbindung zu Bendine. Hatte das etwas zu bedeuten, oder war es Zufall? An einen Zufall zu glauben fiel Fenja wie immer schwer. Aber hier handelte es sich um ihre Tante, und sie wollte und konnte nicht glauben, dass Bendine etwas mit irgendwelchen kriminellen Aktionen zu tun hatte.

Der erste Mord war auf ihrer Geburtstagsparty geschehen, und einige ihrer Gäste hätten ein Motiv gehabt, Otto umzubringen. Martin Holzer hatte sich mit Otto gestritten. Worum es ging, wusste Fenja noch nicht, denn Martin Holzer ging ihr seit Sonntag konsequent aus dem Weg, und Elvira hatte sich ebenfalls unwissend gestellt und Fenja auf deren Frage nach dem Grund des Streits nur verblüfft angesehen und gesagt, Otto und Martin hätten sich doch andauernd gestritten, wenn auch nicht schlimm. Das sei doch nichts Besonderes. Nun ja, Martin hatte also ein Motiv und kein Alibi.

Das Gleiche galt für Heini Sammers, immerhin hatte Otto Heini mit dem Finanzamt gedroht. Und wenn sich die beiden im Garten getroffen hatten, war die Sache womöglich eskaliert. Beide hatten getrunken, Otto sogar ganz erheblich, es war gut möglich, dass Otto sich in seinem Zustand besonders aufgeplustert hatte. Aber Fenja hielt Heini nicht für einen Mörder, hauptsächlich deshalb, weil sie nicht glaubte, dass er eine polizeiliche Befragung durchhalten würde, ohne sich zu verraten. Sie tat es zwar ungern, aber sie musste sich eingestehen, dass dazu ein gewisses Maß an Intelligenz gehörte, worüber Heini einfach nicht verfügte.

Dann waren da noch Buchners, Bendines Gäste aus Münster. Bei den beiden fiel ihr nichts ein, was sie verdächtig machte. Ein Motiv hatten sie nicht, jedenfalls wusste sie von keinem, und sie hatte nicht den Eindruck gehabt, dass Buchners Otto kannten. Ein Alibi hatten sie ebenfalls nicht, aber das hatte eigentlich keiner der Gäste.

Lore und Kalle Berglin, Bendines Freunde, kamen für Fenja als Täter nicht in Frage. Es war müßig, darüber nachzudenken. Dann war da noch Edgar. Mit Edgar verhielt es sich wie mit Heini. Zwar hatte Otto Edgar beim Klauen erwischt, aber Fenja hielt ihn ebenfalls nicht für clever genug, um einen Mord zu begehen und sich nicht erwischen zu lassen.

Die anderen Anwesenden, Bendine, ihre Mutter, Marlene,

Barne, Mark und sie selbst, waren ebenfalls unverdächtig. Dann waren da noch die Möllerings. Sie waren zwar nicht auf der Party gewesen, aber sie wohnten nebenan und hätten sich ohne Probleme Zugang zum Garten verschaffen können. Vielleicht waren sich Otto und Gerd Möllering zufällig begegnet, und dieser dämliche Streit um das Holzgewächs war wieder aufgeflammt. Fenja musste auch an das merkwürdige Verhalten von Meret Möllering denken. Da war auf jeden Fall etwas gewesen, das sie verheimlichte. Und ihre Eltern wussten davon. Aber genauso, wie sich Möllerings Zutritt zu Bendines Garten verschaffen konnten, hätten das auch Lüdersens tun können, Bendines Nachbarn zur anderen Seite. Das war quasi für jedermann möglich, der sich nachts auf der Straße herumgetrieben hatte.

Fenja schloss für einen Moment die Augen, und dann fiel ihr ein, dass die Hauptverdächtige in ihren Überlegungen noch gar nicht aufgetaucht war. Irmi, Ottos Ehefrau. Grund genug hätte sie gehabt, und ein Alibi hatte sie auch nicht. Sie hatte die Party lange vor Otto verlassen und war ins Bett gegangen, hatte sie ausgesagt. Zeugen dafür gab es keine. Lohmanns wohnten sozusagen hinter Bendine, und ihre Gärten grenzten aneinander. Irmi hätte ihrem Liebsten wunderbar im Garten auflauern und ihm den Garaus machen können.

Aber irgendwie konnte Fenja sich mit dieser Theorie nicht anfreunden. Es passte einfach nicht. Irmi doch nicht! Doch jetzt kam diese Geschichte mit ihrem Bruder dazu, der sich mit Willi geprügelt hatte. Und Willi war auch tot. Ermordet. Zu allem Übel war Bendine in den Fokus gerückt. Nicht unbedingt, was den Mord an Lohmann betraf, aber aufgrund der Tatsache, dass Willi ihr so viel Geld vererbt hatte. Das konnte ein Ermittler nicht außer Acht lassen. Und Frenzen war Fenja und ihrer Tante gegenüber nicht so loyal wie Gesa oder Tiedemann oder Kriminalrat Haberle, der sich noch gar nicht mit seiner Ersten Hauptkommissarin ausgetauscht hatte. Wahrscheinlich wollte er jeden Verdacht der Parteilichkeit von vornherein abwehren.

Fenja erhob sich. Worüber hatten sich Otto und Martin an dem Abend gestritten? Was war zwischen Willi und Alfons vorgefallen? Was hatte Willi in der Nacht von Ottos Tod in Bendines Garten gesehen? Und was verheimlichte ihr Bendine?

***

Bendine hatte Herzklopfen, als sie an Irmis Tür stand und auf den Klingelknopf drückte. Früher hatte sie an ihr Küchenfenster geklopft, aber die Umstände hatten sich geändert. Bendine fühlte instinktiv, dass die frühere Vertrautheit mit ihrer Nachbarin seit Samstagnacht nicht mehr dieselbe war.

Irmis grimmiges Gesicht bestätigte dieses Gefühl mehr als deutlich, als sie, in einen schmuddeligen Morgenrock gekleidet, die Tür öffnete. Ihr graues Haar bedeckte wie ein verfilzter platter Hut ihren Schädel. Wulstige Tränensäcke, die Bendine vorher nie bei Irmi aufgefallen waren, lagen unter ihren Augen.

»Ach, Bendine, kommst du, um dich zu entschuldigen?«, begrüßte sie ihre Nachbarin mit rauer Stimme.

»Wie bitte?«, fragte Bendine verblüfft.

»Wurde auch langsam Zeit.«

Irmi drehte sich um und schlurfte den Flur entlang zu ihrem Wohnzimmer, wo ihr Bruder Alfons am Couchtisch saß und in einem Berg von Papieren wühlte. Er blickte Bendine ebenso grimmig an wie seine Schwester, sagte aber nichts. Irmi ließ sich neben ihm in einen Sessel fallen, Bendine blieb unschlüssig stehen. Als sie jedoch niemand aufforderte, Platz zu nehmen, setzte sie sich ungebeten auf die Sofalehne.

»Also«, sagte Irmi und zupfte den Morgenmantel vor ihrem Busen zurecht. »Willst du endlich reden?«

»Ich verstehe nicht«, sagte Bendine, »was meinst du?«

Irmi legte ihre Arme auf die Sessellehnen und musterte Bendine feindselig.

»Du kannst mir doch nicht erzählen, dass du nichts weißt. Es war deine Geburtstagsfeier, und deine Nichte ist bei der

Polizei, und du kommst nicht mal vorbei und erzählst mir, was vorgeht.«

»Spinnst du? Als ob ich oder Fenja schlauer wären als du. Wenn die Polizei irgendwas wüsste, wärst du doch die Erste, die das erfährt.«

»Wenn du das sagst«, knurrte Irmi und wies dann mit dem Kinn auf den Wust von Unterlagen. »Da, die Polizei hat alles durchsucht und durcheinandergebracht.« Sie stieß ein hämisches Lachen aus. »Als ob sie Ottos Mörder in seinen Papieren finden würden. Und wir können jetzt sehen, wie wir mit dem Chaos klarkommen. Als ob ich nicht schon genug Scherereien hätte.«

»Tut mir leid«, sagte Bendine. »Sind die denn noch gar nicht weitergekommen? Ich dachte, du wüsstest was.«

»Nein, gar nix wissen wir. Wenigstens ist Alfons da und hilft mir mit dem Papierkram.«

Alfons, der bisher beharrlich geschwiegen hatte, knurrte etwas Unverständliches und nahm seine Lesebrille ab. »Ein totales Durcheinander haben die hier veranstaltet. Das wäre doch bei Otto nicht passiert, der hatte immer alles in Ordnung, oder?«

Er wandte sich mit düsterer Miene an seine Schwester.

»Ganz bestimmt nicht«, murmelte die.

Bendine wusste nicht recht, was sie sagen sollte, und vor allem, wie sie das Gespräch auf Willi und seinen Streit mit Alfons bringen sollte. Doch Irmi ergriff wieder das Wort.

»Und dann auch noch dieses meschuggene Testament.« Sie fing an zu schluchzen.

»Testament?«, fragte Bendine irritiert. »Aber du bist doch seine Witwe und Erbin, oder nicht? Was braucht es denn da ein Testament?«

»Sauerei«, wetterte Alfons. »Mein lieber Schwager hat ein Vermögen angehäuft, und Irmi geht leer aus. Na ja, so gut wie.«

»Ach.«

»Alles, was mir bleibt, ist das Haus«, schniefte Irmi. »Den Rest kriegt seine bekloppte Schwester.«

165

»Du meinst, Gundi?«

Gudrun Lohmann, Ottos jüngere Schwester, war seit ihrer Geburt geistig behindert und lebte in einer speziellen Einrichtung in Oldenburg.

»Genau. Was die in ihrem Leben schon an Geld geschluckt hat, das möchte ich nicht auf einem Haufen sehen.« Irmi schrie fast. »Und jetzt kassiert dieses blöde Heim ab, solange Gundi lebt. Was danach übrig ist, das krieg ich dann. Wenn etwas übrig bleibt und ich noch lebe.« Irmi prügelte mit der Faust auf die Sessellehne ein. »Und was glaubst du wohl, die werden Gundi bestimmt gut pflegen, damit sie steinalt wird und die sich eine goldene Nase verdienen.« Sie schüttelte heftig den Kopf. »Dieser Kerl hat mich mein ganzes Leben lang rumkommandiert, war geizig wie ein Steuerprüfer, geil wie ein Rammler, und jetzt, wo er tot ist, macht er mir auch noch das Leben schwer.«

Bendine hob erstaunt die Brauen. Alfons starrte grimmig aus dem Fenster.

»Na ja, äh, das tut mir leid.« Bendine räusperte sich. »Weswegen ich eigentlich hier bin … Es geht um Willi. Alfons, du warst doch so lange mit ihm befreundet. Und …«

»Vergangenheit.« Alfons winkte ab.

»Also …«, Bendine beschloss, ein wenig die Daumenschrauben anzuziehen, »Willi hat mal was erwähnt, dass ihr beiden immer so gut zusammengearbeitet hättet und … dass euch mehr verbindet als nur Freundschaft … Und ich dachte, vielleicht ist das ja wichtig für die Polizei. Die sucht schließlich nach seinem Mörder. Aber bevor ich denen was Falsches erzähle, spreche ich lieber mit dir.«

Sie sah Alfons treuherzig an. Der guckte noch grimmiger und warf seiner Schwester einen schnellen Seitenblick zu.

»Das … stimmt«, sagte er vorsichtig und reckte das Kinn. »Aber wir haben im Moment wirklich andere Sorgen, als uns um Willis Tod zu kümmern.« Er stand auf. »Komm, ich begleite dich raus.«

Bendine wollte protestieren, aber Alfons gab ihr durch seine

Blicke zu verstehen, dass er allein mit ihr sprechen wollte. Sie stand auf.

»Tja, ich geh dann mal … äh, das tut mir alles sehr leid«, wiederholte sie und legte Irmi die Hand auf die Schulter.

»Ja, das sollte es auch«, fauchte Irmi. »Wenn wir nicht auf deiner Feier gewesen wären, würde Otto noch leben.« Sie fing an zu heulen.

Bendine antwortete nicht. Sie wusste, wie es sich anfühlte, wenn man unbedingt einen Schuldigen brauchte und dann jede noch so verdrehte Logik zu Hilfe nahm, um einen zu finden. Dann folgte sie Alfons, der draußen vor der Tür auf sie wartete.

✳✳✳

Am Nachmittag tauchte Geert Frenzen mit Jannes Tiedemann auf, um Bendine mit aufs Kommissariat zu nehmen. Fenja mochte Jannes. Er sah aus wie ein alter Seebär, hatte lange zottelige Haare, einen veritablen Vollbart und lebte mit seiner Frau, seinem Hund und einem Waschbären namens Schröder in Altharlingersiel. Als er mit Geert Frenzen den kleinen Flur der Pension betrat und Fenja begrüßte, wusste er kaum, wo er hingucken sollte, so peinlich war ihm die Angelegenheit. Ganz anders Frenzen, der sich aufplusterte wie ein Gockel, dabei aber Fenjas Blick auswich.

»Tut mir leid, Fenja«, sagte er, »aber das ist ein dienstlicher Besuch. Ist deine Tante zu Hause?«

»Dachte mir schon, dass ihr mir keinen Freundschaftsbesuch abstatten wollt«, antwortete Fenja süffisant. »Bendine ist in der Küche, kommt rein.«

»Äh«, Frenzen wand sich, »wir wollten sie mitnehmen nach Wittmund ins Kommissariat.«

»Aha, wieso, wenn ich fragen darf?«

»Na, wir sind dort ungestörter.«

Fenja verzog den Mund. »Du fürchtest also meinen schlechten Einfluss. Aber bitte.«

Sie holte ihre Tante, die natürlich auf die Aktion vorbereitet war, aus der Küche.

»Die Herren von der Kripo möchten dich mitnehmen aufs Revier. Aber keine Angst, die beißen nur, wenn ihnen sonst nichts mehr einfällt.« Diesen Hieb, den Frenzen mit einem bösen Blick und Tiedemann mit eingezogenem Kopf kommentierte, konnte sie sich nicht verkneifen.

Bendine spielte die Unwissende. »Ich weiß zwar nicht, was das soll, aber von mir aus.« Sie schlüpfte aus ihren Flipflops und zog ihre eleganten Riemchensandalen an. »Brauch ich meinen Kulturbeutel?«, fragte sie spöttisch.

»Wollen's nicht hoffen«, antwortete Frenzen schnippisch.

»Also nicht«, sagte Bendine und griff nach ihrer Handtasche. »Von mir aus kann's losgehen.«

***

Eine halbe Stunde später, nachdem man ihre Fingerabdrücke genommen hatte, saßen Bendine und Frenzen in Fenjas Büro, auf dessen Nutzung er als derzeitiger Hauptermittler Anspruch erhob. Frenzen sortierte umständlich ein paar Papiere, während Bendine ihn erwartungsvoll ansah.

»Frau Hinrichs«, begann er und räusperte sich, »wo waren Sie am Montagabend zwischen zweiundzwanzig und null Uhr?«

»Zu Hause, vor dem Fernseher oder in der Küche und ab dreiundzwanzig Uhr wahrscheinlich im Bett.«

»Zeugen?«

»Meine Nichte, Fenja ... die Adresse brauch ich Ihnen ja wohl nicht mitzuteilen ... und meine Schwester Elke Ehlers, zurzeit ebenfalls wohnhaft in meiner Pension in Carolinensiel, Nordseestraße ...«

»Ja, ja«, unterbrach Frenzen sie ungeduldig, lehnte sich zurück und fixierte Bendine mit finsterem Blick. »Frau Hinrichs, ungeachtet Ihrer Verwandtschaft mit Hauptkommissarin Ehlers müssen wir bestimmte ... Auffälligkeiten klären. Sie können natürlich einen Anwalt hinzuziehen.«

»Einen Anwalt braucht man, um sich zu verteidigen. Wieso sollte ich mich verteidigen müssen?«

»Ihre Entscheidung. Also …« Frenzen legte die Hände auf sein enges T-Shirt, das seinen Sixpack-Bauch gut zur Geltung brachte, und beschrieb kleine Halbkreise mit dem Drehstuhl.

»Kann Ihre Nichte bezeugen, dass Sie zwischen zweiundzwanzig und null Uhr zu Hause waren?«

»Fragen Sie sie doch.«

»Ihre Nichte hat ausgesagt, dass sie ab etwa zweiundzwanzig Uhr dreißig in ihrem Apartment war, und Ihre Schwester Elke Ehlers war ebenfalls in ihrem Zimmer. Die beiden fallen als Alibi also aus. Aber vielleicht gibt es ja noch einen anderen Zeugen«, sagte Frenzen gönnerhaft.

»Sie wollen wissen, ob jemand bei mir im Bett war? Nein, ausnahmsweise nicht«, antwortete Bendine schalkhaft.

»Sie sind in der Mordnacht gegen null Uhr dreißig in Ihrem Garten gesehen worden.« Frenzen blähte sich auf wie ein Kartenspieler, der gerade sein Kreuzass gezückt hat.

Bendine starrte Frenzen erstaunt an. »Ja, das ist möglich, ich war aufgestanden, weil ich Rückenschmerzen hatte und nicht mehr liegen konnte. Ich hab eine Tablette genommen, bin ein bisschen rumgegangen, bis sie wirkte, und dann wieder ins Bett gegangen.« Sie runzelte die Stirn. »Wer hat mich denn da gesehen?«, murmelte sie in sich hinein.

»Tja, manchmal erreichen Menschen mit ihrem Eifer, anderen ein Alibi zu verschaffen, genau das Gegenteil. Es ist also nicht ausgeschlossen, dass Sie gerade vom Boot des Opfers zurückgekommen waren.«

»Im Schlafanzug?«

»Welche Kleidung Sie getragen haben, hat der Zeuge nicht erkannt. Da können Sie alles Mögliche behaupten, und es muss nicht stimmen.«

Bendine wurde es langsam mulmig. Andererseits war die Situation so neu und aufregend, dass sie sie auch ein Stück weit genoss.

»Wie auch immer, wir haben zwei Morde«, fuhr Frenzen

fort. »Sie waren mit beiden Opfern gut bekannt, haben für den ersten Mord kein Alibi und für den zweiten ebenfalls nicht. Der Tatort des zweiten Mordes ist von Ihrer Pension aus zu Fuß in höchstens fünfzehn Minuten zu erreichen, mit dem Fahrrad noch schneller. Sie hätten also mindestens dreißig Minuten Zeit gehabt, den völlig betrunkenen Forst umzubringen. Nicht mal der Hund wäre ein Hindernis gewesen, denn der kennt Sie ja, nicht wahr? Und dann sind Sie kurz nach der Tat in Ihrem Garten gesehen worden. Außerdem haben wir bereits festgestellt, dass Ihre Fingerabdrücke überall auf dem Boot zu finden sind.«

»Das hätte ich Ihnen auch sagen können, Sie hätten bloß zu fragen brauchen«, giftete Bendine. Zwar hatte Fenja ihr eingebläut, nur auf die Fragen zu antworten, wahrheitsgemäß und so knapp wie möglich, aber Bendine konnte ihren Zorn nicht mehr zurückhalten. »Ich war öfter auf seinem Boot«, schimpfte sie und fuhrwerkte mit ihrer Hand durch die Luft. »Schließlich waren wir befreundet. Und jetzt erzählen Sie mir mal, wieso ich meinen Freund umbringen sollte. Ich hab ja nicht den Hauch eines Motivs! Ich mochte ihn, sehr sogar. Es macht mich traurig, dass er tot ist, er hat es schwer genug gehabt!«

Frenzen reagierte bemerkenswert gelassen auf diesen Ausbruch, fand Bendine. Fenja hatte sie extra ermahnt, ruhig zu bleiben und Frenzen nicht zu reizen. Der sei eitel und empfindlich. Er schien aber im Moment ganz und gar Herr der Situation zu sein.

»Sie wussten also nichts davon, dass er Sie in seinem Testament bedacht hat?«

Bendine riss verblüfft die Augen auf. »Wer? Willi? Mich?« Sie überlegte einen Moment. »Na ja, er hatte wirklich niemanden mehr, aber was kann er mir schon vererbt haben außer seinem Boot, und daran liegt mir nun wahrhaftig nichts.« Sie dachte an ihren verstorbenen Mann Friedhelm, der völlig in seinen alten Kahn, die »Ludmilla«, vernarrt gewesen war. Mehr als in seine Frau, aber dafür war Bendine eher dankbar gewesen. So hatte sie sich wenigstens in Ruhe um ihre Pension kümmern können, ohne dass ihr tollpatschiger Gatte dazwischenfunkte.

Frenzen musterte Bendine misstrauisch.

»Ist sonst noch was?«, fragte Bendine.

Frenzen faltete die Hände und legte die Unterarme auf den Tisch.

»Willi Forst hat Ihnen annähernd fünfundsechzigtausend Euro hinterlassen.«

Bendine quollen die Augen über. »Was?«, krächzte sie.

»Ich denke, Sie haben mich verstanden.«

»Nein, hab ich nicht«, widersprach Bendine und schluckte. »Das muss ein Irrtum sein. Willi hatte kein Geld, jedenfalls nicht viel. Das hat er immer gesagt.«

»Tja, das war gelogen«, sagte Frenzen und lehnte sich wieder zurück.

Das verschlug Bendine dann doch die Sprache.

»Sie wollen also behaupten, dass Sie nichts von dem Testament wussten?«

»Allerdings.«

»Tja, das kann stimmen oder auch nicht. Sie sehen also«, sagte Frenzen von oben herab, »wir haben durchaus gute Gründe, Sie zu verdächtigen.«

Bendine hob in einer hilflosen Geste die Hände. »Sie glauben also tatsächlich, dass ich Willi umgebracht habe. Wegen einer Erbschaft, von der ich nicht mal was wusste, und weil ich auf seinem Boot gewesen und nachts aufgestanden bin wegen meiner Rückenschmerzen?« Sie fing plötzlich an zu kichern, steigerte sich in einen Lachanfall hinein und konnte sich gar nicht mehr beruhigen. Frenzen guckte pikiert. Verdächtige, die er befragte, hatten devot und ängstlich zu sein und nicht albern. Bendine schlug mit der Hand auf die Lehne ihres Stuhles. »Verzeihung«, japste sie, »aber das ist so bescheuert …«

Sie sprach nicht weiter und wischte sich die Lachtränen aus den Augen.

»Sie werden noch herausfinden, dass es nicht lustig ist, die Hauptverdächtige in einem Mordfall zu sein«, drohte Frenzen.

Bendine winkte ab. Sie wurde langsam wieder ernst. »Ach, hören Sie doch auf! Am Ende glauben Sie auch noch, dass ich Otto umgebracht habe, was?« Sie beugte sich zu Frenzen hinüber. »Und? Was hätte ich denn da für ein Motiv gehabt?« Sie hielt einen Moment inne. »Vielleicht hat der mir ja auch was vererbt. Ich sollte mal mit Irmi sprechen. Aber nein, dann müsste ja eigentlich Irmi Otto erschlagen haben. Die Ehepartner sind doch sowieso immer die Hauptverdächtigen in einem Mordfall, oder?«

Sie prustete wieder los.

Frenzen schlug mit der Faust auf den Tisch. Wenige Sekunden später klopfte es, und Gesas Kopf erschien im Türspalt.

»Ist alles in Ordnung?«, fragte sie, ihre Mundwinkel zuckten.

Frenzen stand auf. »Ich könnte Sie hierbehalten«, polterte er weiter. »Sie hatten Gelegenheit, Mittel und Motiv, Willi Forst zu töten ...«

»Geert ...!« Gesas Stimme klang beschwörend.

Bendine war das Lachen vergangen, was Frenzen mit Genugtuung registrierte. Er setzte sich wieder und wedelte Gesa hinaus. Sie schloss nach einigem Zögern die Tür von außen.

»Kommen wir zum Tod von Otto Lohmann. Was wissen Sie über die Beziehung zwischen Alfons Wecker und Willi Forst?«

Bendine verschloss sich schlagartig. Sie hatte mit Alfons gesprochen und wusste genau, was los gewesen war zwischen den beiden, hatte aber nicht die geringste Absicht, Geert Frenzen darüber aufzuklären.

»Woher soll ich denn das wissen? Ich war nicht Willis Beichtvater oder -mutter.«

Frenzen faltete ergeben die Hände. »Frau Hinrichs«, er sprach mit Bendine, wie er wahrscheinlich auch mit seiner störrischen kleinen Tochter sprach, »es wäre wirklich besser für Sie, wenn Sie kooperieren würden. Selbst wenn Sie nichts mit den Morden zu tun haben, aber etwas wissen und es verschweigen, dann behindern Sie die Ermittlungen und machen sich strafbar. Ihre Nichte kann Sie dann auch nicht retten.«

Bendine musterte Frenzen mit leiser Verachtung. »Sie glauben doch nicht etwa, dass ich mich hinter Fenja verstecken und ihre Karriere aufs Spiel setzen würde? Machen Sie sich nicht lächerlich.«

Frenzen schürzte unwillig die Lippen. »Sie weigern sich also, uns zu helfen?«

»Blödsinn.« Bendine stand auf. »Ich habe weder Otto Lohmann noch Willi Forst umgebracht. Ich weigere mich auch nicht, Ihnen zu helfen, sondern ich kann es nicht. Ich habe alles gesagt, was ich weiß.« Der letzte Satz ging Bendine etwas schwerer über die Lippen, aber sie sagte ihn mit voller Überzeugung. Ordentlich, wie sie war, schob sie den Stuhl, auf dem sie gesessen hatte, an den Schreibtisch. »Wenn ich das richtig sehe, haben Sie keinen Beweis und somit keine Berechtigung, mich hier festzuhalten. Ich gehe jetzt.«

Und das tat sie dann.

✳✳✳

Fenja hatte dem Wagen, der Bendine nach Wittmund bringen sollte, mit gemischten Gefühlen nachgesehen. Hoffentlich ging das gut. Bendine wusste sich zwar zu helfen, aber sie war im Moment stark angegriffen, und die Umstände waren ungünstig für sie. Sie war bei Alfons und Irmi gewesen, kurz bevor Frenzen aufgetaucht war, sodass Fenja keine Zeit gehabt hatte, sie auszufragen. Wenn sie nicht alles täuschte, war Bendine aber auch nicht in der Stimmung gewesen, ihr etwas zu erzählen. Das musste also warten.

Jetzt stand sie auf der Straße und wartete auf Nele, die gleich von ihrem Ausflug mit der Dorfjugend zurückkehren würde. Sie hatte kaum zwei Minuten gewartet, als sie Meret Möllering mit Nele an der Hand von der Cliner Quelle heraufkommen sah. Die beiden schienen sich blendend zu unterhalten, bis

Nele Fenja entdeckte, sich losriss und auf sie zulief. Meret blieb zunächst wie angewurzelt stehen, ging dann aber entschlossen auf Fenja zu. Nele sprang in Fenjas Arme und schlang ihre Arme um ihren Hals. Fenja gab ihr einen Kuss.

»Deine Nase pellt sich, du hast wohl zu viel Sonne abgekriegt«, sagte sie liebevoll. »Geh mal gleich rein. Tante Elke ist da und hat etwas für dich.«

»Au ja.«

In Windeseile verschwand Nele in der Haustür, während Meret sich beeilte, ohne Verzug an Fenja vorbeizukommen, aber Fenja hatte absichtlich hier gestanden und gehofft, die Nachbarstochter allein zu erwischen.

»Meret, kann ich dich einen Moment sprechen? Es ist wirklich wichtig«, sagte Fenja und versuchte es mit der Tränendrüse. »Sie haben Bendine mitgenommen.«

Meret blieb erschrocken stehen. »Wie, echt jetzt? Glauben die, dass Bendine …?«

Fenja zuckte mit den Schultern. »Ich weiß auch nicht, offensichtlich tappen sie völlig im Dunkeln und verschärfen die Befragungen.« Sie redete Unsinn, aber dass es Verdachtsmomente gegen Bendine gab, wollte sie nun auch nicht jedem auf die Nase binden. Sie legte Meret ihre Hand auf den Rücken. »Wollen wir ein bisschen spazieren gehen?«

Meret biss sich auf die Lippen, gab sich aber einen Ruck.

»Okay, aber nur kurz, hab noch eine Verabredung.«

»Na klar.«

Sie gingen über den Parkplatz Richtung Deich, auf dem eine kleine Schafherde weidete.

»Sag mal, Meret«, begann Fenja vorsichtig. »Du bist doch Samstagnacht ungefähr um Mitternacht nach Haus gekommen, stimmt's?«

Das war ein Schuss ins Blaue, aber er traf.

»Woher weißt du das?«, fragte Meret erschrocken. »Ich hab mit Ottos Tod nichts zu tun!«

»Das weiß ich doch«, beschwichtigte Fenja das junge Mädchen. »Vielleicht hast du aber was gesehen, was dir anfangs gar nicht wichtig erschien und dir vielleicht erst später wieder eingefallen ist.« Fenja versuchte, ihr eine Brücke zu bauen.

Am Deich blökten die Schafe, Meret zierte sich, schien dann aber einen Entschluss zu fassen.

»Also, ich hab keine Ahnung, was mit Otto passiert ist, aber …«

»Ja?«

»Otto war eine echte Arschgeige«, platzte sie plötzlich heraus.

»Das kannst du laut sagen«, stimmte Fenja ihr zu. »Ich nehme an, du hast ihn gesehen, in der Nacht?«

»So kann man's auch ausdrücken«, sagte Meret schnippisch. »Ich würde eher sagen, er hat mich gesehen, und …« Sie schwieg.

»Er hat dich angebaggert«, vollendete Fenja.

Meret sah überrascht auf. »Woher weißt du das schon wieder?«

Fenja lachte leise. »Das bringt mein Beruf so mit sich, und außerdem … ich kannte doch Otto.«

Meret blieb verwundert stehen. »Sag bloß, er hat dich auch angebaggert?«

»Natürlich«, sagte Fenja.

»Oh Mann.« Meret schlug sich mit der Hand vor die Stirn. »Und das in deinem Alter. So ein geiles Arschloch!« Sie schwieg erschrocken. »Verzeihung …«

Fenja schüttelte grinsend den Kopf. »Schon gut, als ich ein Teenager war, kamen mir Leute über fünfundzwanzig auch wie Tattergreise vor. Und jetzt erzähl mir mal genau, was sich zugetragen hat Samstagnacht.«

Meret war jetzt vollkommen aufgetaut, sie sprach zu Fenja wie zu einer Freundin.

»Also, ich komm von der Cliner Quelle und geh die Straße runter, da steht der Typ am Gartenzaun und grapscht mir an die Brust! Echt, ey, ich hab mich total erschreckt, und der hat bloß blöd gelacht. Ich wollte ihm eine knallen, aber er meinte, dann würde er mich anzeigen und meinen Vater auch, weil der …«

Sie schien sich plötzlich daran zu erinnern, dass sie mit einer Polizistin sprach.

»Er hat dich also auch noch erpresst?«

»Genau.« Meret seufzte erleichtert.

»Du weißt natürlich, dass er gegen dich rein gar nichts in der Hand hatte. Wenn dich das nächste Mal jemand unerlaubt angrapscht, dann zeig ihn an, egal, womit er dir droht, okay?«

Meret nickte.

»Was war es denn, weshalb er deinen Vater anzeigen wollte? Nur wegen dieses blöden Wacholders?«

Meret zog den Kopf ein.

»Na, jetzt kannst du's doch sagen. Otto ist tot.«

Meret sah Fenja von der Seite an. »Aber …«

»Wir unterhalten uns ganz inoffiziell.«

Meret dachte eine Weile nach und fasste sich ein Herz.

»So genau weiß ich es nicht mal«, sagte sie dann zögerlich, »aber ich glaube, Otto hat behauptet, mein Vater hätte sein Navigationsgerät aus Ottos Auto genommen. Stell dir das vor! Bloß weil Papa das gleiche hat wie er. So 'n TomTom oder wie das Ding heißt. Dabei hat das echt jeder. Papa klaut doch nicht!«, fügte sie leidenschaftlich hinzu. »Konnte außerdem jeder aus dem Auto nehmen, schließlich hatte Otto das Auto nicht abgeschlossen. Selber schuld.« Sie kicherte. »Deswegen war er wohl auch so sauer, dann zahlt die Versicherung nicht.«

»Aha, Diebstahl also«, murmelte Fenja gedankenverloren. »Na, das ist ja jetzt sowieso egal. Selbst wenn es so wäre, was ich nicht glaube«, beteuerte sie. »Ein Toter kann niemanden mehr anzeigen.«

»Genau.«

»Wie auch immer. Hast du deinem Vater denn von der Anmache erzählt?«

Jetzt war das Mädchen wieder auf der Hut.

»Nein«, sagte sie bestimmt. »Die waren schon im Bett, als ich heimkam.«

»Dein Großvater auch?«

»Natürlich!« Meret starrte Fenja ungläubig an.

»Weißt du das genau?«, hakte Fenja nach.

»Ja«, sagte Meret bestimmt, »das weiß ich genau. Außerdem … Opa tut keinem was. Das mit Oma war ein Unfall, das wissen alle!«

»Stimmt.« Fenja nickte schweigend und kam zu dem Schluss, dass entschieden zu viele Krimis im Fernsehen liefen. Die Leute wussten immer genau, was sie wann zu sagen hatten. Vor allem, wenn es um Alibis ging. Sie beschloss, das Thema vorerst auf sich beruhen zu lassen. »Okay, und sonst ist dir nichts weiter aufgefallen in der Nacht? Du hast nicht noch jemanden im Garten oder in der Nähe gesehen oder etwas gehört?«

»Nein, echt, ich hab aber auch nicht mehr drauf geachtet. Ich war viel zu sauer und bin sofort nach Hause.«

»Und was war mit Otto?«

»Keine Ahnung, als ich ging, stand er noch am Zaun und war finster drauf.«

»Aha.« Fenja beobachtete nachdenklich die Schafe, die ununterbrochen grasten. Ob die auch mal satt waren und irgendwas anderes machten als fressen und schlafen? Vielleicht waren sie deshalb nur dumme Schafe. Sie hatten einfach keine Zeit zum Nachdenken.

»War sonst noch was?«, unterbrach Meret ihre philosophischen Gedanken.

»Nein«, antwortete Fenja, »wir sollten heimgehen.«

Fenja schlug den Weg zur Pension ein. Meret folgte ihr plaudernd.

»Also, das mit diesen Morden ist echt ein Hammer. Kennt man ja sonst bloß aus dem Fernsehen. Und jetzt haben wir's hier direkt vor der Haustür. Schon unheimlich, aber auch irgendwie … geil.«

Fenja antwortete nicht. Den Rest des Weges gingen sie schweigend.

Als Fenja die Pension betrat, wusste sie nicht, was sie mit dem neuen Wissen anfangen sollte. Sie war überzeugt davon, dass Meret ihren Eltern natürlich von Ottos Anmache berichtet hatte, und es war gut möglich, dass Gerd wutentbrannt zu Bendines Garten gelaufen war, um Otto zur Rede zu stellen. Plötzlich gehörte Gerd Möllering zum engen Kreis der Verdächtigen.

Fenja war nicht glücklich über diese Erkenntnis. Sie fühlte sich wie eine miese Verräterin. Und dann diese Diebstähle. Irgendjemand ging in Carolinensiel um und klaute wie eine Elster. Wenn diese Mordfälle geklärt waren, würde sie sich darum kümmern. Schon allein deshalb, weil sie wissen wollte, ob Edgar etwas damit zu tun hatte.

Vor der Pension entstieg Bendine soeben Gesas Wagen. Gesa winkte nur und fuhr davon. Etwas war geschehen, dachte Fenja, aber das würde Bendine ihr erklären. Sie folgte ihrer Tante ins Haus. Bendine warf ihre Handtasche und die Schlüssel auf den Stuhl neben der Garderobe, was Fenja beunruhigte. Bendine achtete sonst penibel darauf, dass alles ordentlich aufgehängt wurde.

Ohne Fenja anzusehen, ging sie in die Küche, öffnete die Schranktür, nahm die Flasche Friesengeist und ein Glas heraus, goss sich ein, trank, goss sich erneut ein und kippte auch dieses Glas in einem Zug hinunter. Fenja schüttelte sich.

»Was war los?«, fragte sie zaghaft.

Bendine sah Fenja an, als bemerke sie ihre Anwesenheit erst jetzt. Sie goss sich noch einen Friesengeist ein und trank. Dieses Mal etwas langsamer.

»Dieser Frenzen ist ein Riesenarsch!« Bendine schraubte die Flasche zu, stellte sie in den Schrank zurück und das Glas in die Spüle.

In diesem Moment kam Elke herein.

»Wie war's?«, fragte sie in einem Ton, als sei Bendine von einem Date zurückgekehrt.

»Beschissen!«, sagte Bendine und setzte Wasser auf. »Fenjas Kollege denkt, ich habe Willi umgebracht.«

Sie drehte den Wasserhahn zu, stellte den Kessel ab und brach in Tränen aus. Fenja und Elke waren sofort an ihrer Seite.

»Und dann hat Willi mir auch noch einen Haufen Geld vererbt«, schluchzte Bendine. »Könnt ihr euch das vorstellen?«

»Wirklich?«

Elke sah Fenja an. Die nickte schweigend.

»Das hast du gewusst und mir nichts gesagt?« Bendine starrte ihre Nichte vorwurfsvoll an.

»Ja, ich hab's gewusst, und nein, ich hab's dir natürlich nicht gesagt«, antwortete Fenja ein bisschen schuldbewusst. »Stell dir vor, du hättest es gewusst …«

Sie führte den Satz nicht zu Ende, aber das war auch nicht nötig. Bendine verstand.

Sie saß auf der Küchenbank und schüttelte fassungslos den Kopf. »Was passiert nur mit uns?«, flüsterte sie.

Darauf wusste niemand etwas zu sagen.

»Erzähl«, forderte Fenja ihre Tante auf.

Und Bendine erzählte. »Ist das nicht eine Unverschämtheit?«, fragte sie Fenja, als sie geendet hatte.

Fenja wusste nicht, was sie sagen sollte. Als unvoreingenommene Ermittlerin konnte sie Frenzens Schlussfolgerungen natürlich nachvollziehen. Aber sie war nicht unvoreingenommen. Und sie war ein Mensch, der sich gern auf sein Bauchgefühl verließ. Und das konnte man von Frenzen nun wirklich nicht behaupten. Als Ermittler konnte er zwar nicht anders handeln, aber als Mensch versagte er völlig. Jeder musste doch sehen, dass Bendine keine Mörderin war!

Es klopfte, und Bradford betrat die Küche. Er machte ein ernstes Gesicht. Fenja wusste, dass er sich um seine Nachbarin sorgte, die verschwunden war.

»Gibt es Neuigkeiten?«, fragte er.

»Ja«, sagte Fenja, »Bendine wird verdächtigt, Willi getötet zu haben.«

Er lächelte, wofür ihm Fenja dankbar war. Er hielt das also für ebenso abwegig wie sie.

»Habt ihr eure Vermisste gefunden?«, fragte Fenja.

»Nein, ich habe mit Constable Sutton telefoniert, und … es hörte sich nicht gut an, was sie zu sagen hatte.«

Fenja nickte. »Oh, das tut mir leid.« Alle sahen sich einen Moment schweigend an. »Setz dich doch«, sagte Fenja dann. »Wir trinken Tee, und ich werde dir berichten. Vielleicht hast du ja eine Idee.«

»Tee ist gut«, sagte Bradford. »Und vielleicht ein … wie heißt dieses Getränk mit dem Geweih auf der Flasche?«

»Jägermeister!«, antwortete Fenja lachend. »Den haben wir nicht, aber wir haben Friesengeist. Der ist genauso gut. Mindestens.«

Sie ließen die Flasche kreisen, und Fenja berichtete ihm, was im Kommissariat vor sich gegangen war und was Meret ihr erzählt hatte. Er hörte aufmerksam zu, während Bendine abwesend am Tisch saß und Elke ihn unverhohlen anhimmelte, was Fenja peinlich fand. Immerhin war sie ihre Mutter und fast siebzig Jahre alt. Siehe da, sie war also unversehens in Merets Rolle geschlüpft, stellte sie schmunzelnd fest.

Es hätte eine nette Party werden können, wären da nicht die Todesfälle und Verdächtigungen, die über Bendines Küche schwebten wie ein schweres Unwetter. Und wäre da nicht Edgar, der neugierig den Kopf zur Tür hereinsteckte und mit der ihm eigenen Treffsicherheit für Fettnäpfchen gleich mit Feuereifer in das nächststehende hineinhüpfte.

»Oh, gibt's was zu feiern?«

Bendine knallte ihr Glas auf den Tisch und verließ die Küche. Fenja und Elke rollten genervt mit den Augen, während Bradford sich fragte, was dieser Schleimer da bloß wieder von sich gegeben hatte.

Edgar schien nichts von alldem zu bemerken, nahm Bendines Glas und hielt es Fenja hin.

»Krieg ich auch einen? Ich hatte echt einen schlechten Tag.«

Das wollte Fenja jetzt aber genauer wissen. »Wieso einen schlechten Tag? Ist dein Computer kaputt?«

»Nein, das nicht.«

Edgar ließ sich mit schmerzverzerrtem Gesicht auf die Küchenbank fallen.

»Hast du dich geprügelt?« Fenja grinste.

»Nein, auch das nicht.« Edgar stützte sich schwerfällig auf dem Tisch ab. »Ich hab mich von einer … Bekannten zu einer Wattwanderung überreden lassen, nach Spiekeroog.«

»Tatsächlich«, staunte Fenja. »Nach Spiekeroog.« Sie wiegte den Kopf. »Das sind um die neun Kilometer. Alle Achtung, hätte ich dir gar nicht zugetraut.«

»Die neun Kilometer waren das kleinste Übel«, sagte Edgar mit grimmiger Miene. »Wäre da nicht der Schlick und dann diese ekelhaften Priele! Im Schlick bleiben die Schuhe hängen, und in den Prielen kriegt man 'nen nassen Arsch. Verdammt kalt! Ich musste auf Zehenspitzen …«, Edgar hob achtunggebietend den Zeigefinger, »auf Zehenspitzen«, wiederholte er, »durch den Schlick waten, sonst hätte ich meine Schuhe vergessen können!«

»Hattest du keine Wattschuhe?«

»Nein!«

»Wieso nicht?«

»Hat mir keiner gesagt, dass man bei 'ner Wattwanderung die Schuhe verliert.«

»Doch nur, wenn sie nicht richtig fest sitzen.«

»Ja, das weiß ich jetzt, wo ich an jedem Fuß drei Blasen hab, auch!«, murrte Edgar. »Und die Nieren hab ich mir bestimmt auch verkühlt«, fügte er hinzu.

Fenja verkniff sich ein Grinsen und goss Edgar einen Friesengeist ein, den er sofort kippte und sich dann schüttelte. »Ich weiß nicht, was die Leute an so was finden. Kaputte Füße, nasser Arsch, und wenn's dann noch regnet, hat man richtig Pech!«

Fenja verzichtete darauf, Edgar darauf hinzuweisen, dass zu solchen Unternehmungen eine vernünftige Ausrüstung gehörte, und stimmte ihm zu, dass das Watt ihm übel mitgespielt hatte.

»Krieg ich noch einen?« Edgar hob sein Glas.

Fenja stellte ihm die Flasche hin.

»Bedien dich, ich hab noch was vor.« Sie stand auf. »See you later«, sagte sie zu Bradford, der die Unterhaltung der beiden schweigend verfolgt hatte.

Sie hatte ein bisschen ein schlechtes Gewissen, dass sie ihn jetzt dem geschwätzigen Edgar und ihrer Mutter überließ, die bedauerlicherweise nicht gut Englisch sprach. Aber Bradford würde bestimmt noch in den Genuss einer englischsprachigen Schilderung von Edgars abenteuerlicher Wattwanderung kommen. Edgar nahm schon Anlauf, füllte zuerst sein eigenes Glas, dann das von Bradford, obwohl der protestierte, und richtete sich offensichtlich auf ein kleines Besäufnis ein.

Auch gut, dachte Fenja, als sie die Tür etwas zu heftig hinter sich schloss und sich fragte, was sie anstellen musste, um Edgar loszuwerden. Aber das musste warten. Zuallererst musste sie Bendine zum Sprechen bringen.

Was war zwischen Alfons Wecker und Willi Forst vorgefallen? Und was war es, das Bendine mit Willi verband und das sie so stur vor ihr verheimlichte?

SIEBEN

Eastbourne – Donnerstag

Buckley saß mit mürrischem Gesichtsausdruck an seinem Schreibtisch und beobachtete Sutton und Riley, die vor Suttons Computerbildschirm standen und tuschelten.

»Was ihr da macht, ist doch vergeudete Zeit«, mäkelte er. »Vielleicht solltet ihr euch mal ein bisschen weniger um diese verschwundene Frau kümmern und lieber mir bei meinem Raubüberfall helfen. Sind noch etliche Zeugen zu befragen. Die Alte ist doch sowieso tot. Wahrscheinlich durch Unfall und irgendwer hat ihre Kreditkarte gefunden.«

»Davon hat der Chief Constable nichts gesagt, im Gegenteil, er meinte, wir sollen jeder Spur nachgehen«, entgegnete Sutton schnippisch und erwischte Buckley damit auf dem falschen Fuß. Der sah Suttons Intimitäten mit dem Boss nämlich gar nicht gern.

»Ja, macht euch nur lächerlich«, murrte Buckley, stand auf und warf sich seine Lederjacke um die Schultern. »Ich werde mich dann mal um die wichtigen Dinge kümmern.«

Damit verschwand er, und Sutton atmete auf.

»Der wird mir bestimmt irgendwann die Rechnung präsentieren«, seufzte sie. »Wenn er mich nervt, lass ich mich versetzen.« Obwohl das das Letzte war, was sie wollte.

»Quatsch«, widersprach Riley. »Ich fänd's zum Kotzen, wenn du gehst.«

Er sah sie liebevoll an, was Sutton unangenehm war. »Also zur Sache. Was hast du gefunden?«

»Pass auf«, sagte Riley, »ich hab mich mal ein bisschen genauer mit diesem Flint beschäftigt. Die Anzeige wegen Betrugs hatten wir ja schon gefunden, aber – und das finde ich besonders interessant – er hat bei derselben Spedition gearbeitet wie Roger Timball und Jill Hammond. Gegen die beiden liegt nichts vor. Timball hat seinen Job gekündigt, und Hammond wurde entlassen. Anscheinend hatte man keine Verwendung für sie.«

»Ja, das passt. Sie hat auf mich nicht den Eindruck einer besonders fleißigen Biene gemacht.«

»Ja, aber es gibt noch was.« Riley lächelte wissend. »Ich hab noch einen Namen auf der Liste der Ex-Angestellten dieser Spedition entdeckt. Und zwar Kevin Appleton.«

»Oh«, sagte Sutton erstaunt, »das ist in der Tat interessant. Hat er was mit unserer Phoebe Appleton zu tun?«

»Allerdings, er ist ihr Sohn.«

Jetzt lächelte auch Sutton. »Tatsächlich? Und wo wohnt Kevin?«

»Tja, das ist die Sahne auf der Erdbeertorte: Er wohnt in Portsmouth. Hat dort eine kleine Wohnung im Hafenviertel und ist immer noch arbeitslos.«

»Das wird ja immer besser.« Sutton überlegte eine Weile. »Ich finde, wir beide sollten nach Portsmouth fahren, was hältst du davon?«

»Gute Idee«, stimmte Riley freudig zu.

Sutton informierte Constable Tristan Bush, den vierten Beamten im Raum, über ihr Vorhaben, und dann machten sich die beiden auf den Weg.

Sie brauchten fast zweieinhalb Stunden für die gut siebzig Meilen. Bei Brighton war einfach kein Durchkommen gewesen. In Portsmouth angekommen, bogen sie in die Tipner Road ein und stellten den Wagen am Straßenrand ab. Appleton bewohnte das Erdgeschoss in einem der weißen Reihenhäuser, die die Tipner Road säumten. Sie klingelten, doch niemand öffnete.

»Scheint niemand da zu sein«, sagte Riley, »sollen wir warten?«

Sutton sah sich um. »Nein, ich denke, wir reden mal mit dem Boss dieser Spedition, wie hieß sie noch?«

»Move.«

»Oh Mann, wie einfallsreich«, lästerte Sutton.

Sie machten sich wieder auf den Weg. Die Spedition hatte ihren Firmensitz in der etwa drei Meilen entfernten Portfield Road. Ein Namensschild wies die junge Frau an der Rezeption als Ms Scydwyck aus, Riley musste genau hinsehen, um die Anhäufung von Konsonanten in eine annehmbare phonetische Reihenfolge zu bringen. Er scheiterte trotzdem und kam nicht über »Ms S…« hinaus.

»Schidwick«, half ihm Ms Scydwyck mit bösem Blick auf die Sprünge.

Ms Scydwyck wusste zunächst nicht, ob Mr Fullerton zu sprechen war, und ließ Riley und Sutton warten. Die beiden setzten sich in zwei schwarze Freischwinger-Sessel, die der Rezeption gegenüber in einer Ecke unter einem riesigen Gummibaum standen.

»Ziemlich schicker Laden, was?«, sagte Riley.

»Ich weiß nicht«, entgegnete Sutton, »sieht für mich eher nach Möchtegern-Schick aus.«

Es dauerte etwas mehr als fünf Minuten, ein Minimum an Wartezeit, wenn man Beschäftigung vortäuschen wollte, bis Ms Scydwyck sie zu Mr Fullerton führte, der in einem wahrlich herrschaftlichen Büro residierte. Als die beiden Polizisten eintraten, sprang er auf und knöpfte sein blaues Jackett über seinem ausladenden Bauch zu.

»Soso, Besuch von der Polizei. Das sieht man ja nicht so gerne, ich meine, wenn man was zu verbergen hat, haha«, palaverte er drauflos und bat Riley und Sutton, Platz zu nehmen.

»Bitte sehr, darf ich Ihnen etwas anbieten? Tee? Kaffee? Wasser?«

Sutton hatte das Gefühl, der Mann verwechselte sie beide mit zahlungskräftigen Kunden. Sie verneinten, woraufhin Mr Fullerton ein enttäuschtes Gesicht machte. Er hätte wohl zu gern demonstriert, was für eine gute Gastgeberin Ms Scydwyck war. Er lehnte sich in seinem überdimensionalen Sessel zurück und öffnete sein Jackett wieder, was Sutton als Erleichterung empfand. Sie hatte sich dabei ertappt, beim Anblick von Mr Fullertons eingezwängtem Bauchumfang die Luft anzuhalten.

»Also«, begann sie, »es geht um vier ehemalige Mitarbeiter Ihrer Firma. Wir hätten gern gewusst, warum sie entlassen wurden. Es handelt sich um Thomas Flint, Roger Timball, Jill Hammond und Kevin Appleton.«

Fullertons Blick sprang von Riley zu Sutton wie der eines Soldaten, der zwei Angreifer im Auge behalten muss. »Darf ich fragen, worum es geht?«

Sutton lächelte. Ein einfaches »Nein« würde genügen, dachte sie, aber sie wollte sich Mr Fullertons Kooperationsbereitschaft erhalten.

»Wir ermitteln im Zusammenhang mit einem Diebstahl«, antwortete sie.

Das war nicht komplett gelogen und ein relativ harmloses Vergehen. Es würde Mr Fullerton beruhigen und ihn gesprächig machen. Wenn es um schlimme Vergehen wie zum Beispiel Mord ging, waren Zeugen erfahrungsgemäß sofort auf der Hut. Niemand wollte damit auch nur das Geringste zu tun haben. Sutton behielt recht. Fullerton taute sofort auf.

»Das hätte ich mir denken können. Zumindest, was diesen Flint angeht. Er hat die Firma beklaut. Hat ganz raffiniert immer zwei verschiedene Rechnungen ausgestellt. Waren immer nur relativ kleine Beträge, aber hat sich auf knapp zwanzigtausend Pfund summiert, bis wir ihm endlich draufgekommen sind. Wir haben ihn natürlich angezeigt, hat eine Bewährungsstrafe bekommen. Die Gerichte sind ja heutzutage viel zu verständnisvoll, wenn Sie mich fragen.«

»Da ist was dran«, murmelte Riley, »und was ist mit den anderen? Roger Timball hat selbst gekündigt, wenn wir richtig informiert sind.«

Fullerton grinste breit. »Er hatte einen Zeitvertrag und wollte ihn nicht verlängern. Er war Fernfahrer, eigentlich ganz zuverlässig, aber dann hat er sich in diese Barbiepuppe verliebt, diese … wie hieß sie noch? Hammond, ja genau, wie dieser amerikanische Sänger. Na ja, also da wollte er wohl nicht mehr so viel unterwegs sein und hat eine Umschulung gemacht … haha. Ist ja auch verständlich, wenn man frisch verliebt ist, will man seine Nächte lieber zu Hause im Bett mit seiner Liebsten verbringen und nicht im Führerhaus eines Lkw, stimmt's?«

Er zwinkerte so theatralisch, dass Sutton den Mund verzog. Mr Fullerton war eindeutig nicht ihr Typ, und das lag nicht nur an seinem ausladenden Bauch, dem kahlen Schädel und dem aufdringlichen Schnurrbart.

»Warum wurde Jill Hammond entlassen?«, fragte Riley.

Fullerton fuhr sich mit Daumen und Zeigefinger durch den Bart und schürzte die Lippen.

»Es hört sich wie ein Klischee an, aber sie war … wie soll ich sagen, nicht besonders clever. Man musste ihr alles zwei Mal erklären und alles, was sie machte, kontrollieren. Das haben jedenfalls die anderen Mitarbeiter gesagt, und so was wird auf die Dauer einfach zu teuer.«

»Aha, und Kevin Appleton?«, fragte Sutton.

Fullerton zupfte wieder an seinem Bart herum. »Ja, das war komisch, der hat vor ein paar Monaten … ich weiß nicht genau, wie lange das her ist, einfach gekündigt. War im Lager beschäftigt. Keine Ahnung, wieso er weg ist.«

»Wie viele Mitarbeiter haben Sie?«

»Zurzeit nur vierzehn, zehn Männer, vier Frauen. Vier von den Männern sind Fahrer, der Rest verteilt sich auf Lager und Büro.«

»Sie wissen sehr gut Bescheid, brauchen keinen Blick in die Akten. Kennen Sie alle Mitarbeiter persönlich?«, wollte Sutton wissen.

Fullerton fühlte sich sichtlich geschmeichelt. »Natürlich, ich stelle sie ja auch alle ein. Da sollte man schon Bescheid wissen.« Er blickte die Ermittler lauernd an. Sutton hatte das Gefühl, er platzte vor Neugier. »Was haben die vier denn verbrochen?«

»Bisher noch gar nichts«, sagte Sutton, und das war wieder nicht gelogen. Die beiden erhoben sich. »Vielen Dank für Ihre Unterstützung. Falls Ihnen etwas zu Ohren kommt oder noch etwas einfällt, rufen Sie uns bitte an.« Sie legte ihre Karte auf den Tisch.

»Das ist ja wie im Krimi hier«, gluckste Fullerton und begleitete sie zur Tür.

Im Vorzimmer stand Ms Scydwyck mit einer älteren Kollegin zusammen und tuschelte. Sutton überlegte kurz, ob sie die beiden auch befragen sollte, entschied sich aber dagegen. Zuerst wollte sie sich diesen Appleton vornehmen.

Dieses Mal hatten sie Glück. Appleton öffnete. Ein hagerer, hochgewachsener Mann in den Vierzigern mit ausgeprägten Geheimratsecken und einem melancholischen Gesichtsausdruck musterte die zwei Constables argwöhnisch.

»Ja?«

Sutton hielt ihm ihren Ausweis vor die Nase und stellte sich und Riley vor. »Können wir kurz mit Ihnen sprechen?«

Appletons Augen wurden zu schmalen Schlitzen. »Worum geht's?«

»Dürfen wir reinkommen?«

»Nein, ich muss weg, hab einen wichtigen Termin, wir können uns unterwegs unterhalten.«

Auch gut, dachte Sutton, die nur einen kurzen Blick in den dunklen, unordentlichen Flur hatte werfen können.

Appleton warf die Tür hinter sich zu und steckte seine Hände in die Taschen seiner abgewetzten Jeans. Er trug ein fadenscheiniges graues T-Shirt, das schon bessere Tage gesehen hatte. Seine Arme waren dünn und blass. Sie standen auf dem Bürgersteig, Appleton machte keine Anstalten, in eine bestimmte Richtung zu gehen.

»Sagt Ihnen der Name Thomas Flint etwas?«

»Nein, sollte er?«

»Dann vielleicht Lilian Simmington?«

Appleton setzte sich in Bewegung und marschierte die menschenleere Tipner Road entlang Richtung Autobahn.

»Simmington? Kommt mir bekannt vor, weiß aber nicht, wo ich ihn schon mal gehört hab.«

»Lilian Simmington ist eine Freundin Ihrer Mutter und wird seit sechs Tagen vermisst.«

Appleton blieb wieder stehen. »Dann fragen Sie doch mal bei meiner Mutter nach. Was hab ich mit deren Freundinnen zu tun?«

Er marschierte weiter, sodass Sutton sich vorkam wie ein kleines Kind, das seiner ungeduldigen Mutter hinterherrennt. Ihr platzte der Kragen.

»Bleiben Sie gefälligst stehen«, kommandierte sie laut, »oder wir setzen das Gespräch in der Polizeistation in Portsmouth fort.«

Appleton riss erstaunt die Augen auf, blieb aber tatsächlich stehen.

»Was wollen Sie eigentlich von mir? Haben Sie mir irgendwas vorzuwerfen?«

»Wie ich schon sagte, wir ermitteln in einem Vermisstenfall, und wenn Sie etwas darüber wissen, sind Sie verpflichtet, uns das mitzuteilen.«

»Wieso sollte ich denn etwas wissen? Ich weiß nichts. Also, ich sagte ja schon, ich habe einen Termin.«

Er drehte sich um und wollte gehen, aber Riley hatte sich vor ihm aufgebaut und verstellte ihm grinsend den Weg.

»Wieso behaupten Sie, Thomas Flint nicht zu kennen, obwohl Sie zwei Jahre lang in derselben Firma beschäftigt waren?«

Appleton umfasste sein Kinn. »Ach so, Sie meinen diese Spedition, bei der ich gearbeitet habe. Ja, könnte sein, dass in dem Scheißladen ein Typ mit diesem Namen gearbeitet hat.«

»Warum haben Sie gekündigt?«

»Das geht Sie nun wirklich nichts an.« Er seufzte. »Hören Sie, ich kann Ihnen nicht helfen. Wenn Sie weitere Fragen haben, können Sie mich ja vorladen.«

Er ging um Riley herum und marschierte davon. Riley sah ihm resigniert nach, Sutton war kreuzwütend.

»Mistkerl«, schnaubte sie, »wir kriegen dich.«

»Und wie, wenn ich fragen darf? Du hast ihm doch rein gar nichts vorzuwerfen«, warf Riley ein.

Sutton knuffte ihn am Arm und ging voran zum Wagen.

»Hast du es denn nicht gesehen? Er hat sich nicht umsonst solche Mühe gegeben, uns von seiner Wohnung wegzulotsen. Ich werde jetzt den Chief Constable anrufen. Wir brauchen einen Durchsuchungsbeschluss für seine Wohnung.«

»Wie willst du das begründen?«

»Na, mit dem Koffer der Vermissten, der im Flur stand.«

»Bist du sicher? Koffer sehen doch alle gleich aus.« Riley öffnete die Autotüren.

»Nein, bin ich nicht«, Sutton warf sich auf den Beifahrersitz, »aber dazu kommt, dass der Typ auf dem Überwachungsvideo Appleton gewesen sein könnte. Größe und Figur passen. Und er sieht ziemlich abgebrannt aus.«

»Weil du einen Koffer gesehen hast, der dem der Vermissten ähnlich sieht und Appleton einem Typen ähnlich sieht, der vom Konto unserer Vermissten Geld abgehoben hat, bekommst du keinen Durchsuchungsbeschluss.«

Sutton knabberte an ihrem Daumennagel. »Ich weiß, aber irgendwas müssen wir tun. Der Kerl ist unsere einzige Spur. Wenn wir in seiner Bude irgendwas von Lilian Simmington finden würden, hätten wir ihn am Wickel.«

»Und wie, bitte, willst du das machen?«, fragte Riley und startete den Wagen. »Wohin wollen wir überhaupt?«

»Nach Fareham, zur Quay Street. Ich möchte wissen, welche dubiosen Rollen Timball, Hammond und Flint in diesem Theaterstück spielen.«

Sutton war überzeugt davon, dass Timball etwas mit dem Verschwinden seiner Tante zu tun hatte.

***

Währenddessen in Carolinensiel

Bendine saß auf der Terrasse, den Blick still auf ihre Rosen gerichtet.

»Ich werde sie alle ausgraben müssen«, sagte sie traurig. »Stehen lassen kann ich sie nicht und verschenken auch nicht. Wem schenkt man schon Rosensträucher, unter denen ein Ermordeter gelegen hat.«

»Jemandem, den man nicht leiden kann«, antwortete Fenja und setzte sich neben sie.

Bendine lachte leise. »Dann hätte ich sie ja Otto schenken müssen.«

Sie schwiegen eine Weile. Dann sagte Fenja: »Bendine, so geht es nicht weiter. Du musst mit mir reden.«

Bendine wandte ihrer Nichte den Blick zu. »Ich bin mir nicht sicher, ob du wirklich wissen willst, was ich weiß.«

»Das kann ich dir erst beantworten, wenn ich's weiß. Also.«

Aus der Küche erscholl Gelächter. Immerhin, dachte Fenja, Bradford und Edgar schienen sich ganz gut zu amüsieren. Bendine stand auf.

»Komm, wir gehen zum Friedhof.«

Fenja folgte ihrer Tante am Kurzentrum entlang über den Pumphusen zur kleinen Dorfkirche, die von einem gepflegten Friedhof umgeben war. Einige Frauen waren dabei, die Geranien, Eisbegonien und Fleißigen Lieschen zu wässern. Einige grüßten Bendine höflich, andere wandten den Blick ab. Typisch, dachte Fenja verärgert. Wenn eine der ihren in Schwierigkeiten war, hielt man sich besser von ihr fern. Als ob Schwierigkeiten ansteckend wären!

Bendine führte sie zu einem efeuüberwucherten Grab mit einem schlichten Holzkreuz. Darauf stand »Leonie Forst – Ruhe in Frieden« sowie das Geburts- und Sterbedatum. Ein Rosenstrauß war der einzige Blumenschmuck. Rosen aus Bendines Garten.

»Hier liegt sie«, sagte Bendine, »Willis Frau. Er wollte sie eigentlich im Meer bestatten, aber sie hatte auf einer Erdbestattung bestanden. Er hat sich immer geweigert hierherzukommen, ich kümmere mich hin und wieder um das Grab.«

»Aha.« Fenja wusste nicht recht, was sie sagen sollte. Worauf wollte ihre Tante hinaus?

»Er wollte, dass seine Asche in der Nordsee verteilt wird. So wie's aussieht, werde ich seine Beerdigung organisieren müssen. Ich hätte ihn gern neben seiner Leonie begraben. Tja, wird wohl nichts werden mit ›im Tode vereint‹. Aber ist ja letztlich auch schnuppe.«

Fenja nickte. »Sie ist nur sechsundfünfzig geworden. Woran ist sie gestorben?«

»Das kommt darauf an, wie man es betrachtet.«

»Wie meinst du das?«

Bendine zupfte ein paar welke Blätter von dem Rosenstrauß. »Sie hatte einen Hirntumor, einen von der üblen Sorte. Zuerst hatte Willi gar nicht bemerkt, was mit ihr vorging, aber dann fiel ihm auf, dass sie immer dünner und immer stumpfsinniger wurde. Ihr war alles egal, es kümmerte sie nichts mehr. Auch wenn es Willi schlecht ging, reagierte sie kaum. Sie haben sie dann im Krankenhaus untersucht. Alle waren sich einig, dass irgendwas nicht stimmt, aber gefunden haben sie nichts.« Bendine blickte mit leichtem Kopfschütteln zum Kreuz. »Die Diagnose bekam sie ein Jahr später, da war sie schon so kraftlos, dass sie sich kaum zwanzig Minuten auf den Beinen halten konnte. Na ja, um es kurz zu machen: Es war hoffnungslos, und sie wollte nach Hause, und ihr Zuhause war der Campingwagen. Da hat sie dann noch fast vier Monate gelegen, wurde mit einer Magensonde künstlich ernährt. Manchmal hat sie geschrien, wegen der Schmerzen. Sie haben ihr Morphium gegeben. Und irgendwann ...«, Bendine sah Fenja fest an, »hat Willi es nicht mehr ausgehalten.« Sie flüsterte fast. »Er hat Schlaftabletten und Alkohol unter ihre Nahrung gemischt. Sie ist dann an einer Atemdepression gestorben. Er hat es getan, aber er ist nie mit den Schuldgefühlen fertiggeworden. Deswegen war er so eigenbrötlerisch und eben manchmal panisch.«

Die Sonne stand tief am westlichen Himmel und beglückte die Erde noch immer mit tröstlicher Wärme.

Bendine rupfte energisch ein paar vorwitzige Efeutriebe von der Grabumrandung. »Ich muss hier doch mal Ordnung schaffen.« Sie richtete sich auf und wischte sich eine Träne von der Wange.

Fenja legte den Arm um sie. »Wollen wir noch bei Stella vorbeischauen?«

Bendine nickte. Mittlerweile war der Friedhof menschenleer. Sie gingen zum Grab von Bendines Tochter. »Für immer unvergessen – Stella«, stand auf dem schlichten Marmorstein. Das Grab schmückten ein blühender Rosenbusch und eine üppig mit weißen und roten Geranien bepflanzte Schale. Bendine blieb schweigend stehen, während Fenja die Blumen wässerte. Sie verweilten noch einige Minuten, dann schlug Fenja vor heimzugehen.

Bestimmt saßen jetzt alle beim Abendbrot zusammen und erfreuten sich ihres Spießerdaseins, dachte sie wütend. Aber was sprach dagegen, rief sie sich zur Ordnung. Schließlich konnte man das Leid der Mitmenschen nicht zu seinem eigenen machen. »Wer so denkt, stirbt tausend Mal«, hatte ihr Vater immer gesagt und: »Es reicht, wenn man mit seinen eigenen Problemen klarkommen muss. Aber …«, dabei hatte er sie mahnend angesehen, »wo Hilfe möglich ist, ohne sich selbst zu schaden, da muss man helfen.«

Fenja fragte sich, ob das überhaupt möglich war, vor allem im Polizeiberuf. Schadeten Polizisten sich nicht ständig selbst, wenn sie all die Schrecklichkeiten, mit denen sie in ihrem Beruf so konfrontiert wurden, verdauen mussten? Was Mark wohl dazu sagen würde? Schließlich hatte er sich gerade von einer Schussverletzung erholt, und das war nicht die erste, die er sich während seiner Laufbahn zugezogen hatte. Waren Polizisten also Altruisten, die nur um das Wohl der Mitmenschen besorgt waren und ihr eigenes hintanstellten? Nein, hätte ihr Vater gesagt, schließlich wurden Polizisten ja dafür bezahlt, dass sie sich in Gefahr begaben. Und schließlich barg jeder Beruf irgendwie Gefahren. Sogar ein Gärtner konnte sich mit der Motorsäge einen Fuß absäbeln oder durch den Stich eines Dorns an einer Blutvergiftung sterben. Oder ein Bäcker durch eine Mehlstaubexplosion umkommen. So was gab es tatsächlich. Das Leben war nun mal gefährlich. Das Bedürfnis nach Sicherheit war also nur natürlich.

Die beiden gingen den Pumphusen entlang. Fenja hakte sich bei Bendine unter.

»Woher weißt du davon, Dinnie?«

»Er hatte mir erzählt, was er vorhatte. Ich habe ihn nicht davon abgehalten.« Sie sah ihre Nichte scharf an. »So, jetzt bist du Mitwisserin. Was hast du jetzt vor? Mich anzeigen? Immerhin bist du ja Polizistin.«

Fenja lächelte leicht. »Niemand kann mich zwingen, meine Tante anzuschwärzen. Und wenn du nicht meine Tante wärst, würde ich dich auch nicht anschwärzen.«

»Dann nimmst du deinen Beruf wohl nicht ernst, schließlich gibt es ein Gesetz, das so was verbietet. Ist es nicht deine Pflicht, Subjekte, die das Gesetz nicht achten, hinter Gitter zu bringen?«

»Ach, Dinnie.« Fenja gab ihrer Tante einen Kuss. »Wo du nun schon beim Beichten bist: Warum haben Alfons und Willi sich geprügelt?«

Bendines Gesicht verschloss sich. »Alltäglicher Streit unter Männern. Nichts von Bedeutung.«

Fenja glaubte ihr kein Wort. »Bendine, ich versuche wirklich, dich aus allem rauszuhalten, aber die Kollegen werden weiterbohren und alles auf den Kopf stellen. Außerdem hat Geert dich im Visier. Du solltest mir helfen, diese Sache hier zu lösen. Ich weiß nicht, wen du schützen willst. Irmi? Oder Alfons?«

Bendine biss sich auf die Lippen. »Okay, es geht um Irmi, indirekt. Eigentlich geht es um Alfons, aber Irmi wird es treffen, wenn … du da jetzt eine große Sache draus machst.«

»Nun rück schon endlich mit der Sprache raus«, sagte Fenja ungeduldig.

»Also, kannst du dich noch an Gerit Krohn erinnern, die mit den vielen Mietshäusern?«

Allerdings konnte Fenja sich an Gerit Krohn erinnern, deren Leiche sie aus der Harle gefischt hatte. Damals war sie Mark Bradford zum ersten Mal begegnet. »Klar, was ist mit ihr?«

»Willi und Alfons haben beide für die Krohn gearbeitet, als Hausmeister. Aber außerdem haben sie eine Art Firma aufgezogen, Installationen, Ausbesserungen, Malerarbeiten, alles, was bei Wohnungen so an Arbeiten anfällt. Immer wenn ein Mieter ein Problem hatte, haben sie es behoben. Natürlich gegen angemessene Bezahlung ... und natürlich an der Steuer vorbei. Daher wohl auch Willis dickes Bankkonto.«

Fenja blieb stehen. »Wie? Das ist alles? Ein bisschen Schwarzarbeit?«

»Ein bisschen ist gut, die haben das über zehn Jahre gemacht. Da kommt einiges an Steuerschulden zusammen.« Bendine lächelte müde. »Willi hat mal so was erwähnt, aber ich hatte keine Ahnung, dass die beiden das in so großem Stil aufgezogen hatten. Immerhin ... nachdem ich Alfons gegenüber angedeutet habe, dass Willi mal etwas gesagt hatte und das möglicherweise für die Polizei wichtig sein könne, hat er vorsichtshalber beschlossen, den Mund aufzumachen und mir alles zu erzählen. Aber Irmi soll davon nichts erfahren, die könnte den Mund nicht halten. Meint Alfons.«

Sie bogen in die Nordseestraße ein. Fenja hatte einen Verdacht. Sie blieb stehen.

»Dinnie, wusste Otto davon, und wollte er die beiden anzeigen?«

Bendine blieb ebenfalls stehen. »Siehst du, genau das hab ich befürchtet, dass Alfons verdächtigt wird, seinen Schwager erschlagen zu haben. Das würde Irmi jetzt nicht auch noch verkraften.«

»Ja, wenn es doch aber so ist?«

»Alfons hat Stein und Bein geschworen, dass er weder mit Ottos noch mit Willis Tod etwas zu tun hat. Und ich glaube ihm. Willi und er kannten sich seit der Schule.«

»Und weswegen dann die Prügel?«

»Ach«, seufzte Bendine müde. »Du bist beharrlich wie eine brütende Henne, dabei ging es um ganz was anderes. Alfons hatte sich damals einfach im Ton vergriffen. Die beiden saßen zusammen in der Stechuhr und waren ziemlich betrunken. Es war kurz nach Leonies Tod, musst du wissen. Da hat Alfons gesagt, dass man Kranke wie Leonie doch am besten von ihren Leiden erlösen sollte. Und da hat er, wie du dir denken kannst, bei Willi einen wunden Punkt erwischt. Der ist jedenfalls ausgerastet und auf ihn losgegangen und hat ihm gedroht, er würde reinen Tisch machen und die ganze Geschichte mit der Schwarzarbeit auffliegen lassen. Er hätte nichts mehr zu verlieren. Also hat Alfons sich zurückgezogen und gehofft, dass Willi sich ruhig verhalten würde.«

»Meine Güte, so viel wäre denen ja nun wirklich nicht passiert. Außer vielleicht eine saftige Geldstrafe«, sagte Fenja.

»Eben, Willi wäre das egal gewesen, dem war eigentlich alles egal, aber Alfons nicht.«

Also hatte Alfons ein Motiv, Willi umzubringen, dachte Fenja. Und wenn Otto davon wusste und die Sache ans Licht bringen wollte, dann hatte Alfons für diesen Mord auch ein Motiv. Für Willis Tod hatte Alfons ein Alibi von seiner Schwester, und für den Mord an Otto hatte er keins.

Sie waren bei der Pension angekommen. Bendine sah ihre Nichte an, bevor sie das Gartentor öffnete. »Jetzt weißt du alles. Mach damit, was du willst.« Damit ließ sie Fenja stehen.

Toll, dachte Fenja. Sie hatte keine Ahnung, was sie mit ihrem Wissen anstellen sollte, außer damit zur Polizei zu gehen. Sofort dachte sie an Verrat. Sie würde Bendines Vertrauen missbrauchen. Andererseits würde sie den Druck auf Bendine verringern. Immerhin stand die im Fokus der Ermittlungen, und das nicht mal unbegründet. Wie hing das alles zusammen? Bendine hielt Alfons für unschuldig. Fenja war sich da nicht so sicher. Was zum Kuckuck sollte sie tun?

Sie ging durch den Garten in die Küche, wo Bendine Tee kochte. Edgar und Bradford waren nicht mehr da. Die Schnapsgläser standen in der Spüle, die halb geleerte Flasche Friesengeist stand noch auf dem Tisch. Es war kurz vor einundzwanzig Uhr, und Fenja fühlte sich allein. Barne hatte sich nicht mehr gemeldet. Offensichtlich war er beleidigt, denn sie hatte seine besorgten Nachfragen nur stichwortartig beantwortet. Ihre Mutter saß wahrscheinlich mit Nele im Wohnzimmer und las ihr Geschichten vor. Das hatte sie schon immer gern getan.

Mark. Er war der Einzige, mit dem sie reden konnte, der Einzige, der dachte wie sie. Ein Kriminaler eben. Mit ihm wollte sie reden. Bestimmt hatte er eine Lösung für ihr Dilemma. Sie ging in den ersten Stock und klopfte an seine Tür. Er öffnete wenige Sekunden später und war offenbar erfreut, sie zu sehen.

»Fenja«, sagte er und lächelte, »komm rein.«

Er öffnete weit die Tür und trat zur Seite. Sie ging an ihm vorbei und sah sich um. Er war relativ ordentlich für einen Mann, fand sie. Jedenfalls lagen keine Socken auf dem Fußboden. Sein geöffnetes Notebook stand auf dem kleinen Schreibtisch, eine Flasche Bier daneben. Anscheinend hatte er am Computer gearbeitet.

»Habt ihr eure Vermisste gefunden?«

»Noch nicht, aber es gibt Fortschritte. Wie sieht es in eurem Fall aus?«

Fenja antwortete nicht sofort. Tränen brannten hinter ihren Lidern. Es war alles zu viel, aber sie wollte auf keinen Fall heulen und blickte zu Boden. Ohne viele Worte nahm er sie in die Arme, und nun weinte sie doch. Er wiegte sie leicht, und sie schlang ihre Arme um seinen Hals, suchte und fand seinen Mund und küsste ihn zunächst sanft, dann immer fordernder. Sie begannen sich zu entkleiden, sanken auf sein Bett und liebten sich mit einer Heftigkeit, als wolle einer den anderen bestrafen. Dafür, dass sie sich ineinander verliebt hatten, und dafür, dass sie sich mit dieser Liebe einen Haufen Schwierigkeiten aufgehalst hatten.

Danach lagen sie eng beieinander und genossen die Nähe des anderen. Fenja streichelte die Narbe auf seiner Brust knapp oberhalb des Herzens.

»Der Schuss hätte dich töten können«, sagte sie und legte ihren Kopf auf seinen Bauch.

»Hat er ja auch fast.«

»Was haben wir nur für einen Beruf.«

»Einen gefährlichen«, antwortete er und spielte mit ihren Haaren.

Fenja schloss die Augen. »Aber wenigstens hat er uns zusammengebracht.«

»Stimmt«, sagte er nach kurzem Zögern. Dann schwiegen beide und grübelten.

»Was soll nur aus uns werden?«, fasste Bradford schließlich den alles beherrschenden Gedanken in Worte.

Fenja schloss die Augen und strich sachte über seinen Bauch.

»Lass uns nicht darüber nachdenken. Lass es uns einfach genießen.«

Später sprachen sie über die beiden Morde. Fenja erzählte ihm, was Bendine von Alfons erfahren hatte und dass Bendine unter Verdacht stand, weil sie die Hauptbegünstigte in Willis Testament war und kein Alibi hatte. Die Geschichte mit Leonie behielt sie für sich.

Er hörte ihr aufmerksam zu. »Was willst du tun?«, fragte er dann und küsste ihren Hals.

»Ich dachte, du könntest mir das sagen.«

Er lachte leise. »Hast du mir wirklich alles erzählt?«

Natürlich, er hatte es bemerkt, dachte Fenja. »Nein, hab ich nicht«, gab sie zu, »aber das, was ich nicht erzählt habe … das ist heikel. Darüber muss ich noch nachdenken.«

»Schade«, murmelte er und fuhr mit dem Mund von ihren Brüsten hinunter zum Nabel, »dann darf ich dich wohl nicht ablenken.«

»Doch«, schnurrte Fenja, »darfst du.«

✳✳✳

Am selben Abend in Portsmouth

Constable Sutton und Constable Riley waren zur Mayfield Road gefahren, um sich noch mal mit Thomas Flint zu unterhalten. Sutton hatte gerade den Motor abgestellt, als niemand anderer als Roger Timball aus Flints Haustür trat. Die beiden Constables sahen sich verblüfft an.

»Hab ich's nicht gesagt, da ist was im Busch.« Sutton hob triumphierend die Brauen. »Was macht der hier?«

»Wir sollten ihn fragen.« Riley wollte aussteigen, doch Sutton hielt ihn zurück. »Warte, wir wollen sehen, wohin er fährt.«

Timball bestieg einen alten Kleinlieferwagen und bog links in die London Road ab. Sutton folgte ihm in gebührendem Abstand bis zum Tesco, wo Timball den Wagen abstellte und mit dem Handy am Ohr im Supermarkt verschwand.

»Geh du ihm nach«, sagte Sutton, »dich kennt er nicht. Vielleicht hebt er ja Geld ab.«

»Ich bring ein paar Sandwiches mit, hab einen Riesenhunger.«

»Mach das, aber verlier ihn nicht. Ich warte hier.«

Riley machte sich davon, während Sutton den Eingang im Auge behielt. Es wurde langsam dunkel, und ihr Magen knurrte. Sie hatten zum Mittagessen je einen Hotdog verschlungen und zwischendurch ein paar Erdnüsse. Sie hatte Hunger auf eine anständige Mahlzeit, aber das musste warten.

Es dauerte eine Ewigkeit, bis Timball mit zwei riesigen Einkaufstüten wieder auftauchte, sie im Auto verstaute, einstieg, den Wagen startete und langsam ausparkte. Wo zum Kuckuck blieb Riley? Wenn er nicht sofort aufkreuzte, würden sie ihn verlieren. Sie musste wissen, was dieser Mann verheimlichte, und dass er etwas verheimlichte, davon war Sutton überzeugt. Sie hielt ihn und seine Freundin nicht für besonders clever. Irgendwie würde er sich verraten, das war keine Frage.

Timball fuhr Richtung Ausfahrt, und Sutton überlegte gerade, ob sie Riley einfach hierlassen und Timball nachfahren sollte, als ihr Kollege aus dem Tesco gerannt kam, in der einen Hand eine Tüte, in der anderen eine Flasche Orangensaft. Sutton fuhr an, und Riley sprang in den Wagen.

»Wo bleibst du denn?«, schimpfte Sutton, während sie Timballs Lieferwagen folgte.

Der verließ den Parkplatz, bog von der London Road links in die Connaught Road ab und dann rechts in die Gladys Avenue.

»Er fährt zu Appleton«, mutmaßte Sutton, während sie dem Lieferwagen in die Walker Road folgte.

»Mit dir wette ich nicht«, sagte Riley, während er an seinem Hühnchensandwich kaute. »Du gewinnst immer.«

Und Sutton hätte auch dieses Mal gewonnen, hätte Riley dagegengehalten.

Timball hielt direkt vor Kevin Appletons Wohnung, stieg aus und klingelte. Dies war wieder so ein Moment, in dem Sutton sich über ihren kleinen, wendigen Wagen freute. Man fand immer eine Parklücke, und ein Mini fiel einfach nicht auf. Ein Gefährt, wie geschaffen für Beschattungen. Sie parkten gut versteckt hinter einem SUV. Es war mittlerweile dunkel, und das trübe Licht der Straßenlaternen machte es ihnen schwer, Appletons Hauseingang im Auge zu behalten. Sutton glaubte zu erkennen, dass die Haustür geöffnet wurde und Timball im Haus verschwand.

»Meinst du nicht, wir sollten da reingehen?«, fragte Riley, der gerade den Rest seines Sandwiches hinuntergeschluckt hatte.

»Ich weiß nicht«, antwortete Sutton unsicher. »Sie müssen uns nicht reinlassen, und dann?«

»Keine Ahnung.«

»Ich schlage vor, wir warten, bis Timball rauskommt, und schnappen ihn uns dann. Außerdem solltest du bei der Polizeistation in Portsmouth anrufen und die Kollegen informieren, dass wir hier eventuell jemanden festnehmen und vielleicht Hilfe brauchen.«

Sie warteten über eine halbe Stunde, in der Sutton hastig eines ihrer Sandwiches verschlang, das sehr seltsam schmeckte.

»Was zum Teufel hast du denn da gekauft?«, fragte sie naserümpfend. »Tofu, auch das noch!«

»Tut mir leid«, sagte Riley zerknirscht, »hab irgendwas gegriffen in der Eile.«

»Klar«, murrte Sutton, »das nächste Mal krieg ich das Hühnchen.«

In diesem Moment öffnete sich die Tür von Appletons Haus. Timball trat heraus und sah sich um. Die Straße war menschenleer.

»Was macht der da?« Riley machte sich bereit, aus dem Wagen zu springen und loszusprinten. »Was ist denn das jetzt? Er geht wieder rein.«

Riley öffnete die Tür, aber Sutton griff an ihm vorbei und zog sie wieder zu.

»Nun warte doch mal«, zischte sie. »Wenn wir sie verschrecken, haben wir gar nichts. Die müssen uns nichts erzählen.«

Suttons Geduld sollte belohnt werden, denn Appleton und Timball schleppten etwas Schweres aus der Tür.

»Jetzt«, sagte Sutton ruhig. »Jetzt sind wir dran.«

Sie sprangen aus dem Wagen und rannten auf die beiden zu. Als Timball und Appleton die beiden Polizisten auf sich zustürmen sahen, machten sie kehrt und versuchten, die schwere Last, bei der es sich offensichtlich um einen menschlichen Körper handelte, wieder ins Haus zu transportieren. Aber Riley war schneller und stellte sich ihnen in den Weg. Sutton griff nach ihrem Handy und rief die Polizei Portsmouth zu Hilfe und einen Krankenwagen.

»Ganz ruhig«, sagte Riley. »Legen Sie die Frau langsam auf den Boden und gehen Sie zurück.«

Appleton, der die Beine von Lilian Simmington hielt, starrte mit regungsloser Miene von Riley zu Sutton. In diesem Moment erscholl Sirenengeheul. Ein Streifenwagen traf ein, eine halbe Minute danach der Krankenwagen.

Eine knappe Stunde später saßen Kevin Appleton und Roger Timball in der Polizeistation Portsmouth und warteten in getrennten Räumen auf ihre Befragung. Lilian Simmington, die offensichtlich unter dem Einfluss starker Medikamente stand, wurde im Krankenhaus versorgt.

Roger Timball war im Verhör erheblich redseliger als Kevin Appleton.

Er weinte fast, als er Sutton gegenübersaß. »Sie müssen mir glauben, ich hab meiner Tante nie etwas angetan. Sie ist nur einfach … ein bisschen seltsam. Und sie wollte mir kein Geld mehr geben, obwohl sie doch genug hat.«

»Was meinen Sie damit?«

Sutton musste gar nicht konkret werden. Timball wollte sich alles von der Seele reden.

»Ich ... Jill und ich, wir wollen doch heiraten. Und Tante Lilian hat mir immer mal was zugesteckt.« Er versenkte den Kopf zwischen den Schultern. »Aber ...« Er fing doch tatsächlich an zu heulen. »Ich kann nichts dafür, Sie müssen mir das glauben. Ich würde meiner Tante nie was antun. Es war Kevin. Der hatte die Idee und ... dann haben wir das so gemacht.«

»Was haben Sie wie gemacht?«

»Na ja.« Timball rang die Hände. »Also ... wir hatten Schulden.«

»Wer ist *wir*, und bei wem hatten *wir* Schulden?«

»Bei ... Thomas Flint.«

»Wieso hatten Sie Schulden bei Mr Flint?«

»Das ...« Er hob den Kopf. »Muss ich das sagen?«

»Ja.«

Timball legte die Hände vors Gesicht. »Jetzt ist schon alles egal«, sagte er dann kopfschüttelnd. »Thomas Flint ... hat uns erpresst, weil er in der Firma gesehen hat, wie wir mal«, er hob den Zeigefinger wie ein Schulmeister, »*ein* Mal eine Ladung Handys geklaut haben.« Timball duckte sich, als erwarte er eine Explosion nach dieser Enthüllung. Als die Explosion nicht erfolgte, sah er erstaunt auf und richtete seinen treuen Hundeblick auf Sutton. »Ehrlich, ich würde meiner Tante doch nie was antun.«

Sutton stützte den Kopf in ihre Hand. Sie war unsagbar müde. »Vielleicht erzählen Sie einfach, was sich abgespielt hat.«

»Also«, antwortete Timball eifrig, »das ist ganz einfach. Flint hat damals, als er angeklagt war, schon gewusst, dass wir ... na ja, diese Ladung Handys geklaut hatten, und er hat gesagt, wenn wir ihn angemessen entschädigen, hält er die Klappe. So, das fanden wir, Kevin und ich, okay. Wir haben ihm immer mal wieder ein paar hundert Pfund gegeben. Aber ...« Er schlug mit der Faust auf den Tisch. »Der kriegt ja den Hals nicht voll! Der wollte immer wieder was ... und wir, ich meine Jill und ich und Kevin, wir sind ja auch keine Dukatenscheißer, oder?« Er blickte Sutton an wie ein leidender Hund.

»Und Jill und ich wollen doch heiraten … und da meinte Kevin, wir könnten doch … die Tante ein bisschen anzapfen. Nur ein bisschen.« Timball hob wieder den Zeigefinger. »Sie hatte uns ja schon mal aus der Patsche geholfen!«

»Wie genau hat sie Ihnen aus der Patsche geholfen?«

Timball seufzte. »Das ist schon etwas länger her, da hat sie uns Geld überwiesen und sich mal mit Flint getroffen. Hat ihm, glaub ich, sogar noch mal Geld gegeben und gemeint, die Sache wäre erledigt. Was natürlich nicht stimmte. Flint hat uns weiter erpresst. Und dann hat Kevins Mutter rumgejammert. Von wegen ›Der arme Junge wird bestohlen, nur wegen dieser dummen Geschichte‹ … Meine Güte, ich wünschte, ich hätte meine Tante und Kevins Mutter nie miteinander bekannt gemacht.« Er schüttelte bedauernd den Kopf.

»Ich nehme mal an«, sagte Sutton, »Sie haben Ihrer Tante nicht die ganze Wahrheit gesagt über Ihren Diebstahl.«

Timball blickte zu Boden und griff sich in den Nacken. »Jetzt mal ehrlich, was hätte das denn gebracht?«, sagte er und machte eine Geste, als gelte es, einen Kunden, dem er ein Geschäft aufschwatzen wollte, von seiner Ehrlichkeit zu überzeugen. »Tante Lilian und Kevins Mutter haben gedacht, wir hätten ein bisschen im Pub gefeiert und am nächsten Morgen eine Ladung Handys am Hafen im Meer verloren. So was kann ja mal passieren.«

Sutton fragte sich, ob Timball sich wirklich für so clever hielt, wie er tat. »Und das hat Ihre Tante Ihnen geglaubt und, um Ihnen Ihre Zukunft nicht zu verbauen, Flint bezahlt?«

»Genau, aber jetzt war sie wütend – nur weil diese blöde Appleton rumgeheult hat – und wollte Flint drohen, dass sie ihn wegen Erpressung anzeigt, wenn er uns nicht in Ruhe lässt.«

»Was Sie natürlich nicht zulassen konnten, weil er Ihrer Tante dann brühwarm die Wahrheit über Ihren Diebstahl gesagt hätte.«

»Genau«, wiederholte Timball, der Sutton anscheinend auf seiner Seite wähnte.

»Und wie hat sich das jetzt mit Ihrer Tante abgespielt?«, fragte sie.

»Also ... Jill hat sie am Bahnhof abgefangen und ist direkt mit ihr zu Kevin. Da haben wir ihr dann ein bisschen von diesem ... Medikament gegeben, und sie hat sich ins Bett gelegt und war ganz ruhig. Und später dann haben wir ihr gesagt, wir brauchen die Nummer ihrer Bankkarte, weil wir für sie doch Medikamente besorgen müssen und so. Und sie hat uns gesagt, wo sie die Nummer aufgeschrieben hat.« Timball guckte wie ein unschuldiges Lamm. »Echt, das ist alles, was wir gemacht haben. Ihr nur ein paar Pillen gegeben, und sie hat geschlafen. Ist das strafbar?«, fragte er naiv.

»Und was ist mit Kevin Appleton?«

»Na ja, Kevin meinte, weil sie uns ja besuchen wollte, würden die Bu... ich meine, würde die Polizei bei mir zuerst suchen, und deshalb hat er gesagt, sie könnte ja auch erst mal bei ihm wohnen.«

»Aha, wohnen«, sagte Sutton angewidert, »was genau soll das heißen?«

»Na ja, sie hat halt ... viel geschlafen. Und als Sie dann bei ihm aufgekreuzt sind, ist er nervös geworden und meinte, sie müsste weg.«

»Und? Was hatten Sie jetzt mit Ihrer Tante vor?«

»Nichts weiter, wir hätten sie hier bei uns untergebracht und dann irgendwann wieder nach Haus geschafft.«

Sutton hing über dem Tisch, den Ellbogen aufgestützt und das Kinn in die Hand gestützt. Sie sah Timball ungläubig an. »Haben Sie eigentlich eine Ahnung, was eine Fahndung kostet?«, fragte sie müde.

»Äh ... nein, aber das ist ja nicht meine Schuld, dass Sie ... das angeleiert haben.«

Sutton stöhnte. »Interessiert es Sie gar nicht, wie es Ihrer Tante geht?«

»Doch«, Hundeblick, »wie geht's ihr?«

»Sie ist auf dem Weg der Besserung, aber immer noch verängstigt. Was haben Sie ihr bloß erzählt?«

»Gar nichts Schlimmes, ehrlich. Wir haben ihr nur das bisschen Valium in den Tee getan, und als sie dann anfing sich schlapp zu fühlen und dann ziemlich weggetreten war, da haben wir ihr … hinterher gesagt, sie hätte einen Herzanfall gehabt und müsste sich erst mal schonen.«

»Will sagen, Sie haben Ihre Tante gezielt weiter unter Drogen gesetzt und ihr erzählt, sie brauche teure Medikamente. Und deshalb hat sie Ihnen gesagt, wo sie die PIN für ihre Kontokarte notiert hat.«

Timball zog eine Schnute. »Ich erbe doch sowieso alles.«

»Da wäre ich mir nicht mehr so sicher, wenn Ihre Tante erst mal die ganze Geschichte kennt.«

Timball schluckte. »Das muss sie doch nicht erfahren. Ich meine, so genau.«

Sutton musterte Timball entgeistert. »Wie hatten Sie sich das Ende der Geschichte denn vorgestellt? Das würde mich noch interessieren.«

»Also, das hätte sich schon ergeben.«

»Ach.« Sutton hatte die Nase voll und schlug mit der flachen Hand so heftig auf den Tisch, dass Timball zusammenzuckte. »Sie hätten gewartet, bis sie stirbt, und sie dann im Meer entsorgt, oder was? Schließlich wollten Sie sie ja beerben. Das wäre dann Mord.«

Timball schnappte nach Luft. »Nein! Aber nein! Ich hätte doch meine Tante nicht sterben lassen. Nie im Leben!«

»Und wie sah Ihre Alternative aus?«, fragte Sutton eisig.

Dazu fiel Timball offenbar nichts ein. Er saß still da und starrte Sutton mit großen Augen an.

»Sehen Sie.«

Sutton beendete das Verhör und verließ frustriert den Raum. Vielleicht war der Typ ja wirklich nur unverzeihlich dämlich.

Sie ging zu Riley, der sich mit Constable Morley von der Polizei Portsmouth an dessen Schreibtisch unterhielt.

»Nun?«, fragte sie und ließ sich auf den erstbesten Stuhl fallen. »Was sagt Mr Appleton?«

Ihr fielen die Augen zu.

»Mr Appleton«, erwiderte Riley, »sagt wirklich nicht viel. Er meint, sein Freund habe ihn gebeten, seine kranke Tante kurzzeitig bei ihm aufzunehmen, und … da er ja ein Philanthrop ist«, sagte Riley sarkastisch, »hat er sich drauf eingelassen. Aber dann hat es diese Fahndung gegeben, und er konnte seinem Freund nicht mehr helfen und hat ihn gebeten, sich selbst um seine Tante zu kümmern.«

»Und was sagt er zu dem Handy-Diebstahl, wegen dem Thomas Flint ihn und seinen Kumpel erpresst hat?«

»Gar nichts. Er will Beweise.«

»Kein Problem.« Sutton gähnte. »Wir müssen nur diesen Flint weichklopfen.«

»Warum sollte der uns helfen und überhaupt irgendwas sagen? Wenn Appleton und Flint dichthalten, haben wir nur die Aussage von diesem Timball, und der ist ja ganz offensichtlich nicht besonders helle. Die Aussage zerrupft ein guter Anwalt doch im Vorübergehen.«

»Lilian Simmington ist auch noch da. Und sie wird bestimmt aussagen.«

»Dito, sie hat die ganze Zeit unter Drogen gestanden. Ich sage nur: Anwalt und zerrupfen.«

»Sei nicht so verdammt negativ«, maulte Sutton. »Wir haben immer noch Jill Hammond. Sie wird Roger Timballs Geschichte bestätigen. Diese Hohlköpfe werden sich gegenseitig den Garaus machen.« Sie rieb sich über die Augen. »Hast du den Damenclub informiert, dass wir die verlorene Seele gefunden haben?«

»Ja klar.« Riley grinste. »Die beiden Schwestern waren äußerst beglückt, aber Ms Appleton wirkte am Telefon etwas besorgt.«

»Tja, dazu hat sie auch allen Grund. Hätte sie uns gleich über diesen Flint aufgeklärt, hätten wir die Simmington wahrscheinlich eher gefunden und ihr damit ein paar unschöne Tage erspart.« Sutton dachte einen Moment nach. »Ich frage mich allerdings, ob wir sie auch gefunden hätten, wenn DCI Bradford sich nicht an diesen Flint erinnert hätte.«

»Darüber brauchen wir uns ja glücklicherweise nicht den Kopf zu zerbrechen«, sagte Riley. »Wir sollten alles Weitere den Kollegen hier überlassen und nach Hause fahren.«

Sutton erhob sich schwerfällig. »Gute Idee. Du fährst.«

ACHT

Carolinensiel – Freitagmorgen

Fenja erwachte und streckte sich wohlig. Die Sonne schien hell durch das offene Fenster, von draußen drang leise das Gezwitscher zankender Spatzen herein. Dann realisierte sie, dass sie nicht in ihrem eigenen Bett lag. Sie fuhr hoch. Nackt war sie auch noch. Der Platz neben ihr war leer. Im Badezimmer rauschte das Duschwasser.

Oh Mann. Sie ließ sich wieder zurückfallen und zog die Bettdecke über ihr Gesicht. Was zum Teufel hatte sie sich gedacht? Sie lächelte, es war eine wunderbare Nacht gewesen. Allerdings, die Nacht war vorbei, und die Frage, wie das alles jetzt weitergehen sollte, war immer noch da. Mark würde nach England gehen, und sie würde hierbleiben und ihn schrecklich vermissen.

Und was war mit Barne? Das alles ging ihr in wenigen Sekunden durch den Kopf. Vor allem musste sie erst mal hier raus, möglichst bevor Mark aus dem Bad kam. Sie konnte ihm jetzt nicht in die Augen sehen. Dann würde sie wieder heulen. Also sprang sie auf, sammelte ihre Sachen vom Fußboden und lugte vorsichtig durch den Türspalt. Alles leer. Sie schlüpfte auf den Flur und schloss leise die Tür.

»Morgen, Fenja.«

Sie erschrak so, dass sie beinahe ihre Klamotten, die sie schützend vor sich hielt, fallen gelassen hätte.

Verdammt, was machte der denn hier? Der wohnte doch im Erdgeschoss.

»Morgen, Edgar.«

Sie streckte die Schultern und versuchte unauffällig mit ihren Kleidern ihre Nacktheit zu bedecken, was nicht ganz einfach war, denn um in ihr Apartment zu kommen, musste sie sich umdrehen. Und sie hatte keine Lust, Edgar ihren Allerwertesten zu präsentieren. Und ihre nackte Vorderseite schon gar nicht.

»Schöner Tag heute.«

»Oh ja.«

Edgar grinste von einem Ohr zum anderen. Er genoss die Situation offensichtlich und schien nicht gewillt, Fenja daraus zu entlassen. Er trug einen Eimer, über dessen Rand ein Putzlappen hing.

»Bendine hat mich gebeten, das Fenster hier oben zu putzen. Sie kommt nicht an das Oberlicht, wegen ihrem Rücken.«

»Soso.« Fenja schluckte.

Sie fand es zwar in Ordnung, dass Bendine Edgar beschäftigte, aber der Zeitpunkt war denkbar ungünstig. Es war sowieso erstaunlich, dass er schon hier rumtobte. Wie spät war es eigentlich?

»Wie spät ist es?«, fragte sie, weil ihr sonst nichts einfiel und sie sich nicht bewegen wollte. Edgar wollte sich aber wohl auch nicht bewegen.

»Halb zehn«, sagte er und ließ seinen Goldzahn blitzen.

In diesem Moment öffnete Bradford die Tür und trat mit nacktem Oberkörper auf den Flur. Er blickte zuerst mit warmem Lächeln an Fenja hinunter und gewahrte dann den grinsenden Edgar mit dem Eimer. Sein Lächeln vertiefte sich. Er erfasste die Situation und ging grüßend auf Edgar zu, legte ihm den Arm um die Schulter und führte ihn die Treppe hinunter. Edgar verrenkte sich fast den Hals, ließ sich aber widerspruchslos wegführen.

Fenja kramte ihren Schlüssel aus ihrer Jeanstasche, während sie eilig zu ihrem Apartment trippelte. Als sie die Tür von innen schloss, ließ sie ihre Klamotten fallen und seufzte erleichtert.

»Verdammt. Das war dumm, Fenja. Das war so saudumm«, schimpfte sie mit sich selbst und stapfte ins Bad.

Als sie eine knappe halbe Stunde später die Küche betrat, waren alle versammelt, die sie heute Morgen wirklich nicht sehen wollte. Und alle platzten vor Neugier. Ihre Mutter, Bendine und Edgar. Bradford saß da, sah unverschämt gut aus und strahlte sie an, was ihre neugierige Verwandtschaft gierig zur Kenntnis nahm.

»Moin, Fenja, möchtest du Kaffee?«, begrüßte sie ihre Mutter und hielt ihr die Kaffeekanne hin.

Fenja nahm einen Becher aus dem Schrank, griff nach dem letzten freien Stuhl und setzte sich. Bradfords Blick wich sie aus. Edgars auch.

»Ja bitte«, sagte sie lauter als gewöhnlich.

»Dieser Herr Ahlers hat vor einer Viertelstunde angerufen. Er wollte wissen, warum du nicht an dein Handy gehst«, sagte Elke, und Fenja glaubte eine leichte Missbilligung in ihrem Ton zu hören. »Er will gleich vorbeikommen.«

»Echt? Wann?«, fragte Fenja und sah Bradford nun doch mit leichter Besorgnis an.

Bevor ihre Mutter antworten konnte, klingelte es. Alle sahen sich unschlüssig an. Edgar verschränkte die Arme und machte es sich auf der Bank gemütlich. Er schien das Ganze wie eine Seifenoper im Fernsehen zu konsumieren. Und irgendwie, fand Fenja, war es das auch. Eine Seifenoper und sie selbst hatte das bescheuerte Drehbuch geschrieben.

»Na, was ist, willst du nicht öffnen gehen?«, fragte ihre Mutter herausfordernd.

Fenja knallte ihren Becher auf den Tisch, sodass der Kaffee, von dem sie kaum getrunken hatte, überschwappte.

»Ja, ich bin dann mal unterwegs.«

Damit stapfte sie aus der Küche und hinterließ eine enttäuschte Verwandtschaft und einen nachdenklichen Chief Inspector.

Barne Ahlers blickte ihr misstrauisch entgegen, als sie aus der Tür gestürmt kam.

»Komm, ich muss mich bewegen«, sagte sie und zog ihn hinter sich her.

Elvira Holzer stand vor ihrem Gartentor und grüßte freundlich, aber Fenja bemerkte es nicht. Sie war voll und ganz mit ihren Gedanken beschäftigt.

»Was ist los?«, fragte Ahlers. »Gibt's endlich was Neues?«

»Ja und nein«, antwortete Fenja. »Wir wissen zwar ein biss-

chen mehr über Otto und Willi, aber von ihrem Mörder haben
wir keine Spur. Jedenfalls nicht dass ich wüsste«, fügte sie nach
einigem Zögern hinzu.

»Aha.«

Sie steuerten schweigend Richtung Cliner Quelle, doch
dann hörte Fenja jemanden ihren Namen rufen. Gesa, dem
Himmel sei Dank, dachte Fenja. Gesa hatte gerade auf dem
Parkplatz vor der Pension einen Parkplatz gefunden und öffnete die hintere Tür ihres Wagens. Bingo sprang heraus und
schnüffelte um sie herum. Gesa nahm den Hund an die Leine
und kam auf die beiden zu.

»Ich bringe den Hund«, erklärte sie.

»Was meinst du mit ›bringen‹?«, wollte Fenja wissen.

»Na ja, Bendine hat ihn geerbt.«

»Ach«, sagte Fenja und ließ die Arme hängen.

Ahlers begrüßte Bingo und tätschelte seinen Kopf. Der
Hund wedelte mit dem Schwanz.

»Du meinst, der Hund gehört jetzt Bendine?«, vergewisserte sich Fenja, obwohl Gesa sich klar ausgedrückt hatte.

»Ja, ist das ein Problem?«

Fenja schürzte die Lippen.

»Keine Ahnung.« Dabei wusste sie sehr genau, dass Bendine Hunde und auch Katzen liebte, aber dennoch strikt gegen Haustiere war. Schließlich führte sie eine Pension, und
man wusste nicht, wie Gäste auf Tiere reagierten. Irgendwer
reagierte doch immer auf irgendwas allergisch oder war über-
empfindlich. Es war schon schwierig genug, das Frühstücksbüfett ordentlich zu beschriften. Entweder lebten die Leute vege-
tarisch oder vegan oder glutenfrei oder laktosefrei oder waren
Diabetiker oder alles zusammen. Manche hatten Probleme mit
Nüssen, die anderen mit Eiern oder Obst oder Koffein. Bendine wurde nie müde zu beteuern, dass die Erkenntnisse der
Medizin im Grunde keine Fortschritte waren, sondern Fesseln,
die den Menschen ihre Lebensqualität raubten. Überall lauerten
plötzlich Gefahren. Sogar die alltägliche Nahrung konnte einen
töten. Was für eine gruselige Vorstellung.

In diesem Moment trat Bradford aus dem Haus und kam auf die kleine Gruppe zu. Er grüßte Gesa mit einem Lächeln und Ahlers mit einem kurzen Nicken, das der mit finsterem Blick erwiderte.

Fenja blickte zu Boden und fragte sich, woher Männer es wussten, wenn sie einen Rivalen vor sich hatten. Hatten sie dafür besondere Sensoren, oder war sie einfach nur zu leicht zu durchschauen?

»Also«, sagte Gesa, »dann bring ich den Hund mal rein, oder?«

Bingo, der sich jetzt Bradford zugewandt hatte, beschnüffelte ausgiebig seine Schuhe.

»Ich weiß nicht so recht«, meinte Fenja. »Im Moment kann Bendine sich nicht darum kümmern. Sie hat echt andere Sorgen. Gib ihn mir, ich lass mir was einfallen.«

Sie wollte Gesa die Leine abnehmen, aber jemand tippte ihr auf die Schulter. Es war Elvira Holzer. Sie sah besorgt aus.

»Kann ich dich mal sprechen?«, sagte sie leise.

»Äh, ist es wichtig? Ich hab gerade …«

»Es geht … um Bendine. Kommst du?« Elvira Holzer drehte sich um und ging auf ihre Haustür zu. Fenja blickte entschuldigend in die Runde.

»Tja, tut mir leid. Wir sehen uns später.«

»Hast du dann auch mal einen Termin für mich frei?«, schnaubte Ahlers.

Fenja hatte sich schon abgewandt und hob nur die Hand mit einer vage zustimmenden Geste.

»Ja klar.«

Ahlers warf Bradford noch einen wütenden Blick zu und marschierte Richtung Harle davon. Zurück blieben Bradford, Gesa und der Hund, der an seinem Vorderbein leckte.

Bradford hatte zwar nicht genau mitbekommen, was sich da gerade zugetragen hatte, glaubte jedoch, dass Fenja den Hund hatte übernehmen wollen, aber dann war die Nachbarin mit dem besorgten Gesicht dazwischengekommen. Ohne lange nachzudenken, griff er nach der Leine.

»Ich kümmere mich um ihn«, sagte er zu Gesa, die das Angebot dankbar annahm und sich gleich verabschiedete.

Bradford streichelte Bingos Kopf. Der Hund sah ihn forschend an.

»Okay … Bingo?«, sagte Bradford kopfschüttelnd. »Stupid name.« Dann gingen sie los.

Fenja hatte unterdessen leicht beunruhigt in Elvira Holzers Küche Platz genommen. Die Nachbarin faltete umständlich die Zeitung zusammen, die ausgebreitet auf dem Tisch lag.

»Möchtest du Tee?«, fragte sie und griff nach dem Wasserkessel.

»Nein«, sagte Fenja energisch. »Warum willst du mich sprechen, was ist mit Bendine?«

Elvira Holzer stellte den Kessel wieder hin und zog ein Tempotuch aus ihrer Hosentasche. »Es … geht weniger um Bendine als …« Sie schwieg, blickte einen Moment zu Boden, zog dann beherzt einen Stuhl heran und setzte sich.

»Es geht um Martin. Ich habe ihn nach Wittmund geschickt, zum Einkaufen. Er … soll von diesem Gespräch nichts erfahren. Und … ich erzähle es dir nur, weil … Ich habe gehört, dass sie Bendine verdächtigen, wegen Willi. Und das ist doch Quatsch! Deswegen habe ich beschlossen, es dir zu sagen, aber wenn es Probleme gibt, streite ich alles ab.« Sie warf Fenja einen kämpferischen Blick zu.

»Was streitest du ab? Und was meinst du mit Problemen?«

»Also, ich habe bisher geschwiegen, weil ich der Meinung war, es geht keinen was an, aber jetzt … Nun ja, es geht um Martin und Otto und Willi.«

»Ich höre«, sagte Fenja mit einigem Unwillen.

Zwei der Männer, die Elvira genannt hatte, waren ermordet worden. Elvira wusste offenbar etwas und hatte geschwiegen, weil sie der Meinung war, es ginge keinen etwas an. War das Dummheit oder Berechnung?

»Also«, Elvira fummelte mit ihrem Tempotuch herum, »an dem Abend von Bendines Geburtstag … also, in der Nacht, als Otto … starb. Da hat Martin sich im Garten noch mal mit Otto gezankt.«

Jetzt war's raus. Elvira kniff die Augen zusammen wie ein Kind, das Prügel erwartet.

»Ach.« Fenja verhielt sich ruhig und unaufgeregt, so als wäre das eine gänzlich uninteressante Neuigkeit. Das würde Elvira hoffentlich ermutigen, ihr alles zu sagen, was sie wusste.

»Ja, sie hatten sich ja vorher am Abend schon in den Haaren gelegen. Du weißt ja, wie Otto war, einfach ganz unmöglich. Jedenfalls … als Otto nach Hause gehen wollte, war Martin gerade im Garten und … Martin wollte ihm noch mal … sagen wir, die Meinung sagen, was natürlich total bescheuert war, weil Otto völlig betrunken war. Das hab ich Martin auch gesagt, nachdem er mir alles erzählt hatte.«

»Vielleicht kommst du mal zur Sache.« Fenja wurde langsam ungeduldig. »Was war los?«

»Also … es ist so, dass Otto sich dermaßen aufgeregt hat, dass er hingefallen ist, sagt Martin. Und der hat es dann mit der Angst zu tun bekommen. Du weißt doch, wie Otto war!«, wiederholte Elvira überflüssigerweise. »Der hätte ihm womöglich sonst was angehängt, von wegen Angriff oder was weiß ich.« Sie legte die Stirn auf ihre gefalteten Hände. »Wer hätte denn gedacht, dass so was passiert?«

»Vielleicht sagst du mir mal endlich, was der Grund für den Streit war.«

Elvira seufzte. »Wirklich nur eine Bagatelle, es ist total unwichtig … im Grunde.«

»Wieso habt ihr es dann so störrisch für euch behalten, wenn es so unwichtig war? Außerdem solltet ihr die Entscheidung darüber, was in einem Mordfall wichtig ist, den Ermittlern überlassen.«

Fenja war laut geworden. Diese Selbstherrlichkeit, mit der Zeugen Dinge als unwichtig abtaten und den Ermittlern damit Steine in den Weg legten, ging ihr gewaltig auf den Wecker.

Elvira schwieg und blickte starr auf das Tischtuch mit der Friesenrose. Offensichtlich rang sie mit sich. »Mal angenommen … ich würde dir sagen, dass Martin Otto … na, sagen wir mal, vors Schienbein getreten hat. Würdest du ihn dann anzeigen?«

Fenja sah Elvira entgeistert an. »Vors Schienbein getreten? Ist das dein Ernst?«

Elvira guckte betreten. »Na ja, so ähnlich. Das ist … war eine Sache zwischen Martin und Otto«, fügte sie dann bockig hinzu. »Und ist außerdem schon zwei Wochen her.«

»Ich gehe davon aus, dass Otto seiner Lieblingsbeschäftigung nachgehen und Martin anzeigen wollte«, sagte Fenja müde.

»Nein, eben nicht. Dann hätte Martin Otto nämlich auch angezeigt.«

»Meine Güte.«

Fenja stöhnte. Was war bloß mit den Menschen los? Konnte man denn solche Dinge nicht mehr außerhalb der Justiz regeln?

»Weswegen?«

»Otto war ein Grapscher.«

»Ach was.«

»Ja, deswegen hat Martin ihn ja vors Schienbein getreten.«

Fenja starrte Elvira an und musste plötzlich lachen. Sie hielt sich den Bauch und bekam kaum Luft, aber sie konnte nicht damit aufhören. Elvira guckte pikiert.

»Was ist so witzig?«

»Entschuldigung«, quetschte Fenja mühsam hervor, »reine Hysterie.« Und das war es wirklich.

Es dauerte noch zwei Minuten, bis Fenja sich gefangen hatte. Und auch dann hatte sie Mühe, ernst zu bleiben.

»Martin hat Otto also in den Rosenbüschen liegen gelassen? Und da hat er noch gelebt?«

»Natürlich!« Elvira blickte Fenja beschwörend an. »Martin bringt doch keinen um!« Sie zögerte. »Nicht mal Otto«, fügte sie hinzu.

»Weiß Martin, was danach passiert ist? Hat er irgendwas gesehen oder gehört?«

»Nein«, sagte Elvira kleinlaut, »nur Willi.«

»Was meinst du?« Fenja lachte nicht mehr.

215

»Er hat gesehen, wie Willi aus dem Garten kam. Der Hund hat andauernd gebellt, wollte sich gar nicht beruhigen.«

»Wann war das?«

»Das weiß Martin nicht mehr so genau, er war ja nicht mehr nüchtern. Und als dann rauskam, dass jemand Otto erschlagen hat, da hat er natürlich den Mund gehalten. Sonst hätte dein Kollege, dieser miesepetrige Kommissar, entweder Willi oder Martin oder alle beide verhaftet. Es hatten doch alle mitgekriegt, dass Martin sich mit Otto gezofft hatte.« Elvira nahm ihre Brille ab und wischte sich über die Augen.

»Und wieso erzählst du es mir jetzt auf einmal?«

Elvira fing an zu weinen. »Na, weil Willi jetzt auch noch tot ist, und weil sie Bendine abgeholt haben. Ich kann das jetzt nicht mehr verheimlichen, jedenfalls dir nicht. Wenn du es aber diesem Blö... deinem Kollegen erzählst, werde ich alles abstreiten und Martin auch!«, drohte sie.

Fenja stützte den Kopf in die Hände. »Na hervorragend«, murmelte sie. Was sollte sie jetzt damit anfangen?

»Sag mal, glauben deine Kollegen denn wirklich, dass Bendine was mit Willis Tod zu tun hat? Das ist doch verrückt«, fragte Elvira.

»Ja, ist es«, erwiderte Fenja. »Es ist alles verrückt.« Sie stand auf. »Ich muss nachdenken.«

»Ja.« Elvira schluckte und erhob sich ebenfalls. »Jetzt weißt du alles. Ich hab's dir gesagt, weil ... das muss doch endlich aufgeklärt werden. Vielleicht hilft es dir ja weiter. Dir und vor allem Bendine. Wie geht es ihr überhaupt? War sie endlich beim Arzt?«

»Wieso beim Arzt?«, fragte Fenja. Gab es sonst noch etwas, das sie nicht wusste?

»Na, wegen ihres Rückens.«

»Ach so, nein, nicht dass ich wüsste. Sie hat auch im Moment andere Sorgen.«

»Ja, leider. Tut mir leid.«

Fenja wollte sich schon verabschieden, als Elvira sie zurückhielt.

»Ach ja, ich finde übrigens, dass deine Kollegen sich mal nützlich machen und sich um diesen Gast von Lüdersens kümmern sollten, den haben wir gestern, als wir vom Kirchenchor zurückgekommen sind, auf dem Parkplatz rumlungern sehen.«

Fenja zuckte mit den Schultern. »Na ja, das ist ja nicht verboten«, sagte sie mehr zu sich selbst.

***

Eastbourne – Freitagnachmittag

Gwyneth Sutton und Quentin Riley hatten sich gerade eine Belobigung ihres Chief Constable abgeholt und ließen sich gut gelaunt an ihren Schreibtischen nieder. Sergeant Buckley saß, etwas weniger gut gelaunt, an seinem und kämpfte mit seinem Handy-Ladekabel.

»Vorsintflutlich ist das, dass die Akkus alle naselang aufgeladen werden müssen.« Er warf den beiden Kollegen einen schnellen Blick zu. »Na, das war ja dann wohl eine minder schwere Aufgabe, die alte Trulla bei ihrem Neffen aufzuspüren.«

»Es war nicht ihr Neffe, sondern dessen Freund«, stellte Sutton richtig.

»Und was ist jetzt mit der Alten? Wird sie's überleben?«

»Natürlich, sie haben sie heute Morgen aus dem Krankenhaus entlassen. Sie müsste schon wieder zu Hause sein.« Riley, der an der Pinnwand stand und einen Schluck Tee trank, drehte sich um und musterte Buckley kopfschüttelnd.

Sutton schwieg, nahm den Telefonhörer ab und wählte die Nummer von Lilian Simmingtons Anschluss. Nach einmaligem Klingeln wurde abgenommen. Es war Samantha Harris, die ein fröhliches »Hallo!« in die Leitung schrie.

Sutton zuckte zusammen und hielt den Hörer auf Abstand. »Ja, hier spricht Constable Sutton!«, schrie sie zurück. »Wie geht es Ms Simmington?«

»Oh, das ist schön, dass Sie anrufen«, dröhnte es aus dem Hörer, »Lilian möchte sich unbedingt bei Ihnen bedanken!«

»Na wunderbar, wir wollten vorbeikommen und uns vergewissern, dass alles in Ordnung ist!«

»Tun Sie das! Tun Sie das! Aber beeilen Sie sich, Lilian hatte eine anstrengende Woche und muss sich ausruhen!«

»Okay!«, brüllte Sutton und legte auf.

Buckley und Riley grinsten amüsiert.

»Dass die Damen das mit der Ruhe hinkriegen, bezweifle ich«, sagte Buckley und krempelte seine Hemdsärmel hoch.

»Ich auch«, stimmte Sutton zu und gab Riley ein Zeichen. »Dann wollen wir es mal hinter uns bringen.«

Riley griff nach seiner Mütze und folgte Sutton zu ihrem Mini.

Eine Viertelstunde später erwartete sie Susan Bracknill aufgeregt vor Lilian Simmingtons Wohnungstür.

»Kommen Sie nur, kommen Sie nur!«, rief sie. »Lilian geht es gut, und sie möchte Sie unbedingt sehen.«

Sutton und Riley traten ein, folgten Susan Bracknill einen schmalen Flur entlang in ein mit alten, gepflegten Möbeln vollgestopftes, aber aufgeräumtes Wohnzimmer. Sie wurden von Samantha Harris' lautem Geschnatter empfangen.

»Die arme Phoebe traut sich gar nicht her, nach allem, was passiert ist. Nun ja, darum müssen wir uns später kümmern. Jetzt musst du erst mal wieder zu Kräften kommen.«

In einem wuchtigen Ohrensessel thronte Lilian Simmington mit leidendem Blick, vor sich einen kleinen Klapptisch, auf dem eine Tasse Tee und eine Schale mit Shortbread standen. Samantha Harris und Susan Bracknill wuselten um sie herum. Sutton argwöhnte, dass die beiden Pflegerinnen mit ihrem Übereifer der Grund für den leidenden Gesichtsausdruck ihrer Freundin waren.

Lilian Simmington streckte den beiden Detectives die Hand entgegen.

»Ist denn der Inspector gar nicht da?«, fragte sie mit einem enttäuschten Gesichtsausdruck. »Ich dachte, er hätte das alles aufgeklärt.«

»Hat er im Grunde auch. Er hat uns angerufen und auf die richtige Spur gebracht«, antwortete Sutton.

»Dachte ich's mir doch«, Lilian Simmington strahlte, »aber wo ist er denn? Immer noch krank?«

»Er ist noch in Deutschland, zur Erholung.«

»Ach, wie schade.« Lilian Simmington konnte ihre Enttäuschung kaum verbergen.

»Lilian«, schimpfte Samantha Harris, während Susan Bracknill die Häkeldecke auf der Sofalehne glatt zog. »Das ist doch jetzt ganz unwichtig. Diese beiden Polizisten haben dich gefunden und gerettet. Du solltest dich freuen, statt nach diesem Inspector zu jammern.«

»Ja, ja, natürlich«, sagte Lilian Simmington mit leichtem Bedauern. »Ich bin Ihnen ja auch sehr dankbar, aber …«, sie wandte sich an Samantha Harris, »ohne den Inspector hätten sie mich nicht gefunden. Das hast du ja gerade gehört. Bei ihm muss ich mich auch bedanken.«

Sutton seufzte innerlich. Sie hatte gehofft, von Lilian Simmington eine Zeugenaussage zu bekommen, wusste aber beim besten Willen nicht, wie sie das in dieser Unruhe bewerkstelligen sollte. Riley stand hilflos vor der kleinen Feuerstelle und schien ihr Vorhaben schon aufgegeben zu haben.

»Ms Simmington«, begann Sutton dennoch tapfer, »können wir uns kurz darüber unterhalten, was sich in der letzten Woche abgespielt hat? Sie können Ihre Aussage später in der Polizeistation unterschreiben, wenn sie getippt ist.«

»Ja natürlich, meine Liebe. Aber was soll ich Ihnen denn bloß erzählen? Ich hab ja die meiste Zeit geschlafen.«

»Ach Unsinn«, mischte sich Samantha Harris ein, »du wirst doch noch wissen, was passiert ist, bevor du geschlafen hast. Also!«

»Entschuldigung«, unterbrach sie Sutton, »vielleicht könnten wir einen Moment mit der Zeugin unter vier Augen reden.«

»Wie bitte?« Samantha Harris musterte Sutton, als habe sie von ihr verlangt, einen Tabledance vorzuführen. »Das ist ganz unmöglich, Lilian braucht unsere Unterstützung. Nicht wahr, Lilian?«

»Ja, wenn du meinst«, antwortete ihre Freundin unsicher.

»Na gut«, Sutton versuchte es auf die diplomatische Art, »im Grunde spricht nichts dagegen, dass Sie bleiben. Ich muss Sie aber bitten, die Zeugin nicht zu unterbrechen und nicht zu beeinflussen«, sagte sie energisch.

»Selbstverständlich«, sagte Samantha Harris und setzte sich neben ihre Schwester auf das Sofa, »das würden wir nie tun.« Susan Bracknill nickte.

»Wunderbar, dann ist das ja geklärt«, sagte Sutton und wandte sich an Lilian Simmington. »Könnten Sie uns schildern, was sich in Fareham und Portsmouth zugetragen hat?«

»Tja, lassen Sie mich nachdenken. Ich wollte meinen Neffen besuchen, weil der in Schwierigkeiten steckt. Nun ja ...« Lilian Simmington nahm ihren Schal ab, den sie trotz der sommerlichen Wärme umgelegt hatte. »Also, mein Neffe ... hat mal eine Dummheit gemacht. Ich weiß nicht genau, was, auf jeden Fall nichts Schlimmes, wirklich nichts Schlimmes«, fügte sie eindringlich hinzu. »Und dann war da dieser schreckliche Mensch, der meinem armen Neffen gedroht hat.«

»Quatsch«, mischte sich Samantha Harris nun doch ein, »dein armer Neffe hat geklaut, zusammen mit Phoebes Sohn. Hat Phoebe uns erzählt, nachdem sie dich in seiner Wohnung gefunden haben.«

»Samantha«, zischte Susan, »das sollten wir doch für uns behalten.«

»Quatsch«, wiederholte Samantha. »So was darf man nicht für sich behalten. Wer weiß, was diese Typen sonst noch alles anstellen.«

Sutton nahm die Einmischung kommentarlos und durchaus ein wenig dankbar zur Kenntnis. »Stimmt das, Ms Simmington? Sie müssen hier schon die Wahrheit sagen.«

Lilian Simmington wedelte mit ihrem Taschentuch herum.

220

»Na ja, wenn Phoebe das gesagt hat, dann wird es schon stimmen. Ich weiß jedenfalls nicht genau, was da los war. Und dann wollte ich diesem schrecklichen Menschen, diesem Mr Flint, mal die Meinung sagen, dass ich ihn anzeigen würde. Er kann doch nicht rumlaufen und Leute erpressen. So nennt man das ja wohl. Und das hab ich Roger auch gesagt am Telefon und dass ich ihn besuchen würde. Aber ich bin nicht dazu gekommen, weil mich diese junge Frau am Bahnhof angesprochen hat und gesagt hat, dass Roger sie schickt. Und das stimmte ja auch … und wir sollten in dieser Wohnung in Portsmouth auf ihn warten, weil er in Fareham gerade renoviert. Oder so was.« Lilian Simmington zupfte ein bisschen verstört an ihrem Ohrläppchen. »Ja, und dann … weiß ich eigentlich gar nicht mehr, wie's weiterging. Ich hab mich bloß schrecklich müde gefühlt, und die Kinder haben gesagt, ich wäre krank, und sie haben mich versorgt. Glaub ich.«

»Blödsinn, du bist kerngesund, hast dich nicht gemeldet und hast keine Ahnung, was in der letzten Woche passiert ist«, sagte Samantha Harris. »Die lieben Kinder haben dir was eingeflößt und nebenbei dein Konto geplündert.«

»Aber das weißt du doch gar nicht, Samantha«, widersprach Lilian.

»Ach, und wieso hast du andauernd geschlafen und kannst dich an nichts erinnern? Natürlich haben sie dich mit irgendwelchen Drogen gefüttert. Ich hab Phoebe ausgequetscht, und sie hat so ein schlechtes Gewissen, dass sie uns alles erzählt hat. Jedenfalls, was sie von ihrem Sohn weiß. Der hat sie nämlich auch schon mehrfach angepumpt und ihr gesagt, dass er diesem Flint Geld schuldet. Ja, so kann man das auch ausdrücken, wenn man erpresst wird. Möchte bloß wissen, was dein Neffe und Phoebes Sohn da ausgefressen haben.«

Sutton und Riley hörten Samanthas Ausführungen aufmerksam zu, und Sutton kam zu dem Schluss, dass man alte geschwätzige Damen auf keinen Fall unterschätzen durfte. Samantha Harris war jedenfalls überaus scharfsinnig.

Lilian knetete nervös ihr Taschentuch. »Wenn du das sagst, Samantha.«

»Ms Simmington, erzählen Sie doch bitte einfach, woran Sie sich erinnern«, bat Sutton ungeduldig.

»Hab ich das nicht gerade?«

Sutton seufzte und legte Lilian ein Foto von Jill Hammond vor. »War das die Frau, die Sie am Bahnhof abgeholt hat?«

Lilian nahm das Foto auf und betrachtete es genau, bevor Samantha es ihr aus der Hand riss.

»Ja, das war sie«, sagte Lilian Simmington. »Wirklich ein hübsches Mädchen. Sie und Roger wollen bald heiraten.«

Na, immerhin etwas, dachte Sutton und zückte das Foto von Kevin Appleton.

»Das ist doch Phoebes Sohn«, polterte Samantha los. »Hat sie uns mal vorgestellt. Unangenehmer Mensch.«

»Samantha!« Susan Bracknill knuffte ihre Schwester in die Seite. »Das ist nicht nett.«

»Nett oder nicht«, antwortete Samantha ungerührt. »Ich finde ihn unangenehm. Darf ich.«

»Ja, der war auch da«, sagte Lilian. »Hat mir immer Tee gebracht.«

»Siehst du!«, triumphierte Samantha.

»Und das ist dieser widerliche Kerl.« Lilian nahm das Foto von Thomas Flint entgegen. »Aber ob ich den gesehen hab, weiß ich nicht.«

Na toll, dachte Sutton. Das ist ja hier das reinste Eldorado für brauchbare Zeugenaussagen.

»Wissen Sie sonst noch irgendwas?«, fragte sie ohne viel Hoffnung.

»Äh … sollte ich denn?« Lilian Simmington sah Sutton unsicher an.

Sutton stand auf. »Ich glaube, das wär's für heute.« Sie legte ihre Karte auf den Tisch. »Wenn Ihnen noch was einfällt, melden Sie sich bitte.«

Samantha Harris und Susan Bracknill sprangen gleichzeitig auf.

»Ich bringe Sie hinaus«, sagte Samantha.

Riley klappte sein Notizbuch zu und folgte den beiden Frauen.

Als Samantha die Wohnungstür öffnete, zwinkerte sie Sutton zu.

»Keine Sorge, ich werde schon alles aus ihr rausholen und dafür sorgen, dass dieser nichtsnutzige Neffe nichts von ihrem Erbe in die Finger bekommt und dieser unangenehme Appleton auch hinter Gitter kommt.«

Zwei Minuten später saßen die beiden missmutig in Suttons Mini. Sie startete und trat aufs Gaspedal.

»Womöglich sollen wir dieser Harris noch dankbar sein dafür, dass sie glaubt, unseren Job besser machen zu können als wir. Diese Simmington ist dermaßen leicht zu beeinflussen. Wenn nicht von ihrem Neffen, dann von dieser herrischen Harris. Am Ende hat die's noch auf das Geld ihrer Freundin abgesehen.«

»Du glaubst doch nicht, dass die mehr erfährt als wir?«, schnaubte Riley. »Die wird ihrer Freundin ganz genau erzählen, was sie zu sagen hat. Dann erstattet die Simmington Anzeige, und dann …« Riley klatschte die Hände zusammen. »Klappe zu und wir können die beiden einbuchten und diesen Flint dazu.«

Das würde Sutton zwar entgegenkommen, aber zufrieden machte es sie nicht.

»Findest du das richtig?«

Riley zuckte mit den Schultern. »Manchmal heiligt der Zweck die Mittel. Und dieser Appleton ist wirklich ein unangenehmer Mensch. Wenn die Harris dafür sorgen kann, dass der nicht ungeschoren davonkommt, dann soll's mir recht sein.«

Sutton war zwar nicht wirklich glücklich mit dieser Aussicht, aber sie würde es akzeptieren, wenn Appleton sich nicht rauswinden konnte. Es war auf jeden Fall besser, wenn eine Person wie Samantha Harris auf der eigenen Seite kämpfte und nicht im gegnerischen Lager.

»Wollen wir zur Feier des Tages was trinken gehen?«, fragte Riley. »Im Horse and Hen gibt's heute Livemusik.«

Sutton zögerte. Aber dann stimmte sie zu. Sie hatten ihren Fall gelöst und Grund zum Feiern. Außerdem sah Riley gut aus, dumm war er auch nicht, und der Inspector war weit weg, nicht nur in wörtlicher Hinsicht. Das sollte sie vielleicht endlich akzeptieren. Besser ein Spatz in der Hand als eine Taube auf dem Dach.

**

Währenddessen in Carolinensiel

In der Pension war es still. Wo waren denn alle? Fenja ging in die Küche, wo ihre Mutter am Tisch saß und Johannisbeeren von den Stängeln zupfte.

»Gab's bei Edeka im Sonderangebot«, sagte sie, als Fenja eintrat. »Ich denke, ich back einen Kuchen, und aus dem Rest koch ich Gelee.«

»Mach das«, antwortete Fenja und setzte sich zu ihr. »Wo ist Dinnie?«

»Hat sich hingelegt.« Elke rupfte heftig an den Stängeln, sodass sie einige Beeren zerquetschte. »Wie lange brauchen deine Kollegen eigentlich, um diesen Mist hier aufzuklären? Wie wär's, wenn du sie unterstützt? Dinnie geht es schlecht. Diese Ungewissheit macht sie fertig. Und dass dein Superkollege sie verdächtigt, macht es auch nicht besser.«

»Mama, ich tue, was ich kann, aber letztlich musst du den Kollegen vertrauen. Sie werden das schon aufklären.« Fenja war sich nicht so sicher, wie sie gern gewesen wäre. Von Gesa hatte sie nichts Neues gehört. Entweder es gab nichts, oder sie sagte es ihr nicht. Fenja wusste nicht, was ihr lieber wäre.

Sie griff in die Schüssel, naschte eine Beere und verzog den Mund.

»Was hast du erwartet?«, fragte ihre Mutter grinsend. »Die sind sauer.«

Fenja schüttelte sich. »Sag mal, kannst du dir vorstellen, dass dieser Lohmann ältere Frauen begrapscht hat?«

»Was meinst du mit ›älter‹?«

»Na ja, um die fünfzig ... oder so.«

»Da leg mal noch was drauf, der hat mir andauernd in den Ausschnitt gestarrt.«

Fenja hustete.

»Na gut, er war ziemlich betrunken, aber ... manche Männer können's nicht lassen. Die würden in ihrer Geilheit sogar so alte Schabracken wie mich vernaschen.«

»Mama!« Fenja starrte ihre Mutter entgeistert an.

»Jetzt guck nicht so betreten. Dieser Kerl, der Lohmann, hat jede Frau angetatscht. Frag Dinnie. Entweder er war unterversorgt oder einfach nur ein geiles Frettchen.«

»Also, Mama, musst du so reden?«

»Nein, muss ich nicht, andererseits bist du auch kein Teenager mehr und solltest aus dem Alter raus sein, in dem dir das peinlich ist. Außerdem bist du Kripobeamtin. Dir sollte doch nichts mehr fremd sein.«

»Das schon«, murmelte Fenja.

Immerhin bestätigte das die Aussagen von Elvira, Meret Möllering und ihre eigenen Erfahrungen. Sie war allerdings davon ausgegangen, dass Otto durchaus wählerisch gewesen war mit seinen Avancen. Aber das konnte sie ja nun knicken. Sie war nur eine von vielen, zu denen auch noch ihre Mutter und ihre Tante gehörten. Irgendwie war ihr das unheimlich.

Wie auch immer. Was sollte sie tun? Ihre Kollegen in Kenntnis setzen? Zumindest Gesa? Dann würde sie sich wie eine Verräterin fühlen. Andererseits tat sich hier ein starkes Motiv auf: Eifersucht. Aber auch Rache. Vielleicht hatte Irmi einfach die Nase voll gehabt von ihrem Mann. Wenn er am Abend der Party alle Frauen in seiner Nähe begrabbelt hatte, und das schien ja der Fall gewesen zu sein, dann könnte einer der Gehörnten schon die Nerven verloren haben. Oder eine der Frauen. Und dazu gehörte auch Irmi. Fenja versuchte sich die Situation vorzustellen. Otto lag hilflos nach einem Schlaganfall unter den Rosenbüschen. Der Mörder – oder die Mörderin – fand ihn und nutzte die Gunst der Stunde, nahm den Stein, ließ ihn einfach auf Ottos Kopf fallen oder schlug zu, warf dann den Stein in den Springbrunnen und ging wieder. Entweder zurück zur Party oder nach Haus.

»Ich brauch was zu essen.« Sie stand auf und öffnete den Kühlschrank. Leer bis auf ein Stück Goudakäse und ein paar Scheiben Aufschnitt. »Eine von uns muss einkaufen gehen. Schließlich haben wir Gäste«, sagte Fenja und klappte die Tür wieder zu.

»Ja«, antwortete Elke, »und morgen Nachmittag kommen neue. Wir sollten Edgar vor die Tür setzen, der kann zur Abwechslung auch mal woanders schmarotzen. Aber Bendine hat ihm schon ein paar Aufgaben zugeteilt, das wird seine Abreise bestimmt beschleunigen, und wir sind ihn los. Allerdings wäre es nicht schlecht, wenn sie ein bisschen Hilfe hätte. Im Moment bin ich ja noch da, aber nächste Woche muss ich zurück nach Jever zu meinen Silberdisteln.«

Elke Ehlers betreute ehrenamtlich eine Gruppe älterer Herrschaften, die sich regelmäßig zu diversen Aktivitäten im Gemeindehaus in Jever trafen. Und sie war dort unersetzlich, jedenfalls hielt sie sich dafür.

»Außerdem«, fuhr Elke fort, »muss sich auch mal jemand um die Gäste kümmern. Ich kann das auch nicht alles auffangen. Die Buchners sind vorhin aus dem Dorf zurückgekommen und waren völlig aufgelöst, weil den Mann ein Hund gebissen hatte. Ich wollte noch den Arzt rufen, wegen Tetanus und so, aber er meinte, das wäre nicht nötig.«

»Kaum zu glauben, dass es auch noch unkomplizierte Leute gibt«, sagte Fenja.

»Na, Frau Buchner eher nicht, die wollte unbedingt zur Polizei und Anzeige erstatten, aber ihr Mann hat gesagt, sie solle nicht so einen Aufstand machen. Außerdem wollten sie Bendine nicht noch mehr Probleme verursachen.«

»Wieso, was hat denn Bendine damit zu tun?«

»Das weiß ich auch nicht. Er hat dann seine Frau aufs Zimmer geschickt und gesagt, sie soll eine Tablette nehmen und sich beruhigen. Er müsste noch mal weg.«

»Ach«, sagte Fenja nachdenklich und ignorierte ihren knurrenden Magen. »Und die Frau ist noch da?«

»Ich glaub schon.«

Fenja lehnte gedankenverloren an der Kühlschranktür. Ihren Hunger hatte sie vergessen.

»Wann war denn das?«

»Na vorhin.« Elke stand auf und schob die Stängel auf dem Tisch zusammen. »Vielleicht vor einer halben Stunde.«

»Ich muss mal telefonieren«, sagte Fenja plötzlich. »Wo ist mein Handy?«

»Woher soll ich das wissen?«

Fenja lief hinauf in ihr Apartment, konnte aber dort ihr Handy nicht finden, woraufhin sie im Wohnzimmer vom Festnetz aus ihr Handy anrief. Die Mailbox antwortete. Mist, bestimmt war der Akku leer, aber wo hatte sie es gelassen? Sie legte ihre Hand an die Stirn und überlegte.

Natürlich, es lag wahrscheinlich in Marks Zimmer, wo sie es heute Morgen bei ihrem überstürzten Aufbruch vergessen hatte. Sie rannte wieder hinauf und klopfte an seine Tür, aber er war natürlich nicht da. Sie hatte im Grunde nichts anderes erwartet. Was sollte sie jetzt machen? Einfach Bendines Schlüsselbund nehmen und in sein Zimmer gehen? Das widerstrebte ihr.

Sie versuchte, sich an Gesas Nummer im Kommissariat zu erinnern, aber das war zwecklos. Sie konnte sich ja nicht mal ihre eigene merken. Das hatte man davon, wenn man alle Nummern speicherte, nur noch einen Namen anklicken musste und das Wählen dem blöden Telefon überließ. Sie ging ins Wohnzimmer, griff nach Bendines Tablet und suchte die Telefonnummer der Kripo Wittmund heraus. Blieb nur zu hoffen, dass sie sich auch dieses Mal auf Geerts Eitelkeit verlassen konnte. Er lehnte es für gewöhnlich ab, den Anrufbeantworter zu spielen. Das überließ er dann lieber den rangniederen Kollegen. Er selbst hatte Wichtigeres zu tun. Sie hatte Glück, Gesa nahm ab.

»Hallo, Fenja«, sagte sie leise, »es gibt nichts Neues. Wir sind immer noch dabei, die Anzeigen von Lohmann zu überprüfen. Wir haben's bald geschafft, ich melde mich, wenn etwas dabei rauskommt. Tut mir leid, ich muss jetzt auflegen«, fügte sie leise hinzu.

»Eine Sekunde«, bat Fenja, »ihr habt doch alle Gäste von Bendines Party genau überprüft. Auch die Buchners?«

»Ja, klar, Jannes sagt, da gab es nichts Auffälliges.«

Fenja überlegte. Jannes war zwar gewissenhaft, aber ziemlich gutmütig und nicht besonders misstrauisch. »Könntest du noch mal nachforschen?«

»Aber warum?«

»Keine Ahnung, aber Otto hat offensichtlich am Abend der Party jede einzelne Frau angebaggert. Und wer weiß, vielleicht ist dieser Buchner ja krankhaft eifersüchtig und verprügelt jeden, der seine Frau freundlich anguckt. Vielleicht ist er ja schon mal auffällig geworden.«

»Okay, ich glaub zwar nicht, dass was dabei rauskommt, aber ich versuch's. Bis später.«

Gesa legte auf, und Fenja blieb nichts anderes übrig, als zu warten. Hoffentlich rief sie nicht auf ihrem Handy an.

Nach einer gefühlten Ewigkeit, Fenja wollte schon wieder selbst zum Hörer greifen, rief Gesa zurück.

»Ich find nichts Verdächtiges. Die Aussagen sind eindeutig. Für den ersten Mord haben sie wie alle anderen Gäste kein Alibi und für den zweiten ein wackliges. Da waren sie beide auf ihrem Zimmer. Und ein Motiv haben sie auch nicht. Jedenfalls haben wir keins gefunden. Im Gegenteil, sie scheinen die Einzigen zu sein, mit denen sich Lohmann nicht gezankt hat. Und sie haben ausgesagt, sie hätten ihn nicht gekannt. Oder hattest du einen anderen Eindruck?«

»Nein, eigentlich nicht. Danke.« Fenja seufzte und legte nachdenklich den Hörer auf.

Sie strich durch die Pension wie ein verwundetes Tier und wartete auf Bradford. Wo zum Teufel trieb der sich rum?

»Wenn du schon hier rumrennst, kannst du auch was tun«, sagte ihre Mutter. »Wie wär's, wenn du den Spülautomaten ausräumst?«

»Wie bitte?« Fenja, die gerade die Küche betreten hatte, fühlte sich in ihre Kindheit zurückversetzt. »Mama, hör auf mich wie ein kleines Mädchen zu behandeln«, blaffte sie. Obwohl ihre Mutter natürlich recht hatte. Sie kam sich im Moment ziemlich überflüssig vor. »Wo ist eigentlich Nele?«, versuchte sie abzulenken.

»Keine Ahnung, bei Bendine?«

Fenja rümpfte die Nase. »Ich denke, Bendine hat sich hingelegt.«

»Ja und?«

Jetzt wurde es Fenja zu bunt. Sie ging zu Bendines Schlafzimmer, klopfte an die Tür und trat sofort ein. Das Zimmer war abgedunkelt, und Fenja hatte Mühe, Bendine in ihrem Bett zu entdecken. Glücklicherweise schimpfte die gleich.

»Was willst du? Lass mich in Ruhe.«

»Ist Nele hier?«

Bendine hob nach einigem Zögern den Kopf aus den Kissen. »Nein, ist sie nicht mit den Jugendlichen nach Harlesiel ans Meer?«

»Kann sein«, sagte Fenja. »Könntest du mir deinen Schlüsselbund geben? Ich muss mal in Marks Zimmer.«

Bendine stöhnte. »Du weißt, dass das nicht geht.«

»Bendine, jetzt sei nicht päpstlicher als der Papst. Ich hab mein Handy da drin, und er ist nicht da. Also.«

»Wieso hast du dein Handy da drin?«

»Dinnie! Schlüssel!«

»Okay, okay.« Bendine raffte sich mühsam auf, legte ihre Hand auf die Lendenwirbelsäule und wankte zu ihrem Stuhl, wo sie ihre Taschen nach dem Schlüsselbund durchsuchte, ihn aber nicht fand. »Er muss in der Küchenschublade liegen. Hast du da nicht geguckt?«

»Nein.«

Fenja machte die Tür zu und wollte zurück in die Küche,

als es an der Tür klingelte. Fenja öffnete und stand Meret Möllering gegenüber. Neben ihr saß Bingo und hechelte.

»Hi, ich wollte den Hund bringen. Dein Gast aus England hat ihn mir in die Hand gedrückt und mich gebeten, ihn hier abzugeben. Außerdem meinte er, du sollst ihn dringend anrufen.« Meret strahlte wie eine Supernova. »Echt ein toller Mann«, schwärmte sie.

»Ach, ja danke«, sagte Fenja und nahm verwirrt den Hund in Empfang. »Wo hast du ihn denn getroffen?«

»Beim Wattkieker.«

»Und wo ist Nele?«

»Die ist noch mit einem eurer Gäste im Watt unterwegs. Ich wollte sie ja nach Hause bringen, aber er hat gesagt, er bringt sie dann mit heim. Und dann war da dieser Inspector und hat mir den Hund aufgedrückt.«

»Mit wem ist sie unterwegs? Etwa mit Edgar?«

»Nein, mit diesem anderen Gast, weiß nicht, wie er heißt.«

Fenja wurde es plötzlich mulmig. »Okay, danke, wir kümmern uns um den Hund.«

Sie schloss die Tür und ging schnurstracks in die Küche, wo ihre Mutter am Herd stand und in einem großen Topf mit Johannisbeeren rührte.

»Mama, kümmere dich bitte um den Hund. Ich muss dringend weg.«

»Wie bitte?« Elke hob ihren Kochlöffel und blickte sich um. »Welcher Hund?«

»Er heißt Bingo.« Fenja warf die Leine hin und riss die Schubladen auf.

»Wieso …?«

»Mama, frag nicht. Mach einfach!«

Sie fand den Schlüsselbund und rannte hinauf zu Bradfords Zimmer. In Windeseile schloss sie auf, ihr Blick wanderte durch das aufgeräumte Zimmer. Wo war das verdammte Handy? Sie warf sich auf den Boden und lugte unters Bett. Fehlanzeige. Ihr Blick fiel auf den Schreibtisch. Dort lag es, neben dem Notebook. Die Putzhilfe hatte es anscheinend gefunden und ordentlich auf den Schreibtisch gelegt. Sie griff danach, verließ das Zimmer, eilte zu ihrem Apartment, wo sie das Ladegerät anschloss und das Handy reanimierte. Drei Anrufe von Mark. Eine Nachricht auf der Mailbox.

»Hallo, Fenja, euer Gast ist mit Nele im Watt unterwegs. Sie haben einige hundert Meter Vorsprung und gehen weiter Richtung Meer. Ich weiß nicht, was mit dem Kerl los ist und was er vorhat. Irgendwer sollte die beiden aufhalten. Ich bleibe dran.«

Dann war die Verbindung weg. Der Anruf war vor fünfzehn Minuten eingegangen.

»Verdammt!«, fluchte Fenja.

Sie hatte richtig getippt. Es war der treue, freundliche Bingo gewesen, der Buchner gebissen hatte. Der Grund dafür lag auf der Hand. Buchner hatte sein Herrchen ermordet. Und jetzt war er im Watt unterwegs und hatte Nele bei sich. Was hatte er vor? Etwa nach Spiekeroog durchs Watt? Was wollte er da? Ein Boot klauen und abhauen? Am Ende mit Nele? Und wann kam die Flut? Ihre Gedanken überschlugen sich. Was sollte sie tun? Den Hubschrauber alarmieren?

»Hallo! Was ist denn eigentlich los?«, schrie eine Frauenstimme von unten. Fenja schrak zusammen. Es war Sigrid Buchner. »Hallo! Wo sind Sie denn alle?«

Fenja rannte die Treppe hinunter, wo eine heulende, verwirrte Sigrid Buchner ihr Handy vor sich hertrug.

»Mein Mann hat mir eine Nachricht geschickt. Er ist im Watt und will nicht, dass man ihn rettet. Er hat das kleine Mädchen bei sich. Ich verstehe das alles nicht!«, schluchzte sie laut.

Fenja griff nach dem Handy und las die SMS: Zeig diese Nachricht sofort der Kommissarin! Ich habe die kleine Nele bei mir im Watt und ein Messer. Ich muss Ihnen nicht sagen, was passiert, wenn ich Polizei oder einen Hubschrauber sehe.

Das war's. Fenja drückte der Frau das Handy in die Hand und lief zu ihrer Mutter.

»Gib mir dein Handy!«, schrie sie.

»Also, nicht in diesem Ton!«, empörte sich Elke, die den Hund mit einer Leberwurststulle fütterte.

»Mama, bitte!«

»Na also, geht doch.«

Elke stand auf, ging in den Flur, kramte ihr Handy aus ihrer Handtasche und reichte es Fenja, die es ihr ungeduldig entriss und wieder nach oben stürmte, um Bradfords Nummer einzuspeichern und ihren Kleiderschrank nach ihrem Fernglas zu durchwühlen. Sie fand es, hängte es sich um und stürzte an der kopflos umherirrenden Sigrid Buchner vorbei durch die Diele nach draußen, sprang auf Bendines Fahrrad und trat in die Pedale.

Sie nahm die Strecke über das Kurzentrum, raste den Schwerinsgroden entlang und warf nach weniger als fünf Minuten atemlos und die Proteste der Strandgäste ignorierend ihr Rad auf den Boden und setzte das Fernglas an. Mit klopfendem Herzen und pfeifendem Atem suchte sie den Horizont ab. Da waren sie. Ein großer schwarzer Punkt und daneben ein kleinerer in weiter Ferne, in einigem Abstand dahinter ein weiterer schwarzer Punkt. Die drei Punkte gingen auf sich bedrohlich türmende Wolken zu, die den Himmel draußen auf See verdunkelten.

Das auch noch, ein Unwetter zog auf. Wer bei einem Gewitter im Watt unterwegs war, hatte schlechte Karten. Ein Blitz suchte sich stets die höchste Erhebung, und das Wattenmeer war verdammt noch mal total platt. Fenja nahm die Verfolgung auf.

***

Bradford steckte kopfschüttelnd sein Handy weg und stapfte beharrlich hinter den beiden Gestalten her. Es war beschwerlich, durch den Schlick zu laufen, und er sank immer wieder ein. Seine Sneaker konnte er nach diesem Ausflug vergessen, aber barfuß laufen war undenkbar. Die scharfkantigen Muscheln hätten ihm die Füße zerschnitten. Und dass Fenja nicht auf seine Anrufe reagierte, fand er mehr als befremdlich. Er hatte es gerade noch mal versucht, sie aber wieder nicht erreicht. Was der Kerl da vorn eigentlich vorhatte, war ihm ein Rätsel. Was er allerdings nicht bezweifelte, war, dass er ein Mörder war. Er hatte den Mann auf dem Boot getötet, da war Bradford sich vollkommen sicher. Als er dem Ehepaar heute Vormittag mit Bingo über den Weg gelaufen war, hatte das wirklich gutmütige Tier sich wie eine wilde Bestie auf den Mann gestürzt.

Bradford war von dem Überfall völlig überrascht worden. Einige Passanten hatten Kommentare abgegeben, die er zwar nicht verstanden hatte, die aber gewiss nicht wohlwollend ihm gegenüber gemeint waren. Die Frau hatte ziemlich hysterisch reagiert und gezetert, aber der Mann hatte heftig abgewinkt, die Frau beiseitegezogen und war weitergegangen.

Die Gaffer hatten sich dann zerstreut, ein paar hatten ihn kopfschüttelnd angesehen, aber er hatte nur mit den Schultern gezuckt und »Sorry« gemurmelt. Das hatten wohl alle verstanden und sich verdrückt. Er war dann mit dem Hund nach Harlesiel gegangen, dabei an dem Boot des Ermordeten vorbeigekommen, wo der Hund gewinselt und an seiner Leine gezerrt hatte. Er musste ihn sehr energisch vom Boot wegziehen. Dann hatte er im Wattkieker einen Kaffee getrunken und versucht, Fenja seine Beobachtung mitzuteilen. Leider erfolglos.

Außerdem hatte er über die letzte Nacht nachgegrübelt. Es war schön gewesen mit ihr. Sie passten perfekt zusammen, wenn eine Beziehung denn möglich wäre, aber er wusste, dass er sich etwas vormachte.

Er hatte seine Zeche bezahlt und wollte zur Pension zurückgehen, als er den Mann vorbeigehen sah. Er ging auf den Spielplatz zu und verharrte dort. Dann kam Nele auf ihn zugelaufen. Die beiden unterhielten sich, und ein junges Mädchen, das in derselben Straße wohnte wie Fenja, kam hinzu. Dann nahm der Mann Neles Hand, und die beiden stiegen ins Watt.

Das war ihm komisch vorgekommen. Er hatte sie eine Weile beobachtet. Sie entfernten sich immer weiter, gingen Richtung

Norden, weg vom Land. Was sollte das? Da stimmte etwas nicht. Also beschloss er, ihnen zu folgen. Er ging zu dem jungen Mädchen, übergab ihr den Hund und bat sie, ihn bei Fenja zu Hause abzuliefern und ihr zu bestellen, sie solle ihn dringend sofort anrufen. Ob das Mädchen das getan hatte, wusste er nicht, hoffte es aber.

Er stapfte mühselig weiter voran. Die beiden waren noch etwa dreihundert Meter vor ihm. Und sie gingen schnell. Er wunderte sich, dass das kleine Mädchen Schritt hielt, aber es hatte keine Wahl. Der Wolkenberg vor ihm war bedrückend. Das sah nicht gut aus. Es musste etwas passieren. Wenn es blitzte, waren sie alle in Gefahr. Dem Mann mochte das egal sein, Bradford war es nicht egal. Sein Handy klingelte, Gott sei Dank war er noch nah genug an der Küste und hatte Empfang. Unbekannte Nummer. Er ging ran.

»Ja?«

»Mark!« Es war Fenja. »Ich bin hinter euch. Ich weiß Bescheid!«, japste sie. »Er hat eine Nachricht geschickt und gedroht, Nele was anzutun, wenn er einen Hubschrauber sieht. Du musst ihn aufhalten!«

Bradford drehte sich um und erkannte Fenjas winkende Gestalt einige hundert Meter hinter ihm.

»Das habe ich vor«, antwortete er. »Hat er eine Waffe?«

»Ein Messer.«

»Okay, wir halten die Verbindung«, rief er, behielt das Handy in der Hand und beschleunigte seine Schritte.

Er holte auf. Offensichtlich meuterte Nele und wollte nicht weiter. Gut so, dachte Bradford, halt ihn auf. Aber der Mann zerrte sie weiter. Aus der Ferne konnte er sie jammern hören. Bradford ging, so schnell es der Schlick zuließ, merkte aber, dass er durch seine gerade erst überstandene Schussverletzung immer noch geschwächt war.

Nele riss sich los und rannte zurück auf Bradford zu, aber Buchner holte sie ein, versetzte ihr einen Schlag und klemmte sie sich unter den Arm. Das Kind strampelte mit den Beinen und schlug wild um sich. Immerhin verschaffte sie Bradford

Zeit, er war jetzt auf fünfzig Meter herangekommen, und Buchner wurde langsamer. Er drehte sich um, ging einige Schritte rückwärts und klemmte das Kind fester unter seinen Arm, sodass Nele ihre Arme nicht mehr bewegen konnte. Er fixierte Bradford und fuchtelte mit dem Messer herum. Bradford verlangsamte seine Schritte, versuchte wieder zu Atem zu kommen.

»Stopp!«, schrie Buchner und hielt Bradford das Messer entgegen.

Bradford verstand Buchner zwar, doch er ignorierte seine Forderung und ging langsam, aber stetig auf ihn zu. Buchner stellte Nele ab und hielt das Messer an ihren Hals.

»Schön ruhig bleiben, dann passiert gar nichts«, sagte er auf Englisch.

Nele weinte, rührte sich aber nicht. Bradford war bis auf wenige Schritte herangekommen und blieb stehen. Er fixierte Buchner zunächst schweigend, wandte sich dann ab und streckte Nele seine Hand entgegen.

»Come on«, sagte er.

Nele wollte auf ihn zulaufen, aber Buchner griff ihren Arm und hielt sie fest. Und dann passierte es. Nele biss Buchner kräftig in die Hand und gab Bradford damit die Chance, in den Schlick zu greifen und Buchner eine Handvoll ins Gesicht zu schleudern. Buchner war für einen Moment außer Gefecht gesetzt, hielt aber Nele immer noch fest. Bradford stürzte sich auf ihn und riss ihn nieder.

»Nele!«, schrie Fenja, die vor Erschöpfung in die Knie gegangen war.

Nele rannte zu Fenja, die sie schluchzend in die Arme schloss und sofort den Notruf wählte.

Inzwischen wälzten sich Bradford und Buchner im Schlick. Buchner erwischte Bradfords Oberarm mit dem Messer und holte erneut aus, um ihm die Klinge in die Brust zu jagen. Aber da stürzte sich Fenja mit einem Schrei auf ihn und rammte ihm ihr Knie in die Nieren. Buchner schrie auf, und Bradford konnte ihn entwaffnen. Er warf das Messer weg und half Fenja,

Buchner zu überwältigen. Nele kam weinend herangelaufen, während Fenja ihr Haargummi aus dem Pferdeschwanz zog und es fest um Buchners Handgelenke wickelte. Der lag im Schlick und schluchzte.

Fenja nahm Nele in den Arm und streichelte ihr Haar. »Es ist gut, Schatz, alles ist gut.«

Nele verbarg ihr Gesicht an Fenjas Schulter. Bradford fischte sein Handy aus einer Pfütze und ließ sich dann erschöpft in den Schlick sinken. Der erste Blitz fuhr herab, gleich darauf donnerte es, und der Regen prasselte nieder, als würde der Wettergott die Wüste überfluten wollen. Dann kam der Hubschrauber, und jetzt musste auch Fenja heulen.

**

Geert Frenzen und Gesa hatten Buchner auf dem Hubschrauberlandeplatz in Empfang genommen. Ein Krankenwagen hatte Bradford, Fenja und Nele nach Wittmund ins Krankenhaus gefahren. Fenja hatte in der Pension angerufen, wo Bendine, Elke und Sigrid Buchner in heller Aufregung warteten. Bendine hatte alle Warnungen in den Wind geschlagen und trotz Buchners Drohung die Kripo in Wittmund alarmiert. Während Nele und Fenja zumindest körperlich unversehrt waren, musste die Wunde an Bradfords Arm genäht werden. Bendine und Elke kamen, um Nele abzuholen, Fenja wollte auf Bradford warten und dann mit ihm im Kommissariat vorbeifahren.

Sigrid Buchner hatte derweil ihre Zelte in der Pension abgebrochen und war nach Wittmund in ein Hotel umgezogen.

In der Zwischenzeit hatte es auf dem Parkplatz vor der Pension noch einen Zwischenfall gegeben. Edgar hatte das Abenteuer im Watt nämlich verpasst, weil er, als er am späten Nachmittag in seinen Wagen steigen wollte, um nach Jever zu fahren, feststellte, dass er – oder besser sein Auto – Opfer eines Anschlags geworden war. Jemand hatte das Seitenfenster eingeschlagen und sein Tablet, das er nachlässigerweise auf dem Beifahrersitz abgelegt hatte, geklaut. Nachdem er erfolglos versucht hatte, Bendine oder sonst jemanden aus der Pension für die Sache zu interessieren, hatte er erbost die Nachbarschaft alarmiert.

Daraufhin hatte sich Elvira an ihre Beobachtung erinnert, und die beiden waren direkt zu Lüdersens gegangen, um der Sache auf den Grund zu gehen. Hermine hatte sich ihnen angeschlossen, und so hatten sie zu dritt an Krügers Tür geklopft und Bertram, die Transuse, mit ihrem Verdacht konfrontiert. Frau Krüger hatte zwar aufgebracht den Stock erhoben gegen diese niederträchtige Anschuldigung, doch ihr Sohn, die Transuse, war an der Versammlung im Flur vorbeigelaufen und wollte die Flucht ergreifen. Er war aber auf der Straße mit Gustav Möllering zusammengestoßen, der aufgrund des Tumults auf die Straße gelaufen war und sich ihm beherzt in den Weg gestellt hatte.

Edgar und Elvira alarmierten die Polizei. Eine Streife nahm Bertram Krüger wenig später unter dem Protest seiner Mutter mit aufs Revier nach Wittmund, wo er alles gestand. Er und seine Mutter waren ein gut funktionierendes Team. Sie waren nämlich für den Anstieg an Diebstahlsdelikten in und um Carolinensiel verantwortlich. Während Dorothea Krüger im geeigneten Moment die Opfer mit einem Sturz ablenkte, kümmerte sich ihr Sohn um deren Geldbörsen beziehungsweise um die Ladenkasse. Manchmal arbeitete die Transuse allerdings auch allein. Zum Beispiel, wenn es darum ging, hochwertige Elektronik zu klauen. Und genau das hatte Gustav Möllering vor einiger Zeit beobachtet, als er spätabends am Yachthafen in Harlesiel unterwegs war.

Bertram Krüger hatte mit einem schweren Gegenstand, der mit Stoff umwickelt war, die Scheibe eines Autos eingeschlagen und eine Aktentasche entwendet. Da glaubte Gustav auch zu wissen, wer das Navigationsgerät von Otto Lohmann gestohlen hatte. Da Gustav aber mit der Polizei keine guten Erfahrungen gemacht hatte, hatte er es vorgezogen, die Angelegenheit mit Bertram auf eigene Faust zu regeln. Das erklärte die Szene an der Schleuse.

Fenja nahm diese Information später mit Erleichterung zur Kenntnis. Sie war froh, dass nicht Edgar der Dieb war.

Es war kurz vor Mitternacht, als alle zusammen in Bendines Küche saßen und Bier tranken. Sogar Edgar, der sich von dem Anschlag erholt hatte, machte sich nützlich und holte bei Bedarf Nachschub aus Bendines Vorratskammer. Fenja wunderte sich. Was war denn in den gefahren? Kam jetzt seine soziale Ader zum Vorschein? Nele saß auf Bendines Schoß und trank aus einem großen Becher heiße Schokolade.

»Unfassbar, wen ich hier beherbergt habe«, sagte Bendine und drückte Nele einen Kuss auf den Kopf. »Wenn dem Kind was zugestoßen wäre …«

Sie vollendete den Satz nicht und warf Bradford einen dankbaren Blick zu. Der saß mit halb geschlossenen Augen am Tisch und war kurz davor, einzuschlafen.

»Ja, aber jetzt ist alles überstanden. Gesa hat vorhin angerufen und gesagt, dass Buchner gestanden hat«, sagte Fenja. »Blieb ihm ja auch kaum was anderes übrig.«

»Ja, nur gut, dass du so hartnäckig bist.« Bendine sah ihre Nichte zärtlich an. »Hartnäckig wie eine brütende Henne.«

»Wieso jetzt das?«, wollte Edgar wissen.

»Wenn Fenja keinen Verdacht geschöpft hätte, als ich von dem Hundebiss erzählt habe …«, erklärte Elke.

»Ja, und nicht sofort gehandelt hätte, als Meret dann später den Hund brachte mit Marks Nachricht …«, vervollständigte Bendine. »Dann wäre Nele jetzt auf einem Boot Richtung irgendwo.« Sie schluckte, und ihre Augen füllten sich mit Tränen. »Was für ein verrückter, schrecklicher Mensch.«

»Ja, Oma«, meldete sich Nele, »aber wir haben ihn k.o. gekriegt, weil ich ihn gebissen hab.«

»Genau«, Fenja lächelte, »eigentlich hat Nele ihn überwältigt.« Sie stupste Bradford an, der hochschreckte und nickte, obwohl er offensichtlich keine Ahnung hatte, wovon die Rede war. Aber das war auch nicht so wichtig.

»Aber dass er nach so langer Zeit immer noch rachsüchtig

war. Das ist nicht normal.« Elke nahm kopfschüttelnd einen Schluck Bier.

»Ja, wieso hat er denn den Lohmann eigentlich umgebracht?«

Fenja ließ sich herab, Edgar aufzuklären. »Weil er Lohmann die Schuld am Selbstmord seines Sohnes gegeben hat.«

»Und war er das denn?«

»Na ja, wie man's nimmt«, antwortete Fenja. »Otto hat den Sohn der Buchners vor neun Jahren angezeigt, weil der ein Verkehrsschild umgefahren hatte und weggefahren war.«

»Aber ... die wohnen doch in Münster ... oder nicht?«

»Ja, es war auf einer Busreise durch Westfalen. Otto hatte den Unfall in Münster beobachtet und Anzeige erstattet. Denunzianten machen eben nie Urlaub.«

»Aber dass man sich wegen so einem blöden Unfall umbringt, ist ja auch ziemlich schräg.« Edgar drehte seine Bierflasche zwischen den Handflächen.

»Ganz so einfach ist es nicht«, erklärte Fenja weiter. »Buchners Sohn war Jurastudent und stand kurz vor dem Examen. Dann kam die Anzeige wegen Fahrerflucht. Zu allem Überfluss hatten die Beamten noch Kokain in seinem Auto sichergestellt. Und zwar mehr, als für den Eigenbedarf zu rechtfertigen war. Dealer war er also auch noch, und es war nicht sein erstes Vergehen. Er wollte unbedingt Richter werden, aber mit diesen Vorstrafen ... Na ja, der Junge ist abgerutscht und hat irgendwann eine Überdosis genommen.«

»Ich denke, es war Selbstmord«, warf Edgar ein.

»Das sagt Buchner«, entgegnete Fenja. »Wie auch immer. Die beiden kommen nach Carolinensiel, und er erkennt den Kerl, der am Tod seines Sohnes schuld ist. Er war ihr einziges Kind, und seine Frau sagt, er hat das nie verwunden. Sie auch nicht, aber Frauen sind wohl eher geneigt, ihr Leid einfach hinzunehmen.«

Edgar dachte nach. »Aber ... jetzt mal ehrlich, wieso habt ihr denn das bei der Polizei nicht eher rausgefunden? Ich denke, ihr habt eure gespeicherten Daten? Was ist denn damit?«

»Ach«, sagte Fenja lauter als nötig, sodass Bradford aufschreckte und sich verwirrt umsah. »Das ist mal wieder einfach. Die Polizei ist an allem schuld. Bei denen laufen sowieso nur Deppen rum. Haben mal wieder nicht richtig gearbeitet. Aber wenn irgendwo der Boden brennt, dann sind die Bullen gut genug. Dann erwartet man, dass sie sofort auf der Matte stehen und für das undankbare Volk die Kastanien aus dem Feuer holen.«

Sie trank ihr Jever aus und stellte die Flasche mit einem lauten Knall ab.

Alle sahen sie peinlich berührt an. Bradford mit einem großen Fragezeichen auf der Stirn.

»Ist ja auch egal.« Sie strich sich das Haar hinter die Ohren. »Tatsache ist, dass Buchner und seine Frau erst vor drei Jahren geheiratet haben, der Sohn aber den Namen der Mutter hatte, die ist eine geborene Strasser. Das hat Gesa dann rausgefunden. Aber es ist wohl verständlich, dass Jannes da anfangs nichts finden konnte, oder?«

Fenja sah Edgar kampflustig an. Der fuhr sich über die Glatze.

»Ja, natürlich, klar«, sagte er kleinlaut.

»Und dass sie Otto erkannt hatten, haben sie natürlich schön für sich behalten.«

»Und seine Frau, hat die gewusst, dass ihr Mann der Täter war?«

»Buchner sagt Nein«, antwortete Fenja, »und ich glaube ihm.«

»Und der arme Willi«, sagte Bendine und wiegte Nele, die in ihren Armen eingeschlafen war.

Bei der Erwähnung des Namens hob Bingo, der zu Bradfords Füßen lag, den Kopf und sah Bendine aufmerksam an.

»Ja, der arme Willi«, sagte Fenja. »Der hatte gesehen, dass Buchner im Garten gewesen war. Und Buchner hatte ihn auch gesehen. Deswegen hatte Bingo so gebellt. Lohmann hatte nach seinem Anfall hilflos im Garten gelegen, und Bingo hat das gespürt. Tiere sind eben manchmal schlauer als Menschen«, fügte sie gedankenverloren hinzu. »Nun, wir wissen alle, dass Willi seinen Hund zurückgepfiffen hat, aber als er sich auf den Heimweg machen wollte, ist Bingo noch mal in den Garten gelaufen, und da hat Willi Buchner gesehen. Wahrscheinlich hat er sich anfangs gar nichts dabei gedacht, aber als dann bekannt wurde, dass Lohmann ermordet worden war ...«

»Ja«, ergänzte Bendine. »Das ist ... war typisch für Willi. Er war so ganz anders als Otto. Hätte niemals jemanden verpfiffen. Wahrscheinlich hat er Buchner angesprochen und ihm gesagt, er solle sich stellen. Und davon wollte Buchner natürlich nichts wissen.« Sie neigte den Kopf. »Am Ende hat ihn seine Ehrbarkeit das Leben gekostet.«

Für einen Moment schwiegen alle. Elke und Bendine blickten liebevoll auf die schlafende Nele. Fenja zwirbelte an einer vorwitzigen Haarsträhne. Edgar stand am Kühlschrank, die Hände in den Taschen vergraben. Bradford saß, mit verbundenem Arm, das Kinn auf der Brust, auf seinem Stuhl und schnarchte leise.

»Buchner ist nachts aufgestanden, seine Frau hatte ein Schlafmittel genommen und fest geschlafen, und ist zu Willis Boot gegangen. Willi hat ihn sogar noch eingeladen ...« Fenja schwieg einen Moment ergriffen. »Alle haben ihn verkannt, er war einfach ein freundlicher Mensch«, sagte sie mit einem Blick zu Bendine.

»Na ja, sie haben getrunken, oder sagen wir eher, Willi hat getrunken, Buchner hat nur so getan. Und als Willi dann auf seiner Koje zusammengesunken war ... hat er kurzen Prozess gemacht.«

»Aber der Hund war doch da«, sagte Edgar.

Fenja blickte erstaunt auf. So viel Scharfsinn hatte sie Edgar gar nicht zugetraut.

»Genau«, sagte sie, »Bingo war da.« Sie tätschelte dem Hund liebevoll den Kopf. Er war aufgesprungen, als er seinen Namen hörte, und sah Fenja schwanzwedelnd an.

»Leider konnte Bingo seinem Herrchen nicht helfen, denn Buchner hatte ihm eins mit dem Paddel übergebraten und ihn

einfach in der Kajüte neben seinem Herrchen liegen lassen.«
Fenja rieb sich über die Augen, langsam machten sich auch
bei ihr die Aufregungen und Strapazen des Tages bemerkbar.
Bradfords Kopf war bereits auf ihre Schulter gesunken.

»Aber der Hund hat sich erinnert«, sagte Fenja triumphierend. »Als Mark mit ihm unterwegs war, hat er den Mörder
seines Herrn wiedererkannt und ist durchgedreht.« Sie lehnte
ihren Kopf an Bradfords. »Letztendlich waren es diese beiden,
er …«, sie wies mit dem Kinn auf Bradford, »und Bingo, die
das Ganze ins Rollen gebracht haben.«

»Ja.« Edgar verschränkte die Arme und atmete geräuschvoll aus. »Das Gute an der Sache ist, dass Bendine jetzt reich
ist.«

Aha, dachte Fenja, das war die Antwort auf die Frage, ob
Edgars soziale Ader erwacht war. Sie war es nicht. Es hatte
immer noch die egoistische Ader die Oberhand. Der dachte
doch wohl nicht, dass er von Bendines Geldsegen profitieren
würde? Wie hatte er überhaupt davon erfahren? In einer Pension hatten die Wände offensichtlich Ohren. Sie mussten in
Zukunft vorsichtiger sein. Manche Dinge konnte man einfach
nicht geheim halten.

Aber Bendine hatte alles unter Kontrolle. »Nein, bin ich
nicht«, sagte sie, »Willis Erbe werde ich einem Hospiz verma-
chen. Ich kann das nicht annehmen.«

Edgar bekam große Augen und schluckte.

»Aber Bingo bleibt trotzdem bei uns. Er wird in Zukunft
auf Nele aufpassen.«

»Ich geh ins Bett.« Elke war aufgestanden und streckte sich.
»Und das solltet ihr auch tun.« Sie zwinkerte ihrer Tochter zu.
»Du solltest den Mann ein bisschen pflegen, er hat's wirklich
verdient.«

Bendine stand ebenfalls auf. Ihre Schwester wollte ihr Nele
abnehmen, aber Bendine ließ es nicht zu. »Ich nehme Nele«,
sagte sie und verzog vor Schmerz das Gesicht, als sie mit dem
Kind im Arm aufstand. »Hab sowieso das Gefühl, dass ich sie
nie wieder loslasse.«

Edgar stand am Kühlschrank und warf Fenja einen unergründlichen Blick zu.

Sie rüttelte Bradford wach. Der stutzte einen Moment, stand auf und folgte Fenja zur Tür. Bevor sie die Küche verließen, drehte Fenja sich um.

»Vielleicht solltest du Bingo noch mal ausführen«, sagte sie zu Edgar.

Der nickte wider Erwarten. »Klar, mach ich.«

Fenja hob die Brauen, nahm Bradfords Hand und führte ihn hinauf in ihr Apartment, wo er müde aufs Bett sank.

»Ich denke, wir sollten schlafen, was meinst du?«, fragte er matt.

»Wir werden noch sehen, wie müde du bist«, flüsterte Fenja und schob sein T-Shirt hoch.

»Hör auf damit«, murmelte er, »du machst mich nur wach.«

»Genau, was ich will«, sagte Fenja.

Danksagung

Wieder einmal gilt mein ganz herzlicher Dank meiner Lektorin Marion Heister, dem engagierten Team im Verlag und natürlich meinem Mann Achim für seine nimmermüde Unterstützung. Außerdem danke ich Enno für einen aufregenden, unvergesslichen Wattspaziergang.

Lesen Sie weiter:

Marion Griffiths-Karger
MASCHSEE-MORD

Leseprobe

EINS

Der Maschsee lag still inmitten des Trubels. Einige wenige Segelboote trotzten der Flaute und schipperten träge über die glatte Wasserfläche. Die Sonne schien immer noch heiß aus einem mattblauen Himmel auf die Köpfe der feiernden Menge hinab.

Charlotte Wiegand und das Team der Kriminalfachinspektion 1 der Kripo Hannover hatten sich auf Betreiben der Chefin Gesine Meyer-Bast an der Temple Bar am Maschsee eingefunden. Sie hatten einen Tisch direkt am Wasser ergattert, vielmehr hatte Martin Hohstedt ihn ergattert und sich dafür mindestens eine halbe Stunde lang selbst auf die Schulter geklopft.

Charlotte nahm einen Schluck von ihrem Kilkenny, schloss für einen Moment die Augen und hielt ihr Gesicht in die Sonne. Die Stimmen der zahlreichen Besucher an der Temple Bar verschmolzen zu einem monotonen Brummen. Auf der Bühne schlug eine irische Band die ersten Klänge von Amy Macdonalds »This Is The Life« an.

»Oh Mann, nicht schon wieder, ich kann's nicht mehr hören«, beschwerte sich Thorsten Bremer, der neben Charlotte saß und an seiner Portion Fish and Chips arbeitete. Charlotte klaute sich noch eine von seinen Fritten.

»Ich find's geil.«

Bremer verfolgte missmutig, wie die Fritte in Charlottes Mund verschwand. »Jetzt ist aber genug, hol dir doch selbst welche«, knurrte er.

»Viel zu voll, da verhungere ich ja, während ich anstehe«, antwortete Charlotte kauend.

Bremer drehte sich zur Seite und hielt seine Hand schützend über seine Mahlzeit. Genau wie ein kleiner Streber, der seine Mitschüler nicht abschreiben lassen will.

Auch gut, dachte Charlotte und sah auf die Uhr. Sie war müde, hatte den Tag bei ihren Eltern in Bielefeld verbracht. Ihr Vater hatte sich nach seinem Oberschenkelbruch zu einem wahren Tyrannen entwickelt. Charlotte hatte Mühe gehabt, ihre Mutter daran zu hindern, ihre Koffer zu packen und irgendwohin zu verschwinden. Was sollte dann aus Vater Wiegand werden? Charlotte konnte sich nicht um ihn kümmern. Als Erste Hauptkommissarin im Zentralen Kriminaldienst war sie mehr als ausgelastet.

Bis vor zwei Wochen war noch alles in Ordnung gewesen, mehr oder weniger. Aber dann war ihr Vater aus der Klinik zurückgekehrt und verfluchte seither alle Welt dafür, dass er nur noch ein Krüppel war. Das war natürlich völlig übertrieben, er konnte zwar nur an Krücken gehen, aber daran konnte man arbeiten. Das hatte der Arzt gesagt. Leider gehörte Werner Wiegand nicht zu den geduldigsten Menschen. Wie auch immer, ihr Vater würde in der nächsten Woche seine Reha in Hannover beginnen. Ihre Mutter war froh, ihren Mann eine Weile loszuwerden. Und Charlotte graute davor, sich und ihren Vater in derselben Stadt zu wissen.

Sie warf Rüdiger Bergheim, ihrem Partner und Kollegen, einen Blick zu. Er beobachtete mit Hohstedt die Segelboote, die still auf dem See lagen.

»Packt mal die Paddel aus!«, rief Hohstedt einer Bootsbesatzung zu, deren Jolle langsam am Ufer der Temple Bar vorbeidümpelte.

Bergheim fand das lustig, doch Charlotte ärgerte sich. Rüdiger verbrachte seit Längerem mehr Zeit mit dem blöden Hohstedt auf ihrem noch blöderen Boot als mit ihr, seiner Lebensgefährtin. Immer wenn es sich einrichten ließ, machte er sich auf und schipperte mit Hohstedt auf dem Maschsee oder dem

Steinhuder Meer herum. Im Frühjahr hatten sie sogar einen Segeltörn auf der Ostsee gemacht. Was fanden Männer bloß daran, auf einem engen Boot zu sitzen und darauf zu warten, dass einen der Wind irgendwohin trieb? Sonst passierte doch beim Segeln nichts.

Okay, ab und zu wurden die Segler aktiv, immer dann, wenn eine Wende anstand. Dann gab es wirklich etwas zu tun. Einer musste das Ruder herumreißen und ein anderer das Focksegel von der einen Seite auf die andere legen. Charlotte argwöhnte, dass Segler so oft wendeten, damit sie überhaupt etwas zu tun hatten. Ständig nur auf das Wasser zu starren und sich zu fragen, woher der Wind wehte, war auf die Dauer ja auch nicht abendfüllend.

»Hey!« Ihre Kollegin Maren Vogt, die bisher tapfer die Unterhaltung mit der Chefin Gesine Meyer-Bast bestritten hatte, legte die Hand auf Charlottes Schulter. »Willst du noch was trinken?«

»Äh, nein«, antwortete Charlotte. »Ich geh gleich, meine Mutter wollte noch anrufen.« Das war zwar gelogen, aber Charlotte hatte keine Lust, auch noch ihren Samstagabend mit ihren Kollegen und ihrer Chefin zu verbringen. Die durfte sie ja während der Woche schon genug genießen. Sie fixierte Bergheim, der sich blendend mit Hohstedt zu unterhalten schien. Er sah sie an und prostete ihr mit seinem Bierglas zu. Na, der fühlt sich ja hier offensichtlich pudelwohl, dachte Charlotte und stand auf. »Ich geh dann mal. Hab leider noch Verpflichtungen.«

Sie quetschte sich an einem übergewichtigen Mittfünfziger und seiner übergewichtigen Begleitung vorbei aus der Bank heraus und winkte den anderen zum Abschied. Die schienen sie aber schon vergessen zu haben, nur Bergheim sah ihr verblüfft nach. Na gut, dachte Charlotte, ihr kommt ja wohl alle ohne mich klar. Sie wandte sich ab und bahnte sich einen Weg durch die gut gelaunte Menge. Ein Spaziergang am See war genau das, was sie jetzt brauchte.

Sie ging Richtung Löwenbastion. Oder besser, sie manövrierte sich durch die Massen hindurch. Am Wochenende war das Maschseefest natürlich besonders gut besucht.

Die Sonne senkte sich langsam über den Wipfeln der Bäume am gegenüberliegenden Westufer und warf ein breites rotes Band auf den See. Auch vom Westufer schallte Musik herüber, wohl von der Maschseequelle. Nach wenigen hundert Metern erreichte sie die Löwenbastion, auf deren großer Bühne eine sechsköpfige Band rockte. »Heaven Is in the Back Seat of My Cadillac«.

Das war vielversprechend, fand Charlotte. Sie beschloss, der Band noch eine Weile zuzuhören, und ging die wenigen Stufen hinauf, die zur Tanzfläche führten, um einen genaueren Blick auf die Bühne zu werfen. Die Löwenbastion, die ihren Namen zwei bronzenen Löwenskulpturen verdankte, war ein idyllischer Aussichtspunkt am See und während des Maschseefestes ein beliebter Treffpunkt. Unter den ausladenden Zweigen der mächtigen Kastanien wurden dann Tische und Bänke aufgestellt, von denen aus man einen herrlichen Blick auf den See genießen konnte. Vorausgesetzt, man hatte einen der begehrten Plätze nahe am Ufer ergattert.

Charlotte wühlte sich durch die Menge. Wie ein schützendes Dach spannten die Kastanien unter einem wolkenlosen violettblauen Himmel ihre Zweige aus, Lichterketten schufen eine fröhliche Atmosphäre. Die Bretter unter Charlottes Füßen bebten, und ihr Brustkorb vibrierte vom Wummern der Bässe. Sie schob tanzende Körper beiseite, zwängte sich durch die Menschenmassen hindurch und versuchte, etwas vom Geschehen auf der Bühne zu erhaschen, aber das war Utopie. Nein, der Weg über die Löwenbastion war keine gute Idee gewesen. Hier war einfach kein Durchkommen. Sie wurde angerempelt, stieß gegen den Nächststehenden, der daraufhin den Inhalt seines Bierglases auf dem T-Shirt seines Nachbarn verteilte. Der folgende Wortwechsel war kein Beispiel für ein höfliches Gespräch.

»Kacke, Mann, bist du bescheuert?«, rief der Bekleckerte.

»Nee, das war die Trulla hinter mir«, antwortete der Beschimpfte und warf Charlotte einen bösen Blick zu.

»'tschuldigung, aber das war die Dumpfbacke auf der Tanzfläche«, sagte Charlotte und wies mit dem Daumen auf den männlichen Teil eines angetrunkenen Pärchens, das sich ebenso unsicher wie ausladend inmitten der Menge an einem Discofox zu den Klängen von Queens »Radio Ga Ga« versuchte. Charlotte wollte sich schon abwenden, als der Kleckerer sie erneut ansprach.

»Wir kennen uns doch.«

Sie sah etwas genauer hin und schluckte. Auch das noch. Dr. Flentek. Sie sprach mit dem Arzt der Rehaklinik, die demnächst das Vergnügen haben würde, ihren Vater für drei Wochen zu beherbergen.

»Äh, ja, ich war vor ein paar Tagen mit meinem Vater in Ihrer Sprechstunde.«

Der Mann nickte. »Jaaa, ich erinnere mich.«

»Kann ich mir vorstellen«, sagte Charlotte und wandte sich an den Bekleckerten, dessen Begleiterin ihn liebevoll trocken tupfte. »Tut mir leid.« Sie hob entschuldigend die Hand und wandte sich ab.

»Sie schulden mir ein Bier«, hörte sie Dr. Flentek sagen.

Charlotte wandte sich um. »Wenden Sie sich an die Dumpfbacke.« Sie deutete mit dem Kinn auf das Pärchen, das von der Diskussion offensichtlich nichts mitbekommen hatte und ohne Rücksicht auf den Protest der Umstehenden weiter herumrempelte.

Dr. Flentek grinste. »Die Dumpfbacke ist aber nicht so hübsch wie Sie.«

Hui, was war das denn? Der Mann flirtete mit ihr. Das war ihr schon lange nicht mehr passiert.

»Darf ich Ihr Schweigen als Einladung interpretieren?«

»Äh.« Charlotte zuckte mit den Schultern. »Okay.« Meine Güte, das konnte ich auch schon mal besser, dachte sie und starrte in das lachende, attraktive Gesicht des Mannes.

»Dann los«, sagte Dr. Flentek, und die beiden kämpften sich zur Theke vor, wo Charlotte zwei Bier bestellte. Was sprach dagegen, mal mit einem gut aussehenden Arzt ein Bier zu trinken, überlegte sie. Rüdiger würde nichts dagegen haben, außerdem war der ja mit seinem Busenfreund Hohstedt glücklich.

249

Wenig später zwängten sie sich, jeder ein Glas Härke Bräu in der Hand, an einen der Stehtische und prosteten sich zu.

»Ich heiße Burkhard.«

»Charlotte.«

Sie tranken, und er leckte sich über die Lippen. »Ihr Vater ist ... na, sagen wir ein Charakterkopf.«

»Wenn Sie meinen«, murmelte Charlotte und stellte ihr Bierglas hin.

Er betrachtete sie lächelnd. »Sie sind bei der Kripo?«

»Stimmt.«

»Das ist ja spannend.« Dr. Flentek sah sich um. »Und? Gerade auf Mörderjagd?« Er blickte auf ihr Bier. »Wohl nicht, wenn Sie Alkohol trinken.«

»Genau.« Charlotte hatte nicht die geringste Lust, über ihre Arbeit zu sprechen.

»Sagen Sie, ist das wirklich so wie im Fernsehen? Ich sehe ja selten Krimis, aber den ›Tatort‹ kenn ich.«

»Und bei Ihnen? Ist das auch so wie im Fernsehen? Ich kenne nur ›Emergency Room‹ ...«

»Dachte ich mir«, er hob grinsend sein Glas, »wegen George Clooney, was?«

»Natürlich.« Charlotte musterte ihn, und was sie sah, gefiel ihr ausnehmend gut. Er war nicht mehr ganz jung, sie schätzte ihn auf Mitte vierzig. Bestimmt war er verheiratet, so wie er aussah. Oder zumindest in einer festen Beziehung. Genau wie sie. Auch wenn sie sich manchmal wie ein Single fühlte.

Er berührte ihre Hand. »Sie sind nicht verheiratet, jedenfalls tragen Sie keinen Ring.«

Der geht ja ganz schön ran, dachte Charlotte. Was tat sie hier eigentlich? Wo sollte das hinführen? Sie sollte sich verabschieden und heimgehen, anstatt hier mit dem Feuer zu spielen. Aber die Neugier siegte.

»Und Sie?«

»Geschieden.«

»Aha.« Und jetzt?, fragte sie sich. Der Mann war gut aussehend, geschieden und wollte sie abschleppen. Das war zwar schmeichelhaft, aber sie war nicht interessiert. Oder? Die Band spielte »I Was Made for Lovin' You«. Dr. Flentek hielt immer noch ihre Hand und sah sie erwartungsvoll an. Das wurde ihr jetzt aber langsam unheimlich.

Sie entzog ihm ihre Hand und trank ihr Bier aus. »Ich muss jetzt gehen.«

»Wirklich?«

Sie nickte. »Wir sehen uns im Henriettenstift.«

»Immer wieder gern«, sagte er strahlend.

Charlotte machte sich aus dem Staub.

Es war kurz nach sieben Uhr, als sie am nächsten Morgen von Bergheims Schnarchen geweckt wurde. Sie war erst am frühen Morgen eingeschlafen, hatte auf Bergheim gewartet, aber sie hatte ihn nicht heimkommen hören. Er musste noch lange unterwegs gewesen sein, konnte sich offensichtlich sehr gut ohne sie amüsieren.

Die Sonne war schon längst aufgegangen und warf ihr weißes Licht durch die Ritzen der Jalousien. Das Wetter in den letzten Tagen hatte sich mit beständiger Trockenheit und Temperaturen über fünfundzwanzig Grad an die günstigen Vorhersagen gehalten. Vielleicht war es das milde Klima, das ihnen in der KFI 1 die wenigen ruhigen Tage der letzten Woche beschert hatte. Und dafür war Charlotte mehr als dankbar, denn ihre Mutter hatte unmissverständlich erklärt, ihren Vater zu erwürgen, wenn Charlotte ihn nicht zur Vernunft bringen würde. Und das war nicht die einfachste Aufgabe. Andrea, Charlottes Schwester, hatte sich für die nächsten drei Wochen nach Dänemark verabschiedet und damit einmal mehr ein Beispiel für ihr perfektes Timing geliefert. Aber vielleicht hatte sie auch einfach nur Glück.

Charlotte warf die Bettdecke zurück und schlüpfte in ihre Flipflops. Sie hatte seit ihrer Jugend keine mehr getragen, bis sie in ihrem letzten Urlaub in Italien festgestellt hatte, wie gut man in diesen Dingern laufen konnte. Sie ging über die knarzenden Dielen ins Bad, duschte und zog ihre Schlabberhosen und ein T-Shirt an. Dann machte sie Kaffee und setzte sich auf den kleinen Balkon, auf dem gerade ein Bistrotisch und zwei Korbstühle Platz hatten.

Es war noch recht frisch, und die meisten der Mitbewohner, deren Balkone in den Innenhof gingen, lagen wohl noch in ihren warmen Betten. Jedenfalls war sie allein. Sie nahm einen Schluck Kaffee und widmete sich der Hannoverschen Allgemeinen Zeitung vom Samstag. Sie hatte noch keine Zeit gehabt, sie zu lesen. Kaum zwei Minuten später klingelte das Telefon. Festnetz. Charlotte warf die Zeitung auf den Tisch, sprang auf und stapfte wütend ins Wohnzimmer zur Basisstation.

Leer. Wo war das verdammte Telefon?

»Charlotte, Telefon«, kam es dumpf aus den Kissen vom Schlafzimmer her.

»Ach nee«, brummte Charlotte und warf die Kissen vom Sofa. Nichts. Das Telefon verstummte, der Anrufbeantworter sprang an. Ihre Mutter antwortete.

»Charlotte, wir machen uns auf den Weg nach Hannover. Vater fühlt sich nicht wohl.«

»Wie? Jetzt?«, entfuhr es Charlotte, obwohl sie immer noch nach dem Hörer suchte. Unter einer halb vollen Tüte Chips fand sie ihn endlich.

»Mama!«, rief sie in die Leitung, aber ihre Mutter hatte schon aufgelegt. Hastig suchte sie im Menü nach der Rückruftaste, vertippte sich aber und musste von vorn anfangen. Als sie endlich eine Verbindung zum Anschluss ihrer Eltern hatte, meldete sich niemand mehr. Klar, ihre Mutter hatte sich schnellstmöglich aus dem Staub gemacht. Charlotte hatte keine Chance zum Widerspruch.

 Lust auf mehr? Laden Sie sich die »LChoice«-App runter, scannen Sie den QR-Code und bestellen Sie weitere Bücher direkt in Ihrer Buchhandlung.

Marion Griffiths-Karger
TOD AM MASCHTEICH
Broschur, 224 Seiten
ISBN 978-3-89705-711-1

»*Marion Griffiths-Karger sind lebendige, kontrastreiche Milieustudien gelungen. Die Handlung ist nüchtern und präzise formuliert, die Dialoge sind lebensnah.*« Hannoversche Allgemeine

Marion Griffiths-Karger
DAS GRAB IN DER EILENRIEDE
Broschur, 256 Seiten
ISBN 978-3-89705-797-5

»*Spannender Krimi um einen packenden Fall, mit sehr menschlichen Ermittlern und mit ein bisschen Lokalkolorit.*« ekz

www.emons-verlag.de

Marion Griffiths-Karger
DER TEUFEL VON HERRENHAUSEN
Broschur, 256 Seiten
ISBN 978-3-89705-923-8

»*Teuflisch gut.*« Ciao! Magazin für individuelles Reisen

Marion Griffiths-Karger
DIE TOTE AM KRÖPCKE
Broschur, 240 Seiten
ISBN 978-3-95451-147-1

»Im neuesten Roman der hannoverschen Schriftstellerin Marion Griffiths-Karger hat die Ermittlerin alle Hände voll zu tun. Geschickt baut die Autorin die Handlung auf und nimmt den Leser mit auf eine Reise zu Hannovers dunklen Seiten. Ein spannender Krimi, nicht nur für Hannoveraner.« Norddeutsches Handwerk

www.emons-verlag.de

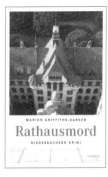

Marion Griffiths-Karger
RATHAUSMORD
Broschur, 256 Seiten
ISBN 978-3-95451-683-4

»*Spannender Hannover-Schmöker. Bereits seit 2010 lässt Schriftstellerin Marion Griffiths-Karger ihre taffe Kommissarin in Hannover ermitteln und zeichnet in ihren Romanen ein sehr authentisches Bild unserer Stadt.*« Bild Hannover

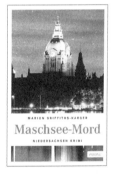

Marion Griffiths-Karger
MASCHSEE-MORD
Broschur, 256 Seiten
ISBN 978-3-7408-0057-4

Am Maschsee im Herzen von Hannover wird ausgelassen gefeiert, doch inmitten des Trubels spielt sich eine Tragödie ab. Eine junge Frau kommt auf grausame Art ums Leben. Rüdiger Bergheim und Charlotte Wiegand ermitteln unter Hochdruck – und enthüllen nach und nach das bizarre Doppelleben der Toten. Muss die Frage nach Täter und Opfer gänzlich neu gestellt werden?

www.emons-verlag.de

Marion Griffiths-Karger
INSPECTOR BRADFORD TRINKT FRIESENTEE
Broschur, 304 Seiten
ISBN 978-3-95451-551-6

Was verbindet den Mord an einer reichen deutschen Witwe mit dem Tod eines charmanten englischen Tunichtguts? Auf den ersten Blick erst einmal nichts. Doch dann vereinen Inspector Bradford und Hauptkommissarin Fenja Ehlers englischen Spürsinn und deutsche Kombinationsgabe und enthüllen Stück für Stück ein dunkles Familiengeheimnis.

Marion Griffiths-Karger
INSPECTOR BRADFORD SUCHT DAS WEITE
Broschur, 352 Seiten
ISBN 978-3-95451-973-6

Im Hafenbecken des malerischen Küstenorts Carolinensiel schwimmt eine Frauenleiche. Die Tote war die Leiterin des örtlichen Leseclubs. Wenig später verschwindet ein Krimiautor, der über einen lange zurückliegenden Mordfall in Carolinensiel recherchierte. Hauptkommissarin Fenja Ehlers vermutet, dass der damalige Todesfall mit den Vorkommnissen von heute zusammenhängt. Doch welch grausigem Geheimnis sie wirklich auf der Spur ist, ahnt sie erst, als auch Inspector Bradford in einem mysteriösen Mordfall zu ermitteln beginnt.

www.emons-verlag.de